MARCKUS

MARCIO ZANINI

MARKUS

editora coerência

DIREÇÃO EDITORIAL
Lilian Vaccaro

PRODUÇÃO EDITORIAL
Marcio Zanini

PRODUÇÃO GRÁFICA
Giovanna Vaccaro

PREPARAÇÃO
Daniela Toledo

REVISÃO
Laryssa Fazolo

CAPA
Henrique Morais

DIAGRAMAÇÃO
Michael Vasconcelos

DADOS INTERNACIONAIS DE CATALOGAÇÃO NA PUBLICAÇÃO (CIP)

Zanini, Marcio
Markus / Marcio Zanini. – 1ª edição – São Paulo: Coerência, 2021

ISBN: 978-65-87068-88-6

1.Romance 2.Ficção 3.Vampiro I. Título

CDD: 869.3

Grupo Editorial coerência

São Paulo
Avenida Paulista, 326,
cj 84 - Bela Vista
São Paulo | SP – 01.310-902
www.editoracoerencia.com.br

1

Ano de 2022

Thiago acordou sentindo a dor da pancada na cabeça. Aquele ferimento parecia latejar como se existisse algum ser vivo ali dentro tentando sair. Por um momento, ficou aliviado por não ter sido no seu rosto, do qual tanto se orgulhava. Se houvesse algum ferimento desagradável, estaria encoberto pelos cabelos. Levantou a mão para verificar se estava inchado demais.

Foi quando sentiu o gelado do metal das correntes de ferro presas ao redor do seu pulso. Contorceu a face, confuso, seguiu-as com o olhar e notou que saíam das mãos em duas direções diferentes. Uma delas ia até seus pés, que também estavam presos, outra, até o pescoço, terminando em uma coleira de ferro com um cadeado.

Terminou de se horrorizar ao notar que estava completamente sem roupas. Sentiu um nó na garganta, uma vontade de chorar de pavor e de medo misturada com raiva e ansiedade. Tateou o corpo esculpido na academia em busca de novos ferimentos, mas não encontrou nenhum.

Tentou se lembrar do que aconteceu. Em um minuto estava em uma *rave*, numa chácara no meio do nada, bebendo e se divertindo, saiu para urinar em uma árvore, e apagou, acordando somente agora, deixando um lapso temporal em sua memória.

Remexeu a língua. Havia ali um gosto de remédio, amargo. Antibiótico. Reconhecia o sabor, seu dente do siso sempre inflamava antes de ter sido extraído e, por isso, tomou várias vezes esse mesmo remédio, com o mesmo gosto, era impossível não reconhecer.

O detalhe que lhe fazia a vista turvar só de pensar era que aquela quantidade de medicamento parecia muito maior do que um simples comprimido. Teria sido uma injeção? Um efeito mais rápido? Quem fez isso queria que ele não tivesse a ferida da cabeça infeccionada.

Só de imaginar uma agulha penetrando em seu corpo enquanto estava desacordado, arrepiava-lhe toda a coluna e a nuca. Que seringa haveriam usado? Teria sido usada em outra pessoa antes dele? Vislumbrar o abismo do desconhecido a sua frente lhe dava náuseas.

Ainda sentia sua vista um pouco embaçada. O lugar era escuro, abafado e úmido. Não havia iluminação. A única luz estava longe, deixando-o ali na penumbra.

O chão parecia de concreto puro e frio. Provavelmente sem ter sido alisado e lapidado, pois ele sentia a sola do pé raspar a cada movimento. O colchão em que estava deitado era velho, cheirava a suor, era gasto e fino em algumas partes. Ao seu lado, o fedor de urina. Estendeu a mão e sentiu o arrepio na coluna ao escutar as correntes balançarem, tocou um antigo e gelado penico de esmalte desgastado.

A vista começava a focalizar melhor agora que seus olhos se acostumavam com o escuro. Havia grades a sua frente. Levantou-se com dificuldade, escorando-se na parede, a tontura pareceu piorar no momento em que se pôs de pé. Esperou um tempo, para que o mundo parasse de girar.

Andou com dificuldade. Tocou e analisou melhor as velhas grades enferrujadas.

Tinha um longo passadiço para ambas as direções. Várias celas iguais à sua e uma precária luz ao fim de cada ponta do corredor. Era, portanto, a única iluminação do lugar. Na frente de cada cela, havia uma lâmpada precária, presa ao teto somente por fios, sem soquetes ou acabamento, mas não estava acesa, e ele muito menos conseguia imaginar onde ficava o interruptor.

— Olá. — Sua voz saiu falha, quase abafada. Limpou a garganta e tentou novamente: — Olá, tem alguém aí?

Encostou a cabeça na grade, projetando o ouvido para o corredor. Não havia qualquer som ou eco.

— Oi, alguém — falou mais alto.

— Cala a boca. — A voz de uma mulher parecia um sussurro distante.

Thiago se assustou, dando um passo para trás. Não estava sozinho. A escuridão não lhe dava chances de descobrir de onde vinha a voz.

— Oi. Quem está aí?

— Fica quieto. Se perceberem que estamos conversando, virão até aqui.

— Quem?

— Eles. Os caras maus. Não sei o que são — disse, confusa.

— Que lugar é esse, moça? — O desespero em tentar prever o que lhe aconteceria era evidente em sua voz.

— Não sei.

— Cala a boca vocês dois — um homem disse da cela ao lado.

— Minha nossa... — Thiago sobressaltou-se. Olhos arregalados, quase chorosos, ao imaginar quantas outras pessoas estariam ali, encarceradas, e sem motivo aparente. O lugar parecia um mausoléu, uma cripta. Isso não era bom.

— Não adianta ficar bravo com ele. Está assustado. — A moça parecia se dirigir ao homem da cela ao lado.

— Cara — o homem alertou por fim —, sempre que eles vêm aqui e levam um, nunca mais essa pessoa retorna. Então, fica quieto e reza para não ser você.

O silêncio retornou ao lugar. Não havia som algum, deixando tudo com um ar mórbido e abandonado. Após o longo silêncio, Thiago tentou se enganar, dizendo mentalmente que havia imaginado vozes e que não tinha ninguém ali. Uma loucura que poderia ser explicada pela pancada e pelos medicamentos. Devia existir uma explicação. Alguma brincadeira que seus amigos estavam lhe pregando por... Droga! Nem seu aniversário era.

As luzes se acenderam, puxando-o de volta à realidade. Lâmpadas fracas e amareladas, uma iluminação precária, mas o suficiente para conseguir ver várias celas com homens e mulheres. Todos nus e acorrentados da mesma maneira que ele.

As pessoas se encolhiam em direção ao fundo, amedrontadas.

— Viu o que você fez? — sussurrou o homem ao lado, irritado. — Tomara que levem você.

Thiago escutou passos ao longe, às vezes paravam, depois continuavam. Cada vez que se aproximavam, ele se encolhia como um ratinho. Temeroso com o que poderia estar vindo em sua direção. Temendo pela própria vida.

Então, dois homens apareceram na frente dele.

Um deles usava um sobretudo longo, que se arrastava pelo chão e cobria todo o corpo. O capuz não permitia ver quem era, deixando aquela situação ainda mais macabra. Um ser sombrio, com olhos cinza e brilhantes como a lua encaravam Thiago, passando a sensação de que olhavam dentro de sua alma e vasculhavam sua mente.

O outro era um rapaz. Deveria ter dois metros de altura de puro músculo. A roupa parecia não ser feita para seu tamanho. Usava uma calça de couro e uma bota militar de cano longo. Uma camisa branca com um suspensório. Pulseira grossa de couro com detalhes em metal. O cabelo era estilo moicano. Suas tatuagens tribais saíam de dentro da camisa pelas mangas, alastrando-se pelo braço e subindo pelo pescoço tão grosso quanto um tronco de árvore. Seu olhar era feroz e vazio. As sobrancelhas pesadas, no rosto forte e quadrado, deixavam-no intimidador.

Thiago, que não conseguia se desviar daqueles olhos cinza que o encaravam, forçava a vista para tentar ver qualquer detalhe da feição do homem de capuz, escondido pelas sombras. Depois de um tempo, o desconhecido simplesmente levantou a mão e apontou o dedo para Thiago.

O capataz ao lado, ao menos era o que parecia, sorriu e acenou com a cabeça, confirmando a escolha do outro.

O musculoso tatuado abria a porta da cela, enquanto o encapuzado deixava o local. O capataz sacou um antigo revólver de vacina de trás da cintura e aproximou-se do ombro de Thiago, que tentou se defender em vão. O homem usou uma das mãos para segurar o pescoço dele e aplicou, sem muita dificuldade, o potente tranquilizante que fez com que ele vagueasse em pensamentos por um momento, até cair nu e desacordado no chão.

Ele tirou as correntes de Thiago, pendurou-o nos ombros e saiu pelo corredor. Ao passar em frente à cela do homem irritado, este cuspiu no chão, dando uma risada vitoriosa por conta de o rapaz falante ter sido o escolhido.

2

Ano de 1560

Em algum lugar da Europa, no caminho entre Inglaterra e Dinamarca.

Ruben, um senhor idoso de cinquenta e oito anos, marcado pelas rugas do cenho franzido, caminhava pela estreita estrada de terra, puxando com as próprias mãos uma pequena carroça de madeira completamente construída de forma artesanal.

A pobre já dava sinais de que iria desmontar a qualquer momento, ainda mais com os solavancos devido ao chão de terra batida, esburacada, por conta de uma chuva que cessara havia pouco.

Seu esforço para puxar através da grossa lama o veículo, que carregava, literalmente, todos os pertences dele e das duas mulheres, parecia pior devido à grande caixa de madeira amarrada por cordas em vertical, lutando para se equilibrar em cima da estreita carroça. Vez ou outra, olhava por cima dos ombros, franzindo a testa, a fim de conferir se tudo ainda estava em ordem. Duvidava se teria forças para juntar tudo de novo caso a bendita virasse ao chão ou se ele desabasse de joelhos, entregando-se ao desespero.

Enxugou a água misturada com o suor, que escorria pelos cabelos em direção à testa, passando pela face até a barba. Praguejou aos céus que essa chuva só servira para tornar o ar mais quente ainda.

Olhou para sua roupa velha, feita do pior linho grosso e mal trançado que seu pouco dinheiro podia comprar. Por estar molhado, ao menos o atrito áspero com a pele havia aliviado um pouco.

Aquilo não era vida, lamentou.

Atrás da carroça, a mulher de cinquenta e quatro anos, magra e de semblante abatido, caminhava, solícita, de cabeça baixa, olhando para o próprio vestido em farrapos e os pés atolados na lama. Quieta como se estivesse em um velório, rezando. E, de fato, sentia-se assim. Pedia aos céus para que pudessem ter um pouco de paz.

Com a mais pura devoção de mulher religiosa, clamava ao Senhor para que perdoasse todos os seus pecados. Sendo um deles tão insuportável, no seu modo de pensar, que lhe dava calafrios. Sempre que aquele segredo obscuro e demoníaco lhe cruzava a mente, ela conseguia visualizar o próprio demônio em pessoa chegar por trás, ao pé do ouvido, sussurrando: "Sua alma será minha".

Fez mais uma vez o sinal da cruz, apertando os olhos para afastar o pensamento. Estava condenada e não existia nada que lhe livrasse de tal mal, mas isso não evitaria seu martírio, poderia até ir para o inferno, mas iria chorando, para que não restassem dúvidas de que, apesar da vida que levou, não simpatizava com o capeta.

A moça de dezoito anos estava quase ao lado da senhora, pouco atrás. Olhou para ela, reconhecendo aquela expressão corporal pesarosa, e suspirou. Sabia o quanto a mulher sofria. Consolidava e preocupava-se profundamente por tudo que estava acontecendo com os três. Mas, ao contrário da senhora, já não tinha mais forças para pedir aos céus que a levassem. Já foram tantos e incessantes pedidos que simplesmente já não elevava mais seu pensamento a Deus.

De fato, achava que não tinha tal direito. Acreditava que era responsável por boa parte do sofrimento deles.

Talvez sua parte na lista de pecados fosse menor, mas era justamente a de maior importância. Isso a fazia se sentir indigna na hora de pedir ajuda em orações.

Não que Ele tenha algum dia lhe enviado uma opinião, mas se o fizesse, ela podia até imaginar o que Ele responderia: "Você foi a responsável, agora se vire".

O nó se formou em sua garganta com a dúvida. Seria mesmo a responsável? Ela não acreditava de todo nesse pensamento. No fundo, até achava que era uma vítima do acaso, uma vítima da vida. Parecia que a coisa toda tinha sido simplesmente jogada em seu colo. Não pediu pelo que lhe aconteceu, por que haveria de ser culpada? Por mais que tentasse se ajudar com esse tipo de pensamento, a outra "vozinha" interna lhe martelava a ideia. Será que o homem e a mulher a sua frente pensavam nela como culpada ou inocente?

Disso não teria certeza tão cedo. Eles mal conversavam sobre esse tabu e, mesmo que tivesse liberdade para perguntar, o medo da resposta era tão grande que preferia ficar nessa agoniante dúvida.

A carroça deu mais um solavanco e a enorme caixa de madeira tombou de um lado para o outro, quase virando por completo. Em reflexo, os três se voltaram, prontos para segurar o objeto, mas pararam no meio do caminho assim que ele se estabilizou sozinho.

Olharam-se, assustados, pensando no que quase acabara de acontecer. Mas não havia tempo para reflexões. Estavam tão cansados, após quase dois dias de viagem em estradas de terra escondidas e afastadas das principais, que quanto antes chegassem ao destino, melhor.

Assim que fizeram uma curva, avistaram abaixo a pequena vila. Uma massa cinzenta de aparência velha e abandonada. Não havia cor alguma. Exceto pelas árvores e arados ao redor que destoavam com verde-escuros e claros, a clareira onde ficava a vila era de um cinza único e triste. Fumaça subia por algumas chaminés. Pessoas andavam pela única rua do local.

Ao redor, plantações, pequenas e tímidas, com legumes ainda em crescimento. As poucas vacas que tinham, ali de cima pareciam carneiros. E os carneiros pareciam galinhas. Ou estavam realmente distantes demais, ou aqueles pobres animais estavam desnutridos. Ruben deu um breve suspiro. A moça correu na frente, com dificuldade, entre a lama, levantando o vestido para evitar que se sujasse ainda mais. Queria olhar melhor o lugar. Não havia uma enorme alegria no seu rosto, afinal, a pequena vila não estimulava nada. Só tinha os olhos arregalados por pura curiosidade e nada mais.

— Comporte-se. Sabe que não é mais criança — repreendeu a senhora, batendo em sua mão com certa força, para que abaixasse o vestido e escondesse as pernas.

Sua expressão murchou ao olhar as pernas expostas. Soltou o vestido, deixando-o encostar na lama. Tensionou o canto da boca, irritada, tentando não se incomodar, afinal, já estava sujo.

De fato, ela não tinha mais nada de criança. Seus dezoito anos não podiam ser vistos muito bem através do grosso vestido que lhe cobria todas as partes de seu corpo. O cabelo castanho-claro, quase beirando a tonalidade de um mel, vivia o tempo todo preso sob um pano de linho velho, de forma que ela nem sabia mais em que comprimento estava. Mas havia algo que não conseguia cobrir. Seus enormes olhos vivos, em cima das adoráveis maçãs rosadas do rosto, combinavam com a boca carnuda, que mais parecia ter sido desenhada por Leonardo da Vinci. Seu rosto não era mais infantil e, por enquanto, ainda não haviam encontrado uma maneira de tapá-los.

3

A carroça parou de frente a uma casa da pequena estrada de acesso à vila. Dali tinha-se uma visão geral de todo o vilarejo, uns trezentos metros de distância abaixo do morro no qual se encontravam. Ruben soltou a carroça e deu uma boa olhada. A casa era um pouco maior do que achou que seria. Pé-direito alto com uma cruz de madeira na ponta que claramente não fazia parte do lugar e tinha sido pregada ali havia pouco tempo. Uma porta dupla suja, mal permitindo ver a cor vermelha por baixo. Janelas de ambos os lados, feitas de delicadas tirinhas de madeira horizontais, estavam tão desgastadas quanto as madeiras que formavam as paredes, era difícil saber se a cor era azul ou cinza com um toque de terra. Uma árvore quase da mesma altura da casa parecia querer resistir ao tempo de abandono do lugar, ainda decidindo se continuaria viva ou morta. O resto das flores e arbustos estava descuidado. Algumas folhas mantinham vivas cores e outras já estavam cinza e secas. O lugar abandonado exigiria um esforço para colocar tudo em ordem. De qualquer maneira, era mais do que esperavam. Talvez os céus enfim tenham decidido conceder uma trégua em meio a tanto sofrimento.

Logo um senhor obeso e bem-vestido caminhava apressado e desengonçado na estrada em direção a eles. Ruben olhou firme para as duas, que encararam o próprio corpo, a fim de conferir se tudo estava em ordem. Arrumaram os vestidos com as mãos e abaixaram a cabeça em submissão.

— Que bom que chegou. Estava a estranhar seu atraso. — Caminhou aos tropeços, estendendo a mão em cumprimento. — Como vai, padre Ruben? Espero que tenha feito uma boa viagem.

Coves era o responsável pelo local. Uma espécie de prefeito, por assim dizer. Foi eleito para tal cargo a fim de tentar melhorar o vilarejo. Torná-lo mais rentável. Uma tarefa extremamente difícil devido à pobreza e afastamento do lugar.

— Fizemos, sim, senhor Coves — cumprimentou de volta.

— Esta é a minha irmã viúva Anelise, de quem lhe falei, e sua filha Liliana.

— Como vão, senhoras? — Tirou o chapéu em respeito, revelando um tufo de cabelo grisalho na testa e todo resto falhado pela calvície.

Elas somente se inclinaram, juntas, como se ensaiadas.

— Bem... — Estranhou o fato de elas não lhe dirigirem uma palavra de bom dia. Talvez fosse hábito ou quem sabe ordens do padre para que não olhassem diretamente para os homens. Seja como fosse, não iria se intrometer na vida deles, deixaria passar a grosseria. — Bem-vindas à vila — concluiu por fim.

Ruben continuou a conversa, puxando a atenção de volta para si:

— Fico grato pelo convite de presidir a paróquia. Confesso que tal proposta chegou em boa hora.

— Em boa hora para os dois lados, padre. Vivemos em tempos difíceis aqui. Um pouco de fé será bom para as pessoas ocuparem a cabeça e renovarem a esperança. — Olhou para a carroça. — É tudo que trouxe?

— É, sim, é tudo de que precisamos.

— Ótimo. Vamos, a casa onde as mulheres dormirão fica atrás desta.

Coves abriu o enorme portão, adiantando-se para abrir as portas da casa, a fim de deixar o vento circular um pouco. Sabia que o lugar devia estar cheirando a mofo depois de tanto tempo fechado. E, provavelmente, os ratos sairiam correndo, assustados com o movimento dele, antes que fossem avistados pela nova família. Ruben, enquanto isso, puxava a carroça com esforço pela escorregadia lama, contornando a casa da frente. Todos entraram enquanto olhavam o pequeno local.

— Fiquei muito feliz de lhe encontrar, padre Ruben. Já havia tentado antes com o clero para que nos enviasse alguém, mas não tive muito sucesso, ainda mais agora que a Igreja Católica rompeu com a Inglaterra. — Riu, tímido, com a intenção de que o sorriso quebrasse qualquer ideia de grosseria com tal comentário. — Não me leve a mal, padre, mas acho que não somos interessantes para eles.

— Por que diz isso? — Olhava sem entusiasmo ao redor.

— Bem... somos um vilarejo pequeno. Plantações e vendas que beiram o desânimo. O pessoal não tem muito dinheiro para o dízimo. — Coves observava os três, que corriam os olhos pela casa sem grande entusiasmo.

A casa, se é que poderia ser chamada assim, parecia ter sido construída primeiro como um bloco quadrado e depois acrescentado uma parede ao meio para divisão.

Tudo estava muito precário e coberto de poeira. As madeiras das paredes estavam tão descascadas, marcadas e sujas que parecia difícil acreditar que um dia receberam algum tipo de tinta. As teias de aranhas eram tantas que pareciam cortinas brancas e fantasmagóricas. Os móveis eram poucos e despedaçados. Uma mesa de madeira rústica e gasta. Três cadeiras com o assento de palha seca, entrelaçada com fios, que davam a nítida impressão de que não aguentariam mais peso algum. Um fogão a lenha, feito de pedras e faltando boa parte delas, servindo de casa para aranhas e, quem sabe, ratos, além de uma estante torta no canto da cozinha com panelas amareladas e enferrujadas. No quarto ao lado, havia um guarda-roupas de madeira crua, sem tinta ou acabamento. A penteadeira parecia mais trabalhada, porém a poeira e a sujeira não permitiam ver se estava em boas condições ou não. As duas camas pequenas com um colchão fino, rasgado e empoeirado. O teto era de ripas de madeiras entrelaçadas. Havia sérias dúvidas se aquilo seguraria a água da chuva.

— O mundo está mudando muito, padre. — Soltou um suspiro, procurando assunto, já que, os três analisando clinicamente o local o deixava ansioso. — Toda essa crise de falência na Espanha nos afetando...

Anelise olhou para Coves, que falava sem parar, e tentou não esboçar reação. Não queria parecer desiludida, mas sabia que teria muito trabalho pela frente para deixar o lugar habitável novamente.

A moça olhava tudo, assustada, mas não havia nada que pudesse fazer, aquela pequena casa de dois cômodos caindo aos pedaços seria seu novo lar. O único remédio para isso era aceitar.

— De fato, as coisas mudaram muito na Igreja de uns anos para cá — concluiu Ruben, como se quisesse dar algum tipo de desculpa explicativa.

— Exatamente isso. — Coves passou a mão no queixo, pensativo. — Não quero falar mal da Igreja, mas, ao que parece, hoje em dia eles preferem ficar perto dos grandes centros, onde o dinheiro é abundante.

— Entendo o que quer dizer. Não me ofendeu, não se preocupe. — Pareceu simpático.

— Espero que essa mudança para a anglicana nos favoreça mais. Por falar em dízimo, isso é algo que exigirá do senhor certa paciência. Somos muito pobres e poucos. A vila tem apenas uma rua. Talvez demore um pouco para começar a ter ajuda com as missas. — Parecia realmente preocupado com a possibilidade de o padre virar as costas e sair correndo dali, mas preferia ser honesto. Ele não teria condições financeiras, como coordenador do vilarejo, de bancar a vida do padre e das moças. — Desculpe a sinceridade — concluiu.

— Está tudo bem, aprecio a honestidade. Essas coisas vêm com o tempo. Até que tudo melhore, iremos nos virando. — Sorriu, querendo parecer simpático e tranquilizador.

— Afinal, o senhor prefere falar sobre a católica ou a anglicana nas missas?

— Prefiro falar de Deus. — Acenou com a cabeça.

— Está certo. Não importa o nome. É tudo para o mesmo Deus.

Coves foi se adiantando para fora, sendo seguido por eles.

— Ali ao lado fica a fossa. — Apontou para uma pequena cabana de madeira com tantos buracos que fez Liliana pensar em como seria usar aquilo no frio ou com chuva.

— E aqui fica a paróquia.

Abriu a porta da casa à frente. Era um enorme e precário galpão. Era óbvio que o lugar já foi uma casa muito elegante. Alguma família com posses devia ter morado ali, mas, agora, parecia ser apenas um cômodo. Como se as paredes tivessem sido "roubadas" para que a madeira delas fosse usada de outro modo, deixando o lugar quase como um vão. Não havia sido construída para ser uma igreja, mas teria que servir. Cadeiras estavam amontoadas e jogadas de canto de tal maneira que Ruben não tinha certeza, em um primeiro olhar, se todas ainda estavam em condições de uso. Havia um pequeno púlpito, onde supostamente ele pregaria a Palavra do Senhor. Colado ao palco, uma parede de madeira que parecia não se encaixar ao lugar, como se construída há pouco. Escondida atrás dela, uma cama trazida previamente por Coves.

O prefeito acreditava que ele não dormiria com as duas moças, por isso fez questão de improvisar um quarto no local, para que eles ficassem em casas separadas. Era assim que padres faziam, não era?

— É isso, padre. O senhor vai poder dormir ali atrás e deixar as moças na outra casa. Fiz essa alteração atrás do púlpito para que pudesse usar como quarto, pois sei... — Ele pensou um pouco, talvez estivesse tirando conclusões precipitadas, seria melhor perguntar primeiro. — Quer dizer... Construí esse puxado de quarto acreditando que não poderia ficar na mesma casa que as moças. Espero que consiga se sentir confortável ali depois de arrumado.

— Fez bem, está tudo excelente. Obrigado por todo o esforço.

Coves sorriu, contente de que tinha tirado a conclusão correta e, graças a ela, seu esforço de improvisar um quarto não tinha sido em vão.

Embora fosse visível a precariedade do local, Ruben falava com gentileza e firmeza, como se estivesse agradecendo por um palácio de presente, a ponto de parecer que estava contente de verdade.

— Sei que terá muito trabalho para deixar tudo em ordem, então não vou atrapalhar mais. — Colocou o chapéu e foi se dirigindo para a saída, acompanhado por Ruben. — No domingo, estarei aqui na missa para o primeiro sermão. Aconselho a dar uma volta amanhã pelo vilarejo. Conhecer as pessoas, atrair fiéis...

— Farei isso, com certeza. Irei preparar um excelente discurso. Sou muito grato por estar nos dando um teto onde morar e isso, por si só, é maravilhoso. — Os lábios de Ruben sorriram, mas seus olhos disseram, por favor, precisamos de dinheiro.

Coves já havia passado pela porta, pronto a seguir seu caminho, quando se virou de supetão, balançando o dedo no ar.

— Escute, padre. Acho que posso lhe ajudar mais. — Ele tentava achar soluções que amarrassem o padre à vila.

— Temos uma taberna por aqui comandada por Dóris. Ela precisa de ajuda. Não paga muito, só uma moeda de bronze por dia, mas acho que seria uma ajuda extra. — Ele mal podia acreditar que estava fazendo tal proposta. Arrependeu-se, mas agora era tarde demais. — A moça poderia trabalhar lá. — Apontou para Liliana.

4

A garota olhou, surpresa, para a senhora ao seu lado, que continuava de cabeça baixa. Olhou para o padre, a fim de tentar entender o que Coves propunha. Trabalho? Trabalhar na vila? Em uma taberna? Era tanta novidade que seu coração parecia querer pular pela boca, embora soubesse que não seria permitido.

— Uma taberna? — surpreendeu-se Ruben. — Comandada por uma mulher?

— Sim. Sei que parece estranho, ou algo que a Igreja jamais permitiria, mas, como disse, estamos abandonados aqui e fazemos o possível para sobreviver da maneira que podemos. — Coves viu Ruben contorcer o rosto. — E não se preocupe. Ela é uma mulher cristã. Irá cuidar bem da sua sobrinha.

Dóris não era, exatamente, cristã. Era uma mulher que acreditava em Deus, mas não precisava entrar em detalhes.

Ruben pensou em agradecer a ajuda e negar. Liliana não trabalharia em uma taberna onde homens vão para beber e falar palavrões.

— Vou pensar no assunto, senhor Coves. — Sorriu, não queria parecer grosseiro justo quando acabara de chegar.

— Bem... — Ele sempre começava as frases com essa palavra, como um hábito — se mudar de ideia, leve-a amanhã à vila, a partir das cinco da tarde. Não tem como errar, é a única taberna do local, aliás, só temos uma rua, por enquanto. — Riu de tal situação. — Já deixarei Dóris avisada.

— Agradeço.

— Bem, senhoras... passar bem. — Acenou com o chapéu, sem tirá-lo da cabeça. — Padre Ruben, fique com Deus.

— E que Ele o acompanhe — desejou, observando Coves partir.

Ruben respirou fundo antes de se virar para as duas.

Agora, sem ninguém por perto, poderiam relaxar e voltar a ser a família que disfarçavam não ser. Olhou para Liliana, a fim de ver a reação de sua filha. Sabia que ela tinha escutado a conversa e que tudo era uma grande surpresa.

— Pai... — Ela balançou, sem saber se deveria ou não falar algo.

A mãe olhou para os dois, esperando uma palavra.

— Isso não é certo, filha. Sabe muito bem que ninguém pode descobrir sobre nós.

— Mas eu não diria nada. — Seu olhar parecia uma súplica.

— Não é só essa a questão que me assombra. Uma taberna? — Jogava os olhos para o alto. — Cheia de homens, bebidas... Deus, não quero nem imaginar.

— Mas e as moedas de bronze? Seria uma por dia. Nos ajudaria muito.

O cérebro de Liliana funcionava a todo vapor, escolhendo as palavras certas. Palavras que dobrassem o pai. Dinheiro.

— Seria maravilhoso, de fato. Ainda mais em tal situação que nos encontramos, fugitivos, desertores da Igreja. — Olhou para a esposa com pena, como se ele fosse o único culpado pelo sofrimento de fazê-los viver à margem da sociedade, se esquivando, se escondendo da Igreja, que caçava pessoas com falta de moral como judeus, bígamos, sodomitas, padres sedutores — que era o caso dele —, feiticeiras, visionárias, blasfemadores, impostores de todas as espécies.

Muito tempo atrás havia conhecido Anelise. Uma de suas paroquianas. Foi uma paixão avassaladora, escondida entre cantos de qualquer lugar que pudessem se enfiar. A Igreja jamais permitiria tal heresia. Se fossem pegos, o enforcamento seria inevitável e rápido.

A gravidez foi questão de tempo e prática. Temendo por sua vida e de sua amada, que agora carregava um filho seu, desertou da Igreja, mas não de sua crença católica, vivendo com a desculpa de que ajudava a irmã viúva e a sobrinha. Quando Henrique VIII rompeu com a Igreja Católica, os arredores da Inglaterra se tornaram o melhor lugar para sua família.

De fato, não podia mais pregar como padre. Mas a situação estava tão difícil que Coves não precisava saber que ele era um desertor, e o vilarejo ficava afastado demais, abandonado, em especial depois do rompimento.

Por isso, aquelas moedas de bronze viriam bem a calhar, já que ganharia muito pouco com o dízimo em um lugar tão pobre.

— Além do mais — Liliana continuou, perspicaz —, ninguém iria desconfiar que sou sua filha, já que mesmo que um padre tivesse uma, jamais permitiria que ela trabalhasse em uma taberna. — Ruben estava pensativo e ela queria aproveitar a oportunidade. — Para eles será algo como se eu estivesse ajudando minha mãe...

— Chega! — A irritação era latente, a ponto de quase socar o ar.

Era um enorme desafio para Ruben o fato de Liliana ter crescido nas estradas da vida. O desenvolvimento dela se deu entre fugas e mentiras para continuarem se protegendo, por isso não se sentia com moral suficiente para rebater a vontade que ela tinha de viver.

Não somente isso. Havia pecado muito maior. Algo que fazia a coluna deles gelarem só de pensar. Se aquilo fosse descoberto, a Igreja seria o menor de seus problemas. Ruben continuava refletindo sobre tudo, andando em círculos, enquanto as duas observavam, à espera de uma resposta. A mãe, submissa, não tinha voz para expressar nenhuma opinião. Era mera espectadora daquela discussão entre os dois.

Talvez Liliana estivesse certa, quanto menos chamassem atenção, melhor, agir com normalidade ao invés de se isolarem parecia o caminho certo a seguir, afinal, nunca antes nesse tempo todo de fuga se firmaram em algum lugar. Essa seria a primeira vez que ele voltaria a pregar e as pessoas estariam próximas.

— Sabe que se for trabalhar, é porque não me restam outras opções financeiras. — O rosto dela se contraiu. — Não é do meu agrado. Sabe muito bem que é doente e frágil... e de tudo que fazemos para que não sofra mal algum. Mas já não temos mais o que comer, o que ganharei com os sermões mal colocará comida na mesa.

Ela assentiu com a cabeça, séria. Como se toda sua alegria lhe esvaísse do corpo. Aquela conversa não era um sim ou não, parecia mais uma reflexão filosófica. Ele continuou como se conversasse em voz alta com ele mesmo:

— Estou muito preocupado e sabe bem o porquê. — Ela olhou para a mãe, que fez menção com a cabeça para que continuasse prestando atenção ao que o pai dizia. — Nunca antes criamos laços com as pessoas. Você nunca saiu de perto de nós, mas algo me diz que devemos agir diferente desta vez. Não temos mais para onde nos mudarmos. Se a Igreja nos pegar, estaremos mortos, ou se descobrirem aquilo... Sim, talvez a melhor maneira de não levantar mais suspeitas seja agindo como uma família normal, independentemente de quanto tempo ficaremos por aqui.

— Sim, senhor — concordou Liliana. — Vou fazer de tudo...

— Vai fazer de tudo para passar despercebida — interferiu Ruben. — Agirá como uma legítima mulher religiosa, quieta e submissa. Fará o que Dóris lhe mandar, sem perguntas, sem intimidade e, principalmente, sem expor nossa vida. Não preciso lembrá-la de que eu sou um padre e, por isso, não tenho filhos. Sairá daqui para trabalhar e voltará assim que terminar. Sem desvios no caminho.

— Não podemos chamar atenção, filha — concordou a mãe. — Caso contrário, teremos que nos mudar novamente.

— E principalmente... — Bateu o pé no chão para chamar a atenção da filha de volta. — Sem contato com homens. Nenhum — afirmou, categórico.

Ela assentiu com a cabeça baixa.

O pai respirou fundo, desconfiado de que talvez essa tenha sido a pior ideia que havia tido. Ela o abraçou apertado, grata. Feliz por poder viver um pouco, depois de uma vida escondida atrás da barra da calça do pai, mas ao mesmo tempo preocupada, pois o mundo longe dele parecia perigoso. Pelo menos, era assim que ele sempre a ensinou em inflamados discursos, embutindo medo na pobre criança, para que a mantivesse sob controle. Em especial depois que uma enorme desgraça se abateu sobre a família, Liliana acreditava que o pai estava realmente certo.

Estaria longe deles, sem alguém por perto para pedir orientação ou proteção. Faria exatamente o que ele havia dito. Sem conversas, sem contato, de casa para o trabalho e do trabalho para casa. Seria melhor obedecer.

Mas agora não era hora de pensar nisso. Sua alegria era maior que a preocupação e não queria estragar esse momento.

Assim que retribuiu o abraço, Ruben assustou-se. Liliana estava fria e tremia um pouco. Afastou-a com o braço para olhá-la melhor. Seu rosto estava pálido e com olheiras, além de uma tosse seca que começava a expelir. Havia mudado da aparência saudável para aquele estado tão depressa que chegou a impressionar até ele que já tinha se habituado à doença dela.

5

— Está com uma aparência doente. Deve ser por causa da viagem. Ou talvez seja só a emoção. — Tentou não parecer alarmado. — Melhor descansar enquanto organizamos a casa e sua mãe acende o fogo para nos aquecer.

A mãe a olhou, preocupada, apoiou a filha pelo braço, que continuava tossindo até entrarem na casa.

Liliana ficou realmente debilitada em questão de segundos, como se a vida estivesse lhe deixando depressa. Sentia imensa vontade de falar sobre o trabalho, mas tossia tanto que não conseguiria concluir uma frase sequer.

O pai ia trazendo as caixas com os pertences da família, uma por uma, descarregando a carroça e colocando ao lado da porta de entrada da cozinha. A cada caixa que trazia, olhava para Liliana, exausta, sentada em uma cadeira.

Sentia-se doente, zonza e fraca. Seus olhos pareciam pesar e forçava para se manter acordada, enquanto a mãe batia o pó do colchão onde ela iria dormir. Puxou um lençol e uma coberta limpa da caixa que o pai trouxera e preparou a cama para Liliana se deitar.

— Venha, querida. Descanse um pouco, enquanto vemos o que iremos fazer de comida.

Foi necessário muito esforço para levá-la até a cama devido à fraqueza e tosse constante.

— Mãe... eu não quero beber de novo — argumentou com dificuldade, engasgando-se com a tosse forte que lhe causava tremores intensos.

– Não há outro jeito, querida. Não gostamos disso tanto quanto você, você sabe. Mas é o único remédio.

Anelise beijou a testa da filha e saiu do quarto, esfregando as mãos, preocupada.

– Ela está ficando doente de novo – lamentou a Ruben, que esperava, ansioso, alguma palavra de Anelise.

– Pelos céus. Cada dia que passa a doença volta mais rápido e pior do que antes.

– Não temos opção. – Tinha pesar na expressão dela. – Devemos fazer.

Ruben praguejou. Odiava tal coisa. Mas não deixaria a filha morrer, mesmo que para isso tivesse que acrescentar a seus pecados.

Foi para fora, olhando para todos os lados, a fim de conferir se não havia ninguém por perto. Rodeou a casa, conferindo os fundos, que dava acesso aos limites do bosque. Arbustos e árvores encostados em um barranco.

Voltou para a carroça e pegou um encerado preto dobrado com cuidado. Pelo fundo da casa, saiu em meio à densa vegetação. Armou o encerado como uma cabana. Quebrou galhos, jogando-os por cima de tudo. Olhou de longe seu trabalho e parecia perfeito. Não dava para ver que ali havia algum tipo de armação.

Com esforço, puxou a enorme caixa de madeira de cima da carroça e a arrastou até o fundo, colocando-a debaixo da camuflagem que havia preparado. Voltou para casa, batendo os pés no chão, como quem espalha brasa, na tentativa de apagar o rastro deixado pela caixa que acabou de arrastar.

Pegou um copo da caixa de pertences que estava no chão da cozinha.

Limpou-o com o pano.

Agarrou uma faca de cima da mesa. Pesaroso, foi até onde havia escondido a enorme caixa. Anelise olhava de fora da vegetação, apreensiva. Não tinha vista do marido, apenas as folhas se mexendo com ele ali embaixo. Houve um pequeno barulho de tampa de madeira sendo aberta, um gemido que mais parecia um gato assustado. As folhas se mexiam com seu movimento ao sair.

Voltou para a casa, colocando a faca com sangue em cima da mesa. Anelise levou a mão à boca, com os olhos cheios de lágrimas. Mesmo sendo algo rotineiro, parecia que nunca se acostumaria com aquilo.

Ruben foi até o quarto de Liliana e virou o que parecia vinho na boca da garota. Ela estava tão inerte e debilitada que nem percebeu que o pai lhe deu de beber. Mas assim que virou o copo todo, os olhos dela piscaram, voltando à vida. Ele lhe tapou a boca, segurando-a com força, enquanto ela se debatia, para que não cuspisse nada de volta.

Logo ela foi se acalmando e pareceu cair em um profundo sono.

O abatido pai alisou com delicadeza o semblante da filha.

Pegou algumas madeiras velhas, empilhadas ao lado da porta de entrada da casa, e começou a acender o fogão a lenha. Aos poucos, o calor foi tomando conta de tudo, afastando o frio da noite.

O clima era de tensão e tristeza.

Anelise tirava o pó dos utensílios de cozinha com um pano. Limpou a mesa para comerem. Foi para fora e ajudou o marido a procurar raízes, folhas e, quem sabe, batatas para a sopa. Esse seria o jantar da noite. Por ora, teriam que se virar com o que pudessem encontrar. Já estavam acostumados a isso.

Enquanto Anelise jogava tudo que puderam encontrar em uma enorme panela com água sendo aquecida no fogão a lenha, olhava para o marido, que acendia velas pela casa, com compaixão.

Deixou uma vela ao lado de Liliana, que já parecia mais corada e em estado de sonolência.

— Daqui a pouco vai passar — sussurrou ele, enquanto lhe beijava a testa com carinho.

Ruben voltou para a cozinha. Tirou a camisa, pegou um chicote da caixa, ajoelhou, olhando para os céus, enquanto rezava em voz baixa. O chicote começou a estalar em suas costas, autoflagelando-se com força. Anelise deixou as lágrimas escorrerem pela face, sofrendo junto com ele.

6

A casa da família ficava a trezentos metros do vilarejo, na elevação de terra em um espaço vazio. Tinha apenas o bosque como vizinho. Antigamente, era a casa do homem que iniciou a vila. Era tão antiga que ninguém mais se lembrava a quem pertencia, já que esse pequeno amontoado de casas no meio de lugar nenhum, em algum canto dos países europeus, havia sido abandonado e reabitado tantas vezes durante os séculos que as pessoas que então viviam ali não tinham mais conhecimento de seu fundador.

Ligando a casa à vila, havia um caminho de terra, cercado por mato, arbustos e algumas árvores. Uma delas, enorme e de copa tão grande que chegava a envergar, quase tocando o chão.

Liliana andava timidamente pela larga rua com poucas quadras de comprimento. Casas de madeira dos dois lados, com varandas e compridos bancos de madeiras. Havia poucas lojas e elas pareciam se concentrar no segundo quarteirão.

Um estabelecimento com alimentos e alguns medicamentos. Uma tímida loja de roupas usadas, femininas e masculinas, uma de ferramentas e a taberna. O cheiro lembrava uma mistura de boa comida com comida azeda, dependendo da maneira que o vento batia.

Atrás de cada casa, havia uma plantação da mesma largura do terreno, separada por cercas rústicas de madeiras mal pregadas, evitando que um entrasse no terreno do outro. As poucas galinhas, cabritos, vacas e cavalos estavam desnutridos.

Tudo era muito sujo e desorganizado. Mas havia vida ali. Pessoas conversando, brigando, discutindo e barganhando preços. Homens paquerando mulheres, homens levando tapa de mulheres e crianças correndo no barro. Todos parecendo muito atarefados.

Era até de se estranhar que um lugar tão pequeno tivesse tanto movimento.

O pai caminhava, solícito, recebendo cumprimentos das pessoas. Não era segredo para ninguém que o padre havia chegado à vila. Ele tentava o tempo todo parecer amigável e convidativo, precisava disso, precisava de pessoas frequentando sua igreja. Liliana, por outro lado, parecia entusiasmada, virando a cabeça para todos os lados, absorvendo tudo o que a retina conseguia captar.

Às vezes, alguém parava Ruben querendo confirmar se ele era o padre. Ruben respondia, entusiasmado, com conversas sobre seus planos, no quanto contava com a ajuda das pessoas e que Deus estaria vendo essa ajuda. Liliana parecia se contorcer de dor, tamanha a ansiedade de chegar logo à taberna. Aquelas paradas e conversas estavam torturando-a.

Quando finalmente pararam, o pai lançou um olhar clínico ao lugar. Retesou por um momento. Talvez fosse melhor não entrar, pois dependendo do que visse lá dentro, mudaria de ideia. Chegou a pensar que, em sua época, teria fechado o lugar e mandado enforcar aquela meretriz vendedora de álcool. Mas os tempos eram outros. Tinha que aceitar o que a vida lhe trazia sem reclamar. Pecadores por pecadores, ele agora era um deles. Era irônico que, no fim, estava dependendo das pessoas de quem tanto praguejou para sobreviver.

Dóris avistou os forasteiros de dentro da taberna. Mesmo sem os conhecer, sabia que era a garota de quem Coves havia falado. Não poderia ser mais ninguém. Caminhou até eles, secando a mão no avental em sua cintura.

Uma mulher baixa e acima do peso. Parecia ter sido socada por algum pilão. O cabelo vermelho e encaracolado estava preso por tantos grampos que não havia como negar o quanto eram rebeldes. Talvez refletindo a personalidade da dona. Sardas aos montes terminavam por decorar a face, dando-lhe um marcante visual.

— Como vai, padre? — Inclinou-se em claro sinal de costume e não propriamente por respeito. — Sou a Dóris, a dona da taberna. Coves me avisou que o senhor poderia passar por aqui... Bem-vindo à vila. – Sorriu com os dentes grandes como os de um coelho.

– Vou bem, obrigado, dona Dóris.

– Estou feliz de saber que a igreja voltará a funcionar.

Ela parecia agir mais por simpatia do que por devoção.

Estava aí um problema no ponto de vista de Ruben. Quem não frequentava as missas era porque compartilhava o pensamento com o capeta e não com Deus. Era obrigação de todos irem, e quem não o fizesse, seria castigado ou morto. No caso das mulheres, seriam consideradas bruxas e, portanto, seriam queimadas.

No fundo, agora devido à sua atual situação, Ruben agradecia que o clero não havia se interessado pela vila. Teria feito a maior festa no local e, provavelmente, não teriam árvores o suficiente para tantos enforcamentos de pessoas que viviam fora do padrão que a Igreja estabelecia como normal e cristão.

– Que ótimo, senhora Dóris. Mal vejo a hora de começar. Espero contar com sua presença.

– Mas claro. – Deu uma risada que Ruben não distinguiu se falava a sério ou se tirava sarro dele e, por um momento, pensou em trancar a filha de volta em casa.

– Então, essa é a garota? – Sorriu.

– É, sim, Liliana.

– Como vai, meu anjo? Será bom ter uma ajuda. – Inclinou-se em uma simpatia sincera.

As duas se curvaram.

– Saiba que, provavelmente, terá que ter um pouco de paciência com ela, Dóris, pois ela nunca trabalhou antes. Mal a deixava sair, queria poupá-la das maldades do mundo. Quando Coves deu a sugestão de um trabalho, achei que seria em alguma casa de família para limpeza.

– Entendo. Mas aqui não há famílias ricas que precisem de criadas. A cidade fica bem longe, pouco mais de dois dias de viagem a pé. A única casa no caminho é a mansão de um burguês, mas lá já há criados e a sua sobrinha não teria utilidade.

Vendo a preocupação crescente nos olhos do padre e o entusiasmo da garota, Dóris tentou espantar a preocupação:

— Mas fique tranquilo. Minha taberna é um lugar decente. Não há brigas ou homens que não respeitam as mulheres. E vou mantê-la sempre atrás do balcão.

— Ótimo, assim fico mais tranquilo, acho...

— Não se preocupe com isso. Qualquer coisa que acontecer, o senhor será o primeiro a saber. Se quiser entrar e conferir o ambiente... — Tentou tranquilizá-lo, apontando para a taberna.

— Melhor não. — Ela pareceu aliviar-se com isso. — Preciso conhecer melhor a vila e me apresentar às pessoas, informar a todos sobre a paróquia. Domingo teremos o primeiro sermão, há muito trabalho a ser feito.

— Entendo... Bom, acho melhor eu entrar. Logo o movimento vai começar.

— Terminará tarde? — perguntou, curioso.

— Tentarei mandá-la para casa o melhor horário que conseguir. Meu movimento é somente depois desse horário. Antes, não necessito de ajuda.

Ele deu uma olhada melhor para a taberna. Dóris pareceu se irritar com a falta de confiança de Ruben em suas palavras tranquilizadoras.

— Vamos, filha. — Indicou caminho para Liliana. — Não se preocupe, padre. Nada de mal irá acontecer.

Despediram-se e ele esperou as duas entrarem para continuar sua caminhada.

Sentia-se de mãos atadas. Tudo estava muito errado. Completamente fora do seu agrado e do que acreditava ser aceitável. Mas a sua vida toda estava errada, o fato de sua filha trabalhar era o menor deles. Havia coisa pior, muito pior.

As poucas pessoas que estavam ali dentro pararam de beber e conversar assim que Liliana entrou.

Demoraram-se alguns segundos, medindo a garota dos pés à cabeça, e depois voltaram a conversar como se nada tivesse acontecido. Ela corou e teve vontade de sair correndo, mas Dóris a puxou pelo braço, falando sem parar, de maneira espalhafatosa.

— Não ligue para esse bando de velhos *mocorongos*. Eles não estão acostumados a ver uma garota novinha e linda. — Segurou carinhosamente o rosto de Liliana com as duas mãos, analisando-a melhor. — E você é mesmo linda, não é?

Ela nunca tinha sentido tanta vergonha. Não estava acostumada com esse tipo de intimidade nem saberia responder àquela pergunta, se é que havia sido uma. Além do mais, esse não era bem o tipo de atitude de uma cristã. Dóris não tinha nada de recatada ou contida.

– Não, meu bem. Não sou cristã – disse como se lesse o pensamento dela. – Isso é só uma história para o seu tio deixar você trabalhar aqui. Deus sabe como preciso de ajuda.

A mulher sabia gesticular.

– Ah, sim... – Ela não parava.

– Mas acredito em Deus, embora não seja uma religiosa fanática. Onde já se viu... uma cristã dona de taberna, mas deu certo, não deu? – Piscou para a garota. – Aposto que estava doida para sair debaixo da barra do tio. – Liliana tentava acompanhar Dóris, perdida com tanta informação, mas feliz.

– Ô Dóris. Traz mais uma rodada para cá – gritou alguém.

– Já estou levando – ela berrou de volta. Liliana sorriu, achando graça.

– Meu anjo, você sabe lavar louça?

Ela assentiu com a cabeça.

– E sabe falar também? – Gargalhou alto.

– Sei – respondeu, tímida. – Peço perdão pela apatia.

Não teve a intenção de ser grosseira.

– Não se preocupe com isso. Estava a suspeitar que fosse muda. – Ria com gosto enquanto enchia canecas de cerveja. – Pois então, hoje só irá lavar tudo que eu trouxer e, acredite, logo isso estará cheio. Irá cansar os braços. Somos a única taberna dos arredores antes da cidade, e a diversão preferida, ou talvez única, desses lavradores é beber.

Saiu carregando canecas em uma bandeja.

Liliana olhou para a pia, que já acumulava uma boa quantidade de copos e canecas, chegou a pensar que a mulher não havia lavado nada desde cedo. Dóris voltou trazendo mais canecas vazias, enquanto mais pessoas entravam no bar. Ela olhava, admirada, com a desenvoltura que a proprietária tinha ao conversar com todos.

Deu uma boa olhada no lugar, era bem simples e arrumado. Paredes de madeira em alguns cantos e de pedra em outros, principalmente onde ficava uma lareira. Cadeiras rústicas e banquetas. Ripas de madeira pregadas nas paredes serviam como estantes. Mesas com marcas de cera derretida no centro, onde uma vela era colocada em cima da outra à medida que extinguiam. Lamparinas nas paredes completavam a iluminação ideal para o local, não deixando o ambiente nem muito claro nem muito escuro. No teto, bem no centro do salão, o toque feminino de Dóris se fazia presente, na forma de um enorme ramo de patchouli, cheio de folhas para dar um perfume melhor ao lugar. A julgar pela aparência, logo estaria seco por completo.

Na pia havia um pano esticado de um dos lados, onde ela deveria colocar os copos lavados para serem usados.

A prateleira a sua frente tinha uma infinidade de garrafa de vários formatos diferentes com bebidas. Ao lado, barris e mais barris de madeira cheios de cerveja. Tinham duas portas, uma de cada lado. Do lado direito era a do banheiro e a do lado esquerdo, além de depósito, havia uma cama que servia de quarto para Dóris.

Acendeu a vela a sua frente, iluminando melhor a pia, que ficava acumulada rapidamente. A mulher não parava um minuto de ir e vir com copos, e Liliana logo percebeu que não iria parar nem por um minuto de lavá-los.

Seus ombros ardiam de dor. Calculou mentalmente que já estava lavando utensílios a cerca de duas horas, sem pausas, lavando tudo que Dóris despejava na pia. Suas mãos estavam mais enrugadas que as de uma velha. Nem teve tempo de se virar para ver o movimento do bar, mas, mesmo que tivesse, ainda sentia vergonha o suficiente para se impedir. Devia estar lotado, a julgar pela barulheira de conversas. Como seria o rosto das pessoas que ali estavam? Seriam mais velhos? Haveria moços? Estavam bêbados? Jamais vira um bêbado em toda sua vida.

Na verdade, jamais vira uma taberna ou tantos homens no mesmo lugar.

Deu uma rápida espiada por cima do ombro. Corou. Estava realmente lotado.

Encheu um copo de água e bebeu. Sua boca estava seca de nervosismo e curiosidade.

Respirou fundo e se virou depressa, correndo os olhos pelo lugar e então voltando à posição inicial. Havia muitos homens. Todas as mesas ocupadas.

Por um breve momento, Dóris parou de trazer copos. E não havia mais nada a ser lavado, só lhe restando duas opções: ou continuava ali com a cara virada para a parede ou olhava para o bar. Respirou fundo e virou-se.

Estranhamente, ninguém parecia notar que ela existia. Todos conversavam, riam e bebiam. Sentiu-se mais confortável. Viu Dóris indo de mesa em mesa conversar com os clientes. Ela conhecia todos ali. Quando Liliana estava prestes a se sentir invisível, notou que um homem ao fundo do bar a observava. Sentiu-se envergonhada e pronta para se virar de volta para a pia, mas não resistiu à tentação de olhá-lo uma última vez.

Viu com clareza os olhos azuis penetrantes quando ele se aproximou da vela ao centro da mesa para acender o tabaco com a boca. Olhos felinos que a fizeram perder o fôlego por um momento. Cravados nela. Corou e se virou.

Liliana sentia-se como um animal indefeso, pronto para ser devorado por um predador. Não importava o quanto lavasse talheres, utensílios e copos, sabia que o homem ainda a observava. Sentia sua nuca arrepiar a todo o momento. Por um segundo, achou que estava ficando louca e criando ideias fantasiosas em sua mente.

Estava enlouquecendo? Por que o homem haveria de ficar encarando-a? Lembrou-se do que seu pai lhe disse e concentrou-se no serviço.

Mas era impossível. Algo que ela não sabia explicar a si mesma, só conseguia sentir, a necessidade de ser olhada mais uma vez. Não qualquer olhada, a daquele homem, e daquela maneira.

7

Decidiu olhar por cima do ombro naquela direção. Ele ainda a encarava, sem piscar, entre goles de cerveja e tragadas no tabaco.

Tentou analisar um pouco a situação, procurando uma razão para que os olhos dele não desviassem dela. Sentiu-se preocupada. Seria ele uma espécie de bandido que seu pai tanto falava que existia pelo mundo?

Um assassino? Um pederasta? O que era um pederasta, aliás? Pela maneira que seu pai falava, ela imaginava que fosse algo ruim, mas não tinha certeza exatamente do quê.

Certo. Se ele ainda estiver olhando, terei que avisar a Dóris que há um assassino na taberna.

Assim que ela se virou e seus olhos se encontraram, ele abriu um leve e quase imperceptível sorriso de canto de boca. Parecia que ele não sorria havia séculos e estava destreinado. Liliana franziu a testa, fazendo as sobrancelhas pesarem sobre os olhos. E lá estava ela, de novo, com a cara voltada para a pia.

Será que tinha sido um sorriso? Se ele sorriu, então não era assassino. Pelo menos, ela achou que foi um sorriso. Ela havia prestado mais atenção na barba loira dele, mexendo no canto da boca, do que nos lábios. Sua mente estava perdida. Deveria haver alguma explicação para sentir sua pele arrepiada ao analisar a barba dele. Já vira tantas barbas na vida, de seu pai, por exemplo, e por que aquela lhe dava vontade de tocar?

Percebeu que ele chamou Dóris. Aproveitou o momento em que ele se distraía com a mulher, pedindo outra cerveja, para olhá-lo melhor.

Seu cabelo jogado para trás ia até a metade do pescoço e a barba no tamanho ideal pela face. Loiro como um campo de trigo ao sol. Rosto firme, quadrado, e maxilar forte. Seu tórax dava duas dela com certeza. Os braços eram fortes e maiores que as coxas dela. A mão grande e os dedos grossos e longos como uma vela. Seu punho roliço a fez imaginar que ele poderia quebrar uma parede com um soco, se quisesse. Seus olhos escalaram a virilidade nos detalhes da mão, braço grosso de pelos curtos, bíceps e, quando sua análise terminou na face dele, os olhos se encontraram, e só então ela percebeu que ele a encarava, observando-a, enquanto ela lhe admirava todo o corpo.

Que vergonha. Uma desonra. Ficou o resto da noite com a cara voltada para a parede, sentindo-se suja. Se pudesse, se lavaria na pia. Nem se lembrou da dor nos ombros e mãos. Só pensava em cada parte do corpo dele, que havia registrado como uma pintura, e da vergonha de ter sido pega no flagra.

Estava óbvio para ela agora. Ela finalmente entendeu qual a diferença da barba dele para a do pai. Ele era lindo, uma novidade, já que, em geral, não olhava para homens, porque sempre estava ao lado do pai, de cabeça baixa.

Dóris parou ao seu lado, forçando, sem intenção, Liliana voltar à realidade.

— Chega por hoje, meu anjo. Já trabalhou bastante.

— Mas ainda há alguns copos.

— Não se preocupe. Já vou fechar. Deixe que eu termino. — Ela enfiou a mão no bolso e entregou uma moeda de cobre para Liliana, que abriu um enorme sorriso. — Vá descansar que amanhã tem mais.

Liliana se preocupou. Teria que se virar para ir embora. E se o estranho ainda estivesse ali, encarando-a? Como passaria ao lado dele?

— Alguma coisa a aflige? — preocupou-se Dóris.

— Não, nada. Meu corpo todo está doendo um pouco.

— Você se acostuma. — Riu. — Melhor ir. Uma leve garoa começou a cair e não quero que se molhe.

Mas o estranho não estava mais ali. Ela sabia disso, pois não resistiu uma olhadela. Na verdade, a taberna já estava quase vazia.

8

Ruben estava ansioso. Preocupado se as coisas dariam certo. Ainda era difícil para ele se permitir tal feito, mesmo após todos esses anos afastado da Igreja. Sua mentalidade ainda tinha resquícios de que as mulheres eram sempre bruxas que deveriam ser contidas e vigiadas. Ele sempre fazia um enorme esforço para lutar contra esses ensinamentos. De fato, estava casado, com uma filha e, vez ou outra, tinha que se repreender para não as tratar da maneira que a Igreja o ensinou.

Liliana chegou em casa, animada, entregando a moeda ao pai. Eles mal podiam acreditar. Não era muito, mas o suficiente para que, no dia seguinte, comprassem um pão e algumas batatas para incrementar a sopa. Foi quando Liliana viu uma galinha presa por um fio de corda ao pé da mesa. O bicho estava de cócoras, tão quieto encostado ao canto da cozinha que poderia passar despercebido.

— Uma galinha? — Seus olhos se iluminaram. — Há tempos não tomamos uma canja.

Os pais se entreolharam com tristeza. Ela entendeu o que significava aquele olhar. Aquela galinha já tinha outro destino. Aquilo era tão triste que ela preferiu se calar. Simplesmente beijou os pais no rosto e se retirou.

Liliana caiu na cama, morta de cansaço e sono. O olhar felino e azul como céu limpo do estranho ficou em sua mente. Parecia que ele estava ali com ela, como um leão espreitando a presa. O quarto parecia abafado. Sua mente passeava pelo corpo dele, lembrando-se de cada detalhe até dormir alguns minutos depois.

9

Markus voltou para casa ao final da rua. Era um pouco mais afastada das outras. Essa casa em especial ficava mais próxima da floresta do que da vila em si, uma residência humilde. Antes de entrar, porém, esvaziou a cerveja do corpo em uma árvore qualquer. A noite estava calma e não havia nem espíritos por perto. Alguns tímidos pingos caíam, mais parecendo um choro falso dos céus do que uma chuva, já que não havia muitas nuvens, deixando a luz do luar tocar livremente o solo.

Deus. Como esta vila consegue ser tão tranquila à noite?

Deu uma boa espreguiçada. Não sentia vontade de entrar, estava elétrico, pensando na nova moça da taberna.

Aquele rosto e aqueles olhos vivos e penetrantes percorrendo o corpo dele, medindo cada parte sua e fazendo seu coração acelerar. Há tanto tempo tinha deixado de prestar atenção nas pessoas que nem se lembrava mais de como era essa sensação. Mas era boa.

Por mim, ela pode olhar todo dia, se assim desejar.

O que, por si só, era um pensamento diferente do que ele estava acostumado. A última coisa que tinha buscado por todos esses anos foi encontrar alguém que o fizesse ficar obcecado, e, de repente, sem aviso, esse alguém lhe bateu à porta, confundindo seu pensamento com a chegada repentina.

Entrou em sua casa. Era quase vazia, não só de móveis, mas de vida. Caiu na cama, fechando os olhos e distanciando-se do mundo. Vagando. A imaginação era melhor que sua realidade.

A moça da taberna estava ali com ele. Imagem vívida. Ela devia ter um corpo muito bonito, pois apesar da roupa que lhe cobria toda, havia curvas. Partes do cabelo cor de mel escapavam pelo pano preso à cabeça. Pelos céus, parecia poder sentir o cheiro que tinham. Aqueles olhos, aquela boca, seu jeito tímido e até um pouco bravo. Sinais de uma moça de respeito e de família. Sem dúvidas, ela não era uma qualquer. A perceptível luta interna dela contra a vontade de olhá-lo, sufocada pela timidez, tocava-lhe a alma e atiçava seu membro, que neste momento latejava dentro da calça, dolorido, em busca de espaço. Ele apertou o próprio pau por cima do tecido, contorcendo o corpo em tesão, quase irritado. Havia tempos que não fazia sexo e a testosterona explodia em cada célula.

Mas o desejo não durou muito. O esgotamento de um dia de trabalho braçal puxado, acompanhado por copos de cerveja, atingiu-o. Antes de cair em sono definitivo, soltou um longo suspiro e sua alma se encheu de paz e tranquilidade. Um alívio que pensar na moça lhe dava. Uma mistura de romance e tesão, tão próximos que se confundiam. Uma surpresa na vontade de permitir alguém em sua vida novamente.

Ruben saiu da casa com uma galinha na mão, segurando o bicho pelos pés. Ela se debatia, girando em círculo, abanando as próprias asas, tentando em vão se libertar. Havia acabado de ganhar o animal de uma beata ansiosa e feliz com a volta da igreja.

Sentia raiva. Poderia cozinhar o bicho e jantar alegremente. Mas não hoje, outra coisa precisava ser alimentada.

Deu a volta pela casa, indo aonde havia montado a cabana. Abriu a portinhola da enorme caixa de madeira e jogou o bicho lá dentro. Ruben escutou a galinha se debater e cacarejar, escandalosa. De súbito, escutou um *piu* da morte e tudo ficou em silêncio.

10

O dia passou rápido, em especial porque Liliana acordou mais tarde do que o normal. Entre ajudar a mãe a organizar e limpar tudo, o que poderia parecer pouco, por serem somente dois cômodos da casa, na verdade era muito. Pó, terra e sujeira eram o que sua mãe não tolerava. A casa podia ser humilde e simples, mas a limpeza era primordial. Logo depois, ajudou o pai no terreno. Removendo ervas daninhas e arbustos secos. Tentando ao menos deixar um visual menos abandonado. Ainda teria que ajudar a limpar o salão da casa da frente, mas quando se deu conta, já estava na hora do segundo dia de trabalho na taberna. Ansiosa para poder ver e ser vista novamente, limpou-se com cuidado e se arrumou com certo exagero.

Assim que entrou na taberna, olhou para os lados. O lugar ainda não estava lotado e não havia sinal do homem de olhos azuis. Amarrou o avental na cintura e pôs-se a lavar os copos que estavam na pia com certa irritação. Não era aquilo que queria fazer nesse momento. Preferia ficar escorada ao balcão, com as mãos no queixo, esperando-o entrar. Além do mais, já estava cansada devido a todo trabalho que tinha feito antes.

Dóris falava pelos cotovelos, mas Liliana não estava escutando. Em sua mente só pensava se o homem iria aparecer novamente.

— ... não acha? — perguntou Dóris.

— Oi? O que disse?

— Onde está com a cabeça hoje? — Olhou para o lado, irritada. — Já vou — gritou Dóris para alguém. — Encha dois copos de cerveja para mim, querida.

– Como faço isso? – Pareceu perdida.

– Era isso que estava explicando agora... do barril... coloca o copo embaixo e abra a torneirinha.

Aquela mulher sabia gesticular.

– Assim? – perguntou, enchendo o copo.

– Isso. Agora, afasta um pouco para baixo para fazer espuma.

Ela encheu os dois copos e os entregou para Dóris.

– Que beleza. Perfeito. Você aprende rápido.

No instante que se virou para levar os copos ao balcão, Liliana viu o homem entrar pela porta da taberna. Ele era alto. Muito alto. Corpo largo e forte. Quase cobria a porta. Estatura ereta e imponente. Beirando a arrogância. Suas pernas grandes e grossas caminhavam com força, socando o chão de maneira desproposital.

Ele a olhava, sem piscar. E desta vez se sentou em uma mesa próxima ao balcão.

– Olá, Markus – cumprimentou Dóris ao passar por ele.

– Boa noite – respondeu, sem tirar os olhos de Liliana.

Ela se virou. A voz dele era grossa e quase rouca. Como um trovão.

– Mais uma cerveja, meu anjo – pediu para Liliana, encostando-se no balcão.

Entregou a caneca que foi levada para Markus.

Ele estava sentado de maneira relaxada. Um dos braços jogado sobre a mesa, o outro apoiado na cadeira. Pernas abertas e esparramadas. A cadeira parecia pequena para ele.

Assim que Dóris lhe entregou a cerveja, ele discretamente olhou de canto de olho para Liliana, hipnotizado.

Já vi tudo, pensou Dóris ao notar a troca de olhares dos dois.

Markus passou a mão pelos cabelos, jogando-os para trás com charme.

Liliana voltou-se para a pia, tímida.

Markus. Que nome lindo. Sorriu para si mesma.

Ele tentava disfarçar. Principalmente porque Dóris havia percebido e não queria que ela o expulsasse da taberna. Sabia que se aproximar da moça sem antes deixar claro sua intenção de esposá-la lhe traria problemas. E, para ele, já era demais que Dóris soubesse de seu interesse naquela boca carnuda. Mas ele não conseguia evitar. Encarava-a várias vezes seguidas. Lembrava-se a todo momento dos olhos dela percorrendo seu corpo como fizera na noite anterior. Aquilo lhe acendeu uma chama que havia muito tempo estava apagada. O sangue quente pulsava em suas veias novamente, em todas as veias. O jogo perigoso da provocação entre eles dava sinais de que iria continuar a noite toda.

Enquanto isso, afastado dali, algo dentro da grande caixa de madeira se agitava esta noite.

11

Ruben alinhava as cadeiras do templo em fileiras.

Dessa maneira ficaria mais fácil para que ele e Liliana fizessem uma boa faxina no salão e nas cadeiras no dia seguinte.

Parou por um momento ao escutar o barulho, com olhos arregalados. Parecia madeira golpeada por algo. Logo, as pancadas foram se tornando tão altas que começou a amedrontá-lo.

Gemidos animalescos. Raiva. Batidas na madeira vinham de trás da casa onde ficava o enorme caixote.

Era tão barulhento que dali onde estava, a cinquenta metros de distância, ouvia-o com clareza. Sentiu o corpo arrepiar de preocupação.

Anelise entrou chorando no salão com a respiração falha e nervosa. Quase tropeçou ao correr em direção ao marido.

— Estou com medo. — Abraçou-o, agoniada.

— Calma... em breve passa. — Apertou-a contra si, tentando protegê-la.

— E se alguém escutar? — Seus olhos quase tremiam.

— Teremos que nos mudar de novo — lamentou.

— Não aguento mais isso. — Olhou para baixo, deixando a lágrima cortar a face.

— Acalme-se. Já disse que daqui a pouco passa.

Os dois ficaram em silêncio. O barulho parecia ter parado.

— Viu... já passou. — Balançava-a nos braços como se ninasse uma criança.

Anelise o abraçou mais apertado. Enterrando a cabeça em seu peito com força.

— Iremos arder no inferno. — Ela chorava mais ainda.

Provavelmente.

— Tente não pensar nisso agora. É tudo por um bem maior. Pense em Liliana. Ela não tem culpa de nada.

Um enorme estrondo. Uma pancada tão forte que parecia ter quebrado a caixa. Por um momento, Ruben quase pôde visualizar aquilo entrando pela porta. Estava estático, com Anelise em seus braços. Segundos que pareceram minutos. Mas nada aconteceu.

Por enquanto estavam seguros.

12

Dóris fechou a porta da taberna assim que o último cliente saiu e apagou as desgastadas velas das mesas. Havia chegado ao fim de mais um expediente. Liliana estava preocupada e sobressaltada. Sentia que algo não estava bem, mas não sabia explicar o que era. Dóris lhe entregou outra moeda de cobre.

— Nem sei como agradecer. Tem ajudando muito a minha família. — Liliana estava realmente emocionada.

— Imagine, meu anjo. Você é trabalhadora. Além do mais, não é muito, me faz ficar envergonhada. — Ajeitou o casaco.

— Para nós, é bastante.

Liliana olhou pelo longo caminho até o topo da colina. A noite estava densa e mais escura do que o normal.

Percebendo o receio dela, Dóris a acalmou.

— Não se preocupe. Nada lhe acontecerá. Agora vá, antes que seu tio venha atrás de você.

Trancou a porta, permanecendo dentro do bar, que também era sua casa.

Havia certo receio de que seu pai certamente brigaria com ela. O expediente havia se encerrado mais tarde do que ela imaginava. Talvez fosse essa a sensação estranha que tinha. Só pedia aos céus que ele não a proibisse de voltar a trabalhar.

Pôs-se a caminhar devagar, ajeitando o casaco para se aquecer.

Um pouco afastado do caminho, embaixo da árvore da copa que tocava o chão, ela avistou Markus. Só poderia ser ele. A sombra era alta e larga, exatamente do formato do corpo do homem. Pelo menos ela esperava que fosse, quem mais poderia ser?

Riu de si mesma. Estava, de certo modo, desejando que ele estivesse ali. Sabia muito bem o que seu pai faria se a visse conversando com algum homem. O que tinha na cabeça querendo desrespeitar as regras do pai?

Queria desafiá-lo? Ou só queria viver um pouco? Não havia maldade ou anarquia em seu desejo.

A sombra debaixo da árvore acenou com a mão e ela abaixou a cabeça, continuando seu caminho.

Sem dar-se por vencido, caminhou até ela, colocando-se em sua frente.

Teve a sensação de que uma muralha lhe bloqueou o caminho. Uma muralha falante.

— Olá. Boa noite.

Ela continuou desviando o olhar, sem responder.

— Tudo bem? Não lhe causarei mal. Minha única e honesta intenção é de que chegue salva em casa.

O silêncio se formou, apenas por alguns segundos, mas para eles parecia que havia se passado horas.

— Meu nome é Markus. — Estendeu a mão em cumprimento, retraindo-a em seguida. Fazia tempo não conversava com uma moça delicada e bem--criada e isso lhe afetou os modos, cumprimentando-a como se estivesse lidando com outro homem.

Ela admirou o tamanho dele perto dela. Podia feri-la facilmente, mas, de alguma maneira estranha, sabia que ele jamais faria isso, apesar de cumprimentá-la de modo inadequado. Liliana julgou tal ação um destreino potencializado pelo nervosismo aparente. Não se sentiu ofendida por isso.

Conferiu todos os cantos, preocupada. E se alguém estivesse observando?

— Preciso ir embora — disse, ríspida, inclinando-se em despedida.

Ele percebeu a preocupação dela. A sobrinha do padre conversando com ele, um homem de má reputação. Onde diabos estava com a cabeça em manchar a honra da moça? Logo se retesou, voltando à realidade ao perceber o erro que estava cometendo.

Sem aviso prévio, ela o olhou antes de continuar seu caminho. A pele dele queimou por baixo do grosso casaco sob aquele olhar, sentindo as veias pulsarem.

— Será melhor se eu for — concluiu, inclinando-se novamente.

Ele não sentiu verdade na voz de Liliana, que dizia uma coisa, mas parecia querer outra. Ela disse duas vezes que precisava ir embora e ainda não o tinha feito, como se quisesse ser impedida de tal ato.

13

— Peço desculpa por estar arriscando uma aproximação. Precisava falar com você. Sei que seu parentesco com o padre pode lhe trazer problemas...

— É meu tio — interrompeu abrupta, preocupada.

— Eu só queria conhecê-la. — Sua voz era rouca e sussurrante. Quase trêmula.

E, pela primeira vez, Liliana sentia a pele arder de desejo carnal.

— Mesmo sendo meu tio, se ele me vir conversando com algum homem... irá me castigar...

Markus sentiu-se nervoso. Um misto de preocupação por aquela moça tão frágil ser castigada e uma ponta de raiva de quem o fizesse. Sentia-se possessivo. Queria abraçá-la, beijá-la como se ela já fosse dele. Como se tudo já estivesse conquistado.

Ambos olharam em todas as direções. A noite escura pairava acima da vila, algumas luzes ao final da rua. Ali não havia sequer uma iluminação. Somente o cheiro de terra e de grama verde e fresca, acompanhado da sinfonia de grilos. Ele foi se afastando em direção à árvore, onde era mais escuro, devido à grande copa de folhas que escurecia tudo embaixo dela.

— Melhor sairmos do caminho então.

O corpo dela estremeceu. Não acreditava que sentia forte impulso de acompanhá-lo para debaixo da árvore. Estaria louca?

— Se preferir, pode ficar aí e eu fico aqui — tentou tranquilizá-la.

Liliana se sentiu mais confortável.

— Como é seu nome? — Markus sussurrou como um gato ronronando, já perto do tronco.

— Liliana.

— Lindo nome. Lindo rosto.

Ela levou a mão até a face, como quisesse se esconder de vergonha. Nunca ninguém havia elogiado suas feições.

— Foi um prazer conhecê-lo, senhor Markus. — Inclinou- se, querendo pôr um fim na conversa e seguir seu caminho.

— Achou meu nome bonito? — Não era bem o que ele queria perguntar. Não queria parecer uma criança carente por elogios, mas desejava continuar a conversa e essa foi a única coisa que lhe veio à mente.

Ela queria dizer que achou tudo bonito. Mas um barulho lhe chamou a atenção. Um bêbado cantarolando começava a descer o caminho em direção à vila. Desesperada, olhou para todos os lados. Quando estava prestes a correr para longe, a enorme mão de Markus a puxou pelo braço para trás da árvore, juntando os corpos.

O contato de seus corpos e o grande braço de Markus a segurando a fez estremecer, como se tivesse levado um choque.

— Está segura aqui atrás. Ele não vai vê-la.

— Como ousa?

— Só quero evitar que tenha problemas.

Ele soltou a mão dos braços dela, deixando-a livre para se afastar dele. Levou mais que alguns segundos para ela pensar em dar um passo para trás. O cheiro natural dela era incrível. Parecia mel. Sua respiração era falha.

— Não quis ofendê-lo, senhor. Sei que não me faria mal.

Vamos, garota. Dê um passo para trás. Descole seu corpo do dele.

Acreditava que ele não tentaria algo que ela não consentisse e, mesmo não tendo experiência no assunto, sabia que ele era um homem saudável e jovem, e ela estava muito perto, cutucando o leão com vara curta. Ela precisava se afastar, certo?

O nariz dele captou o aroma do cabelo dela. Cheirava a flores silvestres. Suas veias bombeavam sangue quente para todo o corpo. O que a fez sentir a respiração quente dele e seu corpo emanar calor.

Finalmente, deu um passo para trás olhando para os lados em um ímpeto de fugir. Aquilo estava errado, muito errado. O bêbado ainda descia o caminho e, neste momento, estava perto da árvore enquanto seguia em direção à vila.

Se ela fizesse qualquer barulho, ele olharia e a veria.

— Espere — Markus sussurrou no ouvido dela, fazendo-a dar um pequeno salto. — Assim que ele passar, poderemos sair.

A barba dele encostou gentilmente em seu rosto, perto da orelha. Os olhos se cruzaram e o mundo pareceu rodar como um pião. Ficaram em silêncio, com a respiração ofegante. A conexão entre os dois parecia se formar.

— Por quê? — ela soltou de repente.

— Como? — Ele parecia realmente perdido. Não conseguia raciocinar direito, muito menos acompanhar o que ela queria dizer.

— Por que quer me conhecer?

Os olhos dela o encararam, curiosos e ansiosos pela resposta. Ele sentiu os músculos se contraírem. Pareciam estar em uma competição de quem tinha o olhar mais penetrante.

Mais um pouco e apostariam algumas moedas para ver quem conseguiria fazer o outro corar mais.

A resposta estava demorando. Estaria ele pensando? Ela deu mais uma olhada e o bêbado já estava perto da vila.

Diga algo. Pelos céus... diga algo, pensou Markus a si mesmo.

Estava irritado consigo mesmo ao perceber que ela parecia querer fugir a qualquer momento com sua hesitação. Queria dizer que ela lembrava sua ex-mulher. Não fisicamente. Mas o jeito doce e meigo, embora talvez isso não caísse bem no primeiro contato deles.

— Porque você é diferente. — Por fim, conseguiu dizer.

— Diferente? Isso é bom ou ruim? — A atenção dela estava de volta para ele.

— É ótimo. Você me passa a sensação de uma moça gentil, educada e meiga. De boa família. O tipo de moça...

Ele fez um silêncio como se buscasse a palavra certa. Ela o olhava com mais intensidade ainda. Sentiu vontade de pedir a ela que parasse com aquele olhar ou ele não conseguiria pensar.

— Que tipo de moça? — Ela explodia de curiosidade.

O tipo para casar.

— O tipo que a gente quer manter por perto, porque faz bem.

Ela olhou para o chão. Teve vontade de chorar. Nunca imaginou que ouviria tal coisa. Em especial, pelo tipo de vida que ela levava. Ainda mais de um homem como ele.

— Desculpe a sinceridade — concluiu.

Ela só assentiu com a cabeça. Não conseguia emitir som algum.

Meu pai vai me matar.

Santo Deus. De onde raios seu pai tinha aparecido em sua mente neste momento? A última coisa que queria pensar era no pai, mas ele já estava ali no meio dos dois.

De casa para o trabalho, do trabalho para casa e, principalmente, nada de homens.

Ela iria apanhar, com certeza.

Como encontraria Markus no dia seguinte com a boca cortada? Ou a testa marcada?

Misericórdia. Estava pensando em se encontrar com ele de novo. Com certeza, queria apanhar. Era melhor voltar para casa segurando um galho seco de marmelo para poupar o trabalho do pai de procurar algum para lhe surrar.

De repente, ela se virou, voltando ao caminho, sem dizer uma palavra. Ele teve vontade de segurá-la, não iria ao menos se despedir?

— Gosto da sua sinceridade — disse ao olhá-lo mais uma vez antes de partir em definitivo.

Ele sorriu.

14

Markus rolava na cama de um lado para o outro. Seu corpanzil parecia desengonçado. Não que a cama fosse pequena. O problema estava no tamanho do corpo dele.

O cheiro de Liliana estava impregnado em suas narinas, impedindo-o de dormir.

Levantou-se e caminhou até a mesa, no escuro, não tinha necessidade de acender uma vela, pois a luz do luar, que entrava pela janela, fornecia a iluminação necessária. Pegou a garrafa com bebida alcoólica de cima da mesa e aspirou o cheiro do álcool. Por um tempo, aquilo afastou o cheiro dela. Mas pouco depois de se deitar novamente, o aroma da moça já estava de novo pelo seu corpo e mente.

Seria uma noite difícil. Não só fantasiava com Liliana ali ao seu lado, fazendo-lhe companhia para que pudessem conversar sobre os mais variados assuntos, espantar a solidão, como também a desejava deitada em cima dele, enquanto acariciava o cabelo comprido e cheiroso dela e, depois de muito carinho, se beijariam, enquanto a invadia, equilibrando a delicadeza com a força. Imaginou a expressão de dor que ela faria ao ser penetrada.

Colocou um travesseiro entre as pernas e cobriu o rosto com os braços cruzados, punindo-se pelos pensamentos impuros. Por que ele tinha que ser tão sexual? Ter tanto desejo e tesão? Não deveria pensar em uma moça decente dessa maneira. Sim, ele precisava esposá-la. Era a única maneira de ficarem juntos. Namorinhos escondidos desonrariam Liliana. Havia chegado o momento. Sentia isso. Uma boa moça para passar o resto da vida, começar tudo de novo. Criando intimidade sentimental e física, deixando o amor florescer com o tempo.

Ainda deitado, olhou para baixo, para sua cintura. Seu membro pulsava, empurrando o tecido, querendo arrebentar a calça em busca de liberdade.

— Fique quieto! — esbravejou contra o próprio membro.

Virou de lado, tentando mudar o foco do pensamento. Bufando mais um pouco antes de pegar no sono.

15

Era início da primavera e os agricultores do vilarejo festejavam a boa safra que teriam. Muitas cervejas e destilados foram servidos. Ânimos exaltados eram repreendidos com veemência por Dóris, que tentava controlar tudo para que os clientes não extrapolassem. E a julgar pela largura dela, além do respeito que os clientes tinham, até que conseguia certo sucesso nisso.

Mas, em determinados momentos, teve que intervir, segurando a mão de algum idoso que queria bater com a garrafa na cabeça do outro.

Que seja abençoada a lerdeza dos velhos. Agradecia enquanto segurava a mão de um deles.

Markus ainda estava parado, bebericando sua cerveja, à espera de cada olhar que Liliana o direcionava, como se cada gesto dela para ele o desse o alimento que precisava para viver mais um dia. Apesar da correria do lugar, ela parecia perdida em pensamentos.

Tentaria uma nova aproximação à noite. Precisava saber o que a afligia.

Assim que se levantou para partir, sem ao menos terminar a bebida, ela olhou para ele. Como se sentisse que os corpos deles estivessem se afastando. Markus fez um gesto discreto com a cabeça, despedindo-se.

Ela, timidamente, como sempre, abaixou o olhar. O que só fazia a admiração dele por ela crescer com seu jeitinho envergonhado.

Ele olhou ao redor, preocupado que alguém pudesse ver seu gesto para ela. Mas ninguém parecia perceber que ela estava ali, quanto mais o que estava fazendo.

Exceto Dóris. Do outro lado, ela fixava o olhar nele, vendo seu gesto para Liliana. Ela o encarava como uma mãe protetora e pôs-se a segui-lo assim que ele saiu.

Sabia que havia ali um problema.

Ela o puxou pelo braço, arrastando-o para o lado de fora. Uma cena decerto cômica, com aquela mulher atarracada conduzindo um homem do tamanho dele, que não protestou, só a seguiu.

— O que está pensando? — começou, irritada. Ele ficou em silêncio, o que só serviu para deixá-la mais nervosa ainda. — Vamos, rapaz, não tenho tempo, viu como o bar está hoje? Se deixei aquela pobre garota lá dentro sozinha é porque é importante. Está louco, por acaso?

— Gostei dela — soltou junto com um suspiro.

— Gostou? Minha nossa... — Ela limpava a mão no avental, nervosa. — Ela é a sobrinha do padre. Você acha que a deixariam se engraçar com alguém como você?

Ele contorceu o rosto. Não havia gostado de ouvir aquilo. Ainda mais dela, a quem tinha apreço.

— Imagine então quando o padre souber das suas histórias. Porque ele vai descobrir cedo ou tarde. Sabe como é esse vilarejo. — Dóris se sentiu culpada da tristeza nos olhos dele. — Escute, sabe que não me importo com o que dizem. Não ligo a mínima para o que você fez no passado ou se é verdade ou não. Sei que, no fundo, você é um bom rapaz. Mas ela não é para você.

— Gostei dela — repetiu. — Honestamente, nunca faria mal a ela. Sei que fiz coisas erradas, mas já chegou meu momento de voltar a ser um homem casado, produtivo e com um propósito. Acredito que ela será uma boa esposa.

Dóris sentiu uma leve preocupação. Ele era um homem esperto. Não estaria pensando em propor casamento só por ficar olhando para ela. Com certeza, já deviam ter conversado. Mas o medo de descobrir tal coisa a fez evitar a pergunta.

— Se gosta dela, deixe-a livre. Você só trará problemas para ela, mesmo que não queira. Se pensar bem, vai perceber isso.

— Dóris...

— Eu não tenho tempo. Preciso voltar — resmungou ao escutar um copo quebrando dentro da taberna. — Pense no meu conselho. Será melhor para os dois acabarem com isso antes que seja tarde. Antes que alguém perceba e cante no ouvido do tio dela.

Ela se virou, quase correndo para dentro da taberna.

A verdade era que a conversa só serviu para que Markus tivesse mais certeza de que era correspondido. Caso contrário, esse diálogo teria tomado outro rumo e Dóris não estaria preocupada.

16

Markus havia chegado à vila há quase dois anos, e o único e real motivo de ter se instalado ali era porque, na ocasião, tinha conhecido um senhor que lhe ofereceu um emprego na lavoura. Como já perambulava fazia tempos e vivia de trabalhos passageiros, havia alcançado um ponto que precisava se acalmar em algum lugar.

Coves, que era uma espécie de prefeito, alugou uma casa para ele. Um casebre caindo aos pedaços no final da rua, o qual pertencia a um idoso que falecera. Não havia nada na vila, nem vida. E depois de alguns dias, chegou à conclusão de que o lugar era perfeito por esse motivo.

Era o local ideal para começar de novo. Deixar o passado conturbado para trás.

O pouco dinheiro que ganhava servia para pagar o aluguel barato, comer e beber.

Logo, o interesse de todos pelo estranho começou e as fofocas também.

Seria ele um bandido? Fugitivo da lei? Teria matado alguém? E quanto mais ele ficava em silêncio, mais a curiosidade e as histórias aumentavam, chegando a tal nível que preocupou Coves.

Precisava saber melhor para quem tinha alugado o casebre. Proteger sua vila e moradores.

Quando teve que ir à cidade mais próxima a negócios, especulou tudo que podia a respeito de Markus.

Um homem atormentado. Foi o que descobriu. Que perdeu a esposa já há alguns anos para uma doença, tornando-se um bêbado, vagando, buscando trabalho braçal, daqueles que são capazes de entorpecer de tanta dor.

Apesar desse fato, era trabalhador, honesto e vivia quase dentro da normalidade que a sociedade esperava.

Ao voltar para a vila, mais tranquilo de que Markus não era um assassino perigoso, resolveu guardar para si tal descoberta íntima da vida do homem. Não caberia a ele espalhar aos quatro ventos a triste história de Markus. Se um dia ele quisesse contar, seria decisão dele.

A única atitude de Coves foi de acalmar as pessoas toda vez que ouvia alguém contando as teorias absurdas sobre o rapaz.

— Não há com o que se preocuparem. Deixem-no em paz.

E, com o tempo, as pessoas realmente fizeram isso. Foram se acostumando com aquele homem tão fora dos padrões do lugar. As mulheres o admiravam em silêncio, e se não fosse o medo que as mães e os pais incutiam em suas mentes, se jogariam em seus braços.

Depois de um ano, ninguém mais o olhava. Ele se tomou parte da paisagem. Trabalhava, bebia na taberna da Dóris e assim por diante. Sabia que ali nunca iria arrumar uma esposa e era exatamente isso que queria.

Ninguém iria substituir sua antiga e amada mulher.

Até que viu Liliana pela primeira vez. Uma mulher casta. Sobrinha do padre. Pura. Que nunca havia cruzado os olhares com outro homem. Coberta da cabeça aos pés em sinal de preservação. Com o olhar mais gentil que ele já vira.

Praguejou a si mesmo, comparando-se com o capeta, puxando a angelical Liliana para o inferno no dia em que a puxou para baixo da árvore. Lutou contra o sentimento de estar desvirtuando a moça para o mau caminho. Seu desejo para com ela era mais forte que ele. Depois de dois anos sem tocar uma mulher, enfiando a cabeça no trabalho até sentir todo o corpo latejar e cair na cama, dolorido e bêbado, esquivando-se dos pensamentos o quanto podia, sentiu-se tocado pelos olhares de Liliana lhe percorrendo o corpo. Vivo novamente.

Se Liliana também estava interessada, assim como ele, então não poderia ser algo ruim e agradecia aos céus que as fofocas ainda não tivessem chegado aos ouvidos dela. Caso contrário, ela também se afastaria dele como todas fizeram.

Precisava formalizar o pedido de casamento ao tio, antes que as fofocas do que ele fez chegassem aos ouvidos do padre. Depois se mudaria com Liliana, de preferência para um lugar onde ninguém o conhecesse e seu passado jamais viria à tona.

17

Liliana começava seu caminho de volta para casa, depois do exaustivo dia de trabalho. De cabeça baixa, olhando os próprios sapatos de tecido sujo. Desejava que, ao levantar a cabeça, Markus estivesse na mesma árvore.

Seus pedidos foram atendidos assim que ela viu o corpo alto e largo dele e a ponta do tabaco acesa atrás do tronco, soltando uma fumaça convidativa no ar. Embora seu pai já lhe tivesse passado longos sermões a respeito do fumo e de como isso era algo infernal, com ele, até esse brinquedo do capeta, como seu pai chamava, era atraente.

Markus se inclinou e acenou com a mão.

Ela olhou para os lados. Era quase meia-noite e não havia vivalma por toda a vista.

Devo estar louca, pensou ela ao entrar ali debaixo.

Olhou-a com curiosidade e admiração. Ela parecia um coelho assustado, pronto para sair em disparada a qualquer movimento brusco dele.

— Por que me olha assim? — Os olhos dela pareciam maiores e mais curiosos.

— Por que olhou meu corpo todo na taberna dias atrás? — retrucou, hipnotizado.

Ela pensou por um momento e pareceu surpresa com a conclusão a que chegou de que ele gostava de admirar o corpo dela tanto quanto ela gostou de admirar o dele.

— Ficou melhor. — Ela fez um gesto no próprio rosto, indicando a barba e o cabelo dele. Precisava criar assunto. Ele havia cortado os próprios cabelos, deixando-os mais curtos e aparando a barba loira.

— Ficou mais bonito? — Riu tímido, charmoso.

Como se fosse possível ficar mais perfeito do que já é, Liliana pensou com um suspiro.

— Vejo melhor o seu rosto. — Ela tentou desviar o olhar, tímida com a fala que julgava audaciosa.

— Fiz para você. — Acompanhou o olhar dela sobre ele.

Ela corou e tentou desviar o olhar, como de costume, mas os dedos dele lhe seguraram o queixo delineado, impedindo-a de se virar. Os olhos penetrantes dela arregalaram-se para ele e seu coração parecia um tambor.

Os lábios dele tocaram os dela gentilmente.

Macios, pensou ela. E virou-se correndo, deixando-o ali, ardendo em brasa.

Ele socou a árvore, pensando no quanto estava sendo apressado, tentando violá-la antes de firmarem compromisso, antes de se casarem. Acabando por espantá-la ao tratá-la como uma mulher da vida.

A raiva era latente, com ele mesmo, pelo destreino de tratar uma mulher com decoro. O último ano na bebedeira e orgias, na vida transviada, aliviaram a dor da perda da esposa, mas também lhe tiraram as regras do convívio social.

18

As coisas estavam ruins para a família. No dia anterior, aquilo dentro da caixa havia causado um bom escândalo. Hoje, com a chegada da noite, tudo começou de novo. Os mesmos estrondos de pancadas, seguidos por grunhidos animalescos.

Assim que Liliana chegou ao portão da igreja, escutou os barulhos e gritos. Estremeceu por completo, levou a mão ao peito em preocupação, sabia bem o que aquilo significava.

Correu em desespero para casa. Sua mãe estava sentada à mesa, de cabeça baixa, chorando, com as mãos tapando os ouvidos. Seu pai andava em círculos pela cozinha, como um animal preso na jaula. Olharam para ela assim que entrou.

— Pai... dá para escutar lá do caminho — alertou, visivelmente preocupada.

Ele fechou os olhos. Aquilo não podia estar acontecendo.

— Vou até lá. — Liliana saiu correndo da casa, sem esperar uma resposta.

— Espere... — Ruben levantou o braço para impedi-la, mas parou no meio do caminho ao pensar que talvez fosse melhor.

Liliana se agachou no chão, entrando no meio do mato atrás da casa. Ficou um pouco perdida com a escuridão, sem saber direito onde a caixa estava. E seu barulho fez o que havia ali dentro parar de se debater. Ela encostou na caixa assim que a encontrou.

— Oi. Sou eu.

Algo ali dentro se moveu, como se quisesse chegar mais perto, a fim de escutar melhor.

— Sou eu, irmã — sussurrou Liliana. — Fique calma.

Escutou um choro chiado na parte de dentro da caixa.

19

— Desculpe não ter vindo antes. Foi tudo tão corrido. Assim que chegamos de viagem, passei mal e logo o pai me pôs para trabalhar em uma taberna da cidade. — Ela se mexeu nervosa dentro da caixa. — E cheguei esses dias tão cansada que desmaiei na cama.

Liliana sentiu a irmã raspar a caixa com a unha e continuou sussurrando:

— Não é loucura? Ele me pôr para trabalhar! Ainda mais em uma taberna. Mas saiba que era preciso. Não temos mais comida, nem para nós, nem para você, não havia outra solução.

Ela se sentia inquieta dentro da caixa. Como se estivesse com raiva.

— Posso lhe contar um segredo, Clara? — Acreditava que conversando e dizendo o que acontecia ali fora, a irmã ficaria mais calma. — Conheci um homem — sussurrou ainda mais baixo.

Clara se acalmou e chegou o rosto ainda mais perto da caixa.

Liliana preferiu esconder a parte do beijo. Aquilo, apesar de ter sido a melhor coisa que lhe acontecera na vida, parecia muito errado.

— Ele parece um anjo — continuou. — Igual a uma pintura que vi certa vez em um livro. Um anjo de armadura segurando uma lança. — Liliana fechou os olhos, relembrando. — Seus olhos azuis, os seus cabelos loiros e corpo forte. — Suspirou. — Será que os céus permitiriam que ele se apaixonasse? Meu cavaleiro angelical me salvando. Como as histórias que inventávamos...

Clara se afastou.

— Vá embora. - A voz era rouca.

— Clara? — Liliana pareceu chocada.

— Quero ficar sozinha agora. — Seu tom era ríspido e carregado de rancor.

— Irmã... — franziu a testa em tristeza. O silêncio continuava mortal.

Liliana preocupou-se. Estaria ela bem, ali dentro, já que não podia viver com eles? Lentamente, levou o rosto à pequena portinhola para olhar o interior, o que permitiu à Clara farejar no ar o cheiro do macho no corpo dela. O cheiro a atingia como um tiro. Cheiro de sexo. Cheiro que ela nunca havia farejado antes. Mas era um cheiro que a hipnotizava e a deixava cega. Sedenta.

— Clara. Você está bem?

Pelo vão, um rato foi arremessado para fora na única e real intenção de chocar Liliana. Queria feri-la de alguma maneira.

Liliana olhou o bicho sem vida. Seco, como se todo o sangue tivesse sido drenado do corpo há pouco tempo. Levou a mão à boca para abafar o alto suspiro. Saiu dali correndo, deixando Clara dentro da caixa, trancafiada e cheia de ódio.

Pela pequena fresta da madeira, os olhos raivosos de Clara observavam Liliana se afastando depressa, voltando para casa.

Levou um bom tempo antes que Liliana caísse no sono. Sua mente estava conturbada. Havia muitos acontecimentos e confusão para repassar mentalmente antes de dormir. Sua irmã nunca a tratara assim antes. Havia dias em que ela estava irritada, mas hoje tinha uma boa dose de ódio na voz. Aquela tonalidade do som que saiu da caixa a fez arrepiar.

Entendia bem o que ela passava presa ali dentro, sem poder sair. E não havia nada que Liliana pudesse fazer. Seu pai já tinha alertado dos perigos de tal coisa. Mas isso não a impedia de sentir pela irmã um profundo carinho e pesar.

Afinal de contas, apesar de tudo, ainda era sua irmã gêmea.

E logo seus pensamentos mudaram de foco. O que significou aquele beijo?

Uma meretriz. Era isso que ela estava parecendo. Seu pai sempre lhe dera uma educação rígida, correta e, mesmo assim, ela estava indo contra tudo isso.

E quanto a Markus?

Por que fizera tal coisa? Não a respeitava?

Aquele pensamento lhe parecia falso. Uma mentira. Não podia jogar a culpa nele. Tinha que ser consciente e verdadeira com os próprios sentimentos. Se havia alguém errado nesta história, seriam os dois, afinal, ela também queria e permitiu. Pois se não tivesse, teria lhe acertado um tapa e posto o rapaz no devido lugar.

Seria ele tão inocente e dominado pelo desejo quanto ela? Provavelmente. O que ela sentia ao lado dele era uma ardente vontade de tocar sua pele, tão intensa que lhe sobrepunha a razão.

Talvez ele estivesse sofrendo do mesmo mal. *Pobre de mim, pobre rapaz.* Os dois estavam perdidos.

Começou a pensar em Clara novamente.

Apertou a cabeça no travesseiro com força, sentindo a pressão mental dos conturbados pensamentos.

Muita preocupação. Estava a ponto de enlouquecer.

Pobre irmã. O que estavam fazendo com ela? Que Deus tivesse piedade de todos.

Sua mente viajou, lembrando-se de Clara três anos atrás. Enquanto eram amigas e confidentes. Nos momentos que sonhavam acordadas no quarto em que dormiam juntas, criando histórias aos sussurros, para que o pai não escutasse sobre um cavaleiro que aparecia em um cavalo branco para salvá-las. Certo dia, Clara simplesmente desapareceu. E após três longos dias de choro e sofrimento, ela voltou para casa em uma noite fria. Estava magra, com a roupa rasgada. A pele cinzenta e com incontáveis mordidas pelo corpo. Mordidas humanas?

20

Os pais tentaram de tudo, enquanto ela definhava cada dia mais na cama e se contorcia toda vez que tentavam deixar a luz do dia entrar no quarto.

Certo dia, Ruben acordou assustado com o grito de Liliana no meio da noite. Ele e Anelise correram, desesperados, para o quarto das garotas. Acharam que Liliana havia encontrado Clara morta na cama.

A cena que viram foi a mais assustadora que podiam imaginar.

Clara segurava o pulso de Liliana com força, impedindo-a de se afastar. Ela tinha presas e estavam cravadas na pele frágil da irmã enquanto bebia todo sangue que podia.

Aos gritos, clamando por Deus, tentaram separar as duas. Mas a força de Clara era sobre-humana e ficava mais forte ainda, enquanto a pele e cabelo ganhavam vida novamente a cada sugada.

Naquele momento, o pai teve certeza de que aquela não era mais sua filha. Que o demônio havia se apossado dela, precisava proteger a filha que restava. Que Deus permitisse que Clara não contaminasse Liliana.

O pai puxou uma cadeira e bateu na cabeça de Clara com tanta força que a fez desmaiar, enquanto a cadeira se despedaçava pelo ar, espalhando pedaços de madeira para todos os lados.

Quando Clara acordou, estava presa em uma enorme caixa de madeira. Debateu-se de maneira animalesca, chutando e esmurrando, tentando se soltar. Conseguiu colocar a mão para fora da portinhola e, assim que a luz do sol tocou seus dedos, sentiu como se água fervente tivesse sido jogada em sua mão. Encolheu-se, assustada, confirmando que não teria como sair dali.

Dentro da caixa, ferida, sentiu o sangue do ferimento em sua testa, causado pela pancada da cadeira, escorrendo por sua boca. Parecia mel, de tão doce e gostoso. Estremeceu, lambendo os dedos vermelhos que usou para limpar o rosto. Era sangue. E a vontade por mais era tão forte e instintiva que não lhe permitia achar tal coisa estranha. Simplesmente era o que queria, sem questionamento.

O pai aproximou-se com um balde e jogou o líquido na caixa. O líquido lhe ardeu a testa cortada. Só então ela entendeu que era álcool. Olhou pela fresta, vendo o fósforo aceso na mão de Ruben.

Liliana e Anelise choravam em desespero.

— Ela está doente — gritou Clara de dentro da caixa, fazendo o pai parar por um segundo, antes de atear fogo em tudo. — Senti o gosto da doença assim que bebi o sangue dela.

Ruben se arrepiou da cabeça aos pés ao escutar a expressão *bebi o sangue dela*. Olhou para Liliana, que de fato estava abatida e doente. Branca, encovada de magra. Tossindo, histérica, devido ao choro. Havia sangue na mão dela a cada tossida e cuspida.

Mas ele não se importou naquele momento, cuidaria de Liliana depois. O importante agora era mandar essa cria do demônio de volta para o inferno. Acendeu um novo fósforo.

— Posso curá-la.

O pai parou de novo.

— Isso é algum truque, seu demônio?

— É verdade, pai.

Liliana parecia estar desmaiando e Anelise tentava segurá-la com toda força.

— Não fui eu que a deixei doente. Ela já estava com a doença do pulmão preto crescendo dentro dela. Senti o gosto — concluiu.

Liliana desmaiou e o pai correu para ajudá-la, levando-a até a cama. Limpou a boca da filha, manchando o lenço de sangue. Chorando, praguejou aos céus tal desgraça.

Voltou para a caixa.

— Como pode curá-la?

— Meu sangue. Tem que dar para ela beber.

Sabia que funcionaria. Estava funcionando neste momento, enquanto o ferimento em sua testa se curava rapidamente.

— Isso é loucura — gritou, chutou o chão e socou o ar. Limpou as lágrimas, recompondo-se. — Se não funcionar, demônio, eu lhe ateio fogo.

Puxou o caixote para perto da casa. Pela portinhola, pediu que Clara colocasse o braço para fora e fez um corte com a faca sem dó. Um pouco de sangue escorreu dentro do copo, enquanto a garota contorcia o rosto de dor. O pai levou o copo à boca de Liliana, que, ao beber, se remexeu em dor. Seguraram-na na cama até que ela se acalmou e seu rosto ganhou cor novamente, a aparência doente se esvaiu do corpo, como se nada tivesse acontecido.

Logo, descobriram que pelo menos uma vez a cada mês Liliana precisaria beber o sangue de Clara ou a doença voltaria.

Pior. Clara também precisava beber sangue. Nem que fosse de animais.

E já fazia três longos anos que em momento algum ela saía da caixa, bebendo de ratos e galinhas e aprendendo cada dia mais sobre sua nova condição. Sobre os crescentes dons do vampirismo que apareciam automática e involuntariamente.

Mas outra coisa crescia dentro dela. O ódio pela sua família. O ódio pela irmã que estava lá fora vivendo e conhecendo um homem, enquanto ela era mantida presa ali dentro com a única intenção de manter a irmã saudável e bem.

21

Anos antes

Liliana e Clara brincavam em um barranco próximo ao casebre onde moravam, juntavam terra e água e, com o barro, faziam formas para modelagem. Apertavam uma flor, marcando seu contorno no barro. Depois enchiam-no de pedrinha e tinta feita de folhas e frutinhas silvestres.

Nesse artesanato rústico, formavam broches, presilhas ou apenas novos brinquedos.

— Sabe o que seria legal? — fantasiou Clara.

— O quê, irmã? — Liliana estava interessada.

— Se pegássemos uma borboleta, das grandes, e tirássemos o molde.

— É uma excelente ideia, só que ela morreria no processo — retrucou Liliana.

— E daí? Tem muitas borboletas, uma só não vai acabar com elas. E elas vão morrer de qualquer jeito.

— Poderíamos fazer o formato dela, ao invés de matá-la — desdenhou Liliana.

— Não será a mesma coisa — resmungou Clara.

— Liliana, venha me ajudar, chega de brincadeiras — gritou a mãe de dentro da casa.

As duas se olharam, chateadas. O dia de diversão havia acabado para elas. Liliana, por ser alguns segundos mais velha, deveria aprender os afazeres domésticos para se casar logo. Era o que a mãe constantemente dizia.

Ela beijou a testa de Clara, antes de partir.

— Arrume tudo, irmã. Amanhã a gente brinca mais.

Clara concordou e começou a guardar as formas já secas dentro de uma sacola velha e deixaria as úmidas encostadas no barranco para secarem para o dia seguinte.

Foi quando ela avistou uma borboleta-apolo voando em um arbusto próximo. Ela não resistiu e partiu em busca, afastando-se cada vez mais da casa e andando com calma, para não assustar o inseto, que pulava de flor em flor.

Clara, focada na ideia de fazer um molde do inseto, o seguiu floresta adentro. Até que a borboleta, por fim, sossegou em uma flor.

Suas mãos foram cercando a borboleta lentamente, com a respiração presa e os olhos vidrados.

Mas antes que fechasse os dedos sobre o inseto, duas enormes mãos taparam sua boca de repente.

Ela esperneou, tentou gritar, socou o ar. Sem sucesso, aumentou as investidas, arranhou o braço do homem com toda força, abrindo machucados na pele, mordeu os dedos dele.

E tudo que ele fez foi rir e dizer com voz grossa como um urso irritado:

— Gostei de você. Tem garra, menininha.

E foi nesse momento que os olhos dela, lacrimejando nos dedos dele, notaram que os machucados que ela causou nos braços dele se curaram diante de seus olhos.

Clara olhou para cima, e ele, para baixo, encarando-a. Os olhos vermelhos e com a íris branca e as presas longas a apavoraram a ponto de fazê-la urinar, descontrolada, e desmaiar em seguida.

Acordou em um túnel escuro, somente iluminado por tochas. Era largo e alto, saindo em todas as direções e sendo impossível distinguir a distância que percorreram.

Suas mãos estavam amarradas, e o exato lugar que estava era mais amplo, lembrando uma caverna. Ao seu redor havia caixotes, panos velhos, cadeiras e outras mobílias que pareciam ter sido retiradas de casas diferentes, por serem de modelos variados.

Mas o que fez sua espinha tremer e seus olhos lacrimejarem foi avistar, assim que sua visão se acostumou com a iluminação do lugar, três homens cabeludos, barbudos e sujos, vestindo apenas uma calça rasgada na altura da coxa.

Eles a encaravam, sem desviar o olhar, como se esperassem alguma coisa, ou alguém. O que não demorou a acontecer. Uma mulher entrou, também suja de terra e com panos cobrindo as partes íntimas.

Por um segundo, Clara se sentiu esperançosa, uma mulher poderia significar que ela teria mais compaixão. Mas a surpresa do que aconteceu a seguir a fez se esquecer de qualquer possibilidade de misericórdia.

Um homem alto, largo e musculoso entrou no recinto. Sua calça estava tão rasgada que era possível ver seu membro balançando enquanto andava a passos pesados em sua direção.

— Podemos beber, Zarik? — indagou um dos homens para o musculoso que acabara de entrar.

Ele riu do vampiro que perguntou.

— Pode, sim, vai lá.

O vampiro levantou-se, andou devagar, como se rodeasse a presa. Clara o seguia com o olhar, tensa e assustada. Assim que ele se aproximou dela, começou a cheirar o pulso da garotinha, inerte no odor de sangue.

Tão inerte que não teve tempo de reagir ao chute que ela deu no meio das pernas do homem, acertando as bolas em cheio, quase as fazendo entrar nele.

O vampiro gritou e caiu para trás, com as mãos no meio das pernas, se contorcendo de dor.

Todos começaram a rir, escandalosos, incluindo o musculoso e alto Zarik, que virou para a vampira que o acompanhava e pronunciou:

— Eu lhe disse, ela é um bichinho bravo.

A vampira se sentiu desafiada. E decidiu mudar a tática. Aproximou-se de Clara com expressão de compaixão.

— Calma, minha menina. Não vou deixá-los fazerem nada de mal com você. Veja, vou soltá-la e vamos embora daqui, nós duas.

E assim fez. Desamarrou Clara e ajudou a garota a dar alguns passos à frente.

Foi nesse momento que Clara sentiu uma forte dor no pescoço. Demorou alguns segundos para entender que a mulher que lhe ofereceu ajuda agora a mordia.

Em segundos, os outros vampiros voaram nela. Cada um em um braço, e começaram a sugar enquanto a deitavam gentilmente no chão.

Tão logo Zarik sentiu o cheiro azedo, aproximou-se e fez sinal para que parassem, e, para a sorte de Clara, ela já havia desmaiado.

Os vampiros se afastavam, enquanto Zarik se aproximava. Agachou ao lado da criança e da mulher. Ele lambeu o sangue de Clara da boca da vampira.

— Minha nossa, o sangue das crianças é o melhor. Mesmo com medo, não fica ferroso. É sempre doce. — Ele delirou com o gosto.

— O que quer fazer com ela? — questionou a vampira. — O sangue dela acabou, se a deixarmos aqui, ela vai morrer.

— Vamos fazer um experimento, você sabe que eu adoro isso. — Riu Zarik.

— Tem certeza? — perguntou a vampira, como se já soubesse o que ele faria.

Zarik mordeu o pulso e, em seguida, fez o sangue que vazou se derramar na garganta da menina.

— Claro que não, por isso é um experimento. Nunca transformei alguém jovem. Mas algo me diz que ela irá se tornar uma vampira sanguinária e bestial, como nós. Na garra dela ao lutar pela vida, senti ódio. Isso é bom.

Assim que despejou uma boa quantidade de sangue, ele retirou o pulso, que logo cicatrizou. Colocou o corpo de Clara em uma cela e deixou o local enquanto ela se transformava, se contorcendo no chão.

Três dias depois, os vampiros não aguentavam mais os gritos de Clara nos túneis. Ela berrava sem parar, dia e noite. Todos os palavrões conhecidos e desconhecidos eram pronunciados pela revoltada garotinha.

A vampira se aproximou de Zarik, sentado em sua confortável e elegante poltrona. Ela tapava as orelhas, a irritação na face.

— O que faremos? Esses gritos estão enlouquecendo a todos. Ela está com fome.

— Estou pensando — respondeu Zarik, irritado.

— Por favor, pense rápido. Poderíamos colocá-la em algum caixão e enterrá-la bem fundo. Deixá-la eternamente gritando sozinha.

— Não há diversão nisso — desdenhou Zarik. — Mas acho que sei o que fazer, soltá-la.

Ele se levantou, exibindo toda sua estrutura, magistral como uma montanha. Alto, forte e olhar intimidador. Focado, firme no caminho a sua frente.

— Tem certeza de que é isso que quer? — perguntou a vampira.

Os dois estavam dentro de uma sala escavada no chão. Com paredes de rochas úmidas e escuras. Era um enorme aberto mobiliado rusticamente e iluminado por velas e tochas. Dali, havia vários túneis para diferentes lugares, o que fazia aquele local parecer o centro de toda a extensão subterrânea.

Ao redor de Zarik tinha mais oito vampiros. Um grupo de elite. Os outros vagavam pelos túneis para acessar casas e vilarejos sem correrem riscos. Era rápido e de fácil locomoção. Gostavam desse estilo de vida selvagem, sem as regras e os perigos da sociedade. Podiam matar livremente da maneira que quisessem e ninguém os encontrava.

Zarik se afastou do grupo, sendo seguido apenas pela vampira. Ele olhou para um buraco no chão, tapado por uma grade de ferro. O poço era profundo, e ao final mal iluminado daquela fossa havia vários corpos de fetos e crianças recém-nascidas.

Era exatamente isso que o lugar representava. Um inferno embaixo da terra. Os túneis não haviam sido construídos por Zarik e sua trupe. Estavam ali há um bom tempo.

Ligavam todos os monastérios da região e foram construídos pelo clero como rotas de fugas e até mesmo para encontros sexuais entre padres e freiras, e essas, quando engravidavam, iam até ali, no centro do lugar, onde Zarik se encontrava agora, e nesse fosso profundo descartavam seus abortos e crianças recém-nascidas.

Zarik aproveitou os túneis para criar sua própria comunidade selvagem e sempre que se achava cruel demais, quando em raros momentos a consciência lhe pesava, estranhamente olhava aquele fosso e pensava consigo mesmo.

Quem é o verdadeiro demônio?

Talvez por ainda tentar manter algum vínculo com a realidade, por menor que fosse. Os segredos mais profundos de sua mente eram confusos até mesmo para ele.

— Eu entendo, senhor. Não querocontrariá-lo, mas o que acha de deixar nossos irmãos se divertirem com ela? Tenho escutado coisas...

— O que tem escutado? — Zarik olhou analítico, desconfiado.

— Alguns irmãos estão ficando entediados, resmungando. Só isso. Cansados da mesmice.

— Pois fale para se acalmarem. — Zarik gesticulou. Ainda não acabei com esse lugar para partirmos para um próximo. E não deixaremos tudo para trás antes de termos uma verdadeira diversão.

Virou-se sorrindo de maneira demoníaca antes de finalizar.

— Vamos devolvê-la para a família dela. Deixá-la matar todos. A casa dela não é longe daqui, então poderíamos assistir ao que acontece lá quando estivermos entediados. — Ele riu da própria ideia, animado com as possibilidades.

— Mas as outras pessoas podem descobrir sobre ela e vão pensar que existem mais, e tudo isso arrisca nossa existência dentro dos túneis.

— Minha querida, acredite... — Ele deu um beijo leve nos lábios dela, sarcástico. — Aquela família vai fazer de tudo para esconder o pequeno demônio de filha que eles têm. Acha que vai ser uma boa diversão assistir a isso acontecer?

— Tenho certeza de que sim.

Ela se aproximou do vampiro, de maneira sensual. Passou a mão no peitoral dele, que sorriu com a investida, inflando os músculos. Os dedos dela dançaram na sua pele, descendo até o membro dele, alisando por cima do tecido esfarrapado.

Ele sorriu, se excitando, o membro em riste levantando o tecido que quase nada tapava. Os dedos da vampira envolveram aquele rolo de carne grosso e pesado, o que fez ele gemer.

— Só tem uma diversão maior para mim, senhor...

Ela revelou as presas, mordendo o próprio lábio, deixando o sangue vazar, beijando-se em seguida, enquanto o masturbava, bem em cima do fosso repleto de almas inocentes que ali foram jogadas.

22

Liliana não queria e não conseguia se concentrar no trabalho. Já havia quebrado duas canecas e Dóris gentilmente lhe disse que, se continuasse assim, teria que descontar os acidentes.

A dona do bar a olhava com certa pena, sabia que a moça estava encantada por Markus.

E quem não estaria?, pensou.

Acrescentando a isso tudo, havia também o fato de ser sobrinha do padre. Imaginava o quanto a cabeça de Liliana deveria estar avoada em um turbilhão de pensamentos.

A verdade era que o encanto por Markus não era o único problema.

Sua irmã estava presa no fundo da casa. E que Deus tivesse piedade de sua alma por tudo que eles estavam fazendo com ela. Precisava pôr algum fim nisso, um fim em tudo, incluindo sua vida. Longe de Clara, morreria. Só estava viva devido ao sangue dela. Não teria futuro com Markus. Ela não tinha futuro. Os momentos recentes de novidades fizeram-na se esquecer disso por um momento.

Pensou em tudo que deixou de viver por medo do pai. Agora que ele a permitiu trabalhar e ela viu que existia uma vida longe da proteção dele, poderia ter visto muito mais. Sentido muito mais.

A verdade era inevitável. Seu pai já havia alertado sobre deixar as pessoas se aproximarem. Não poderia viver com Markus. Como explicaria a ele o fato de que ela precisava do sangue da irmã para não adoecer?

Até quando iriam manter a pobre garota presa na caixa para que ela própria pudesse viver? Era justo?

A noite pareceu passar em um piscar de olhos. Foram tantos pensamentos e reflexões que mal se deu conta de quantas canecas lavou. Markus não tirou os olhos dela. Era visível que a moça estava preocupada. Seria por sua causa? Estaria ele lhe causando tanta desordem mental? Precisava descobrir.

No breu da caixa, Clara olhou as próprias unhas compridas através de um pequeno filete de luz que conseguia passar pelo vão da portinhola, as unhas pareciam garras, afiadas como uma navalha. Finas, quase translúcidas, mas extremamente cortantes e resistentes. Passou a unha uma vez na madeira, fazendo um profundo arranhão com facilidade. Sorriu com a ideia que surgiu à mente.

Começou a raspar a unha mais vezes, devagar, tentando fazer o mínimo de barulho e logo estava raspando todos os dedos com mais vontade, ferindo a madeira no mesmo lugar. Aumentando e afundando o buraco com a intenção de fugir dali.

23

Assim que se pôs em seu costumeiro caminho, ao contrário do que fizera nos dias anteriores, Liliana andava apressada, com os olhos fixos na árvore. De onde estava, não via qualquer sombra ou sinal de Markus.

Sem pestanejar, ou ao menos conferir ao redor se ninguém estava olhando, adentrou, determinada, debaixo da enorme copa da árvore.

Ele não estava ali.

Triste, encostou-se no grosso tronco por um momento. Teve que fazer um esforço para não deixar seus joelhos falharem devido ao estresse.

Estava decidida. Libertaria Clara da caixa. Não sabia as consequências dessa atitude, mas sua irmã não podia ficar lá para sempre. Toda essa loucura precisava acabar. Seria questão de tempo até a doença voltar. Se Clara iria lhe dar sangue para sobreviver ou não era direito de escolha dela. Ela merecia essa chance. A chance de poder escolher o próprio destino, assim como Liliana estava fazendo com o seu. A semente da justiça germinou com força dentro dela.

Talvez fosse o amor. O medo de perdê-lo lhe despertou a vontade de fazer o certo, de ser exemplo de virtude, para que Markus sentisse orgulho dela e não a abandonasse. Se morresse, ao menos teria a sensação do amor, do toque de outra pessoa, de ser aceita.

Queria ao menos ver e tocar Markus uma última vez antes de pôr um fim nesse romance. Ele não merecia passar por tal infortúnio. Um homem bonito como ele merecia ter a chance de encontrar uma mulher que pudesse fazê-lo feliz. Quanto a ela, deveria aceitar seu destino. Se havia ficado doente, era porque estava predestinada a isso. Estava burlando o que Deus lhe havia planejado. Fazendo a pobre irmã sofrer para que ela enganasse a morte.

— Oi. — Markus encostou-se na árvore, massivo como o tronco, assustando Liliana. — Me atrasei. Vim para cá pedindo aos céus que permitisse mais um encontro nosso.

24

Ela o abraçou com vontade, chorando. Os corpos ficaram colados como se fossem um só. Liliana mal percebia a intimidade do ato. Agia por impulso. Markus se assustou por um segundo, não esperava tal reação, nem corpos tão próximos.

— Essa demonstração espontânea de afeto me alegra o peito. Dá-me esperanças e afasta o medo de não ser correspondido.

Ela o olhou, com lágrimas pela face. Ele passou o polegar, limpando o filete que escorria.

— Por que está chorando? — Sentiu um aperto no peito, acreditando que era por sua causa.

Liliana o encarou, afastando o choro. Como explicaria a ele sobre Clara? Que tem uma irmã presa em uma caixa no fundo da casa e que bebia o sangue dela para não ficar doente. E que, mesmo assim, esperava que ele a compreendesse e a ajudasse a manter Clara presa para que a própria Liliana não ficasse doente e pudesse ter uma vida feliz ao lado dele. Ou talvez algo menos dramático: "Choro porque não posso ficar com você. Passar bem. Nos vemos em outra vida".

A única solução que lhe vinha à mente era não dizer nada. Libertaria Clara e continuaria se encontrando com Markus. Se ela ficasse doente, ele teria que lidar com tal fato como homem que era. Se morresse, pelo menos teria vivido, antes do fatídico dia de se encontrar com Deus. Tentava acreditar que libertar a irmã de bom grado pudesse aliviar seus pecados.

Cada vez mais preocupado, ele passou a mão novamente no rosto dela, limpando o restinho de lágrima que ainda sobrava.

Sem saber o que dizer, querendo afastar o pensamento da morte e preocupada de ele fazer mais perguntas que ela não responderia, o beijou.

Ele soltou o ar logo que ela encostou os lábios nos dele. Como um animal ofegante. Tomou-a pelos braços e lhe deu um beijo ardente.

O corpo dele se acendeu, seus músculos e membro inflaram.

Deus, preciso me casar com essa moça e fazer tudo que desejo, sem que pareça pecaminoso, pensou enquanto rodeava seu antebraço na cintura dela, puxando-a para si.

25

Anelise deixou o prato que secava cair no chão. O barulho de barro se partindo em diversos cacos foi seguido de um grito abafado e seco. O tipo de grito que escapa da garganta travada e dos pulmões sem ar suficiente.

Clara estava parada do lado de fora da casa. Observava a mãe com seus olhos avermelhados, raivosos, brilhando no escuro.

Apesar de ter uma irmã gêmea, nesse momento não havia quase semelhança alguma com ela, além do fato de Clara ainda ter a aparência de quinze anos, estava magra, ossos saltando pela pele cinzenta, roupa rasgada, coluna arqueada.

O cabelo cor de mel estava desbotado e amassado, caindo sobre o rosto encovado, as maçãs da bochecha estavam saltadas, em uma expressão monstruosa, para fora, deixando os olhos ainda mais fundos. Os dentes amarelados na boca seca e rachada completavam a aparência demoníaca. Os dedos contorcidos expunham as unhas longas e afiadas.

A mãe chorou e caminhou em direção à porta.

– Não! – gritou Ruben, segurando-a pela cintura, horrorizado ao ver a filha naquele estado decrépito.

Anelise esticava os braços na direção da filha. Chorando, descontrolada, com a mente em devaneios.

– Minha filhinha, venha aqui com a mamãe – suplicou. Ruben soltou Anelise e correu para tentar fechar a porta, mas Clara a empurrou com tanta força que o jogou no chão, fazendo-o bater a cabeça. Antes que tivesse tempo de reagir, sentiu a forte mordida no pescoço. Os dedos longos e unhas compridas de Clara cravaram em seus ombros, impedindo-o de empurrá-la para longe de si. Bebeu o que pôde do sangue que jorrou, embora sua intenção fosse rasgar o pescoço do pai ao invés de se alimentar.

Ele levou a mão ao pescoço, engasgando-se no próprio fluido no momento em que ela soltou. Sua pele branca destoava com o sangue escorrendo pelo peito. A vida lhe escapava pelas veias. Seus olhos arregalados em desespero na direção da esposa, que gritava horrorizada, foi a última imagem que viu antes de dar o suspiro da morte.

Clara virou-se para a mãe. Ainda estava arqueada, em posição feral e com a boca escorrendo sangue e saliva.

Com um movimento felino, pulou em cima da mesa com os quatro membros, como um animal. Anelise gritou, olhando para os lados, tentando pensar rápido para onde fugir.

Antes que pudesse chegar até a porta, Clara jogou a grossa panela, acertando a nuca da mãe, que caiu ao chão, batendo a maçã do rosto. Tentou se arrastar, gritando novamente assim que sentiu a menina subir em suas costas. Ela mordeu o pescoço da mãe com vontade. Tinha fome. Precisava de sangue, sangue humano.

Anelise se debatia em desespero, enquanto Clara bebia de seu pescoço com a força de uma draga.

Enquanto a vida se dissipava do corpo de Anelise e entrava no corpo de Clara, a menina foi corando, revigorando a cor da pele e do cabelo. A aparência decrépita ia embora no mesmo instante que a mãe secava, esbranquiçada.

26

Markus mal podia acreditar, os braços dela ao redor do seu corpo eram a resposta de que ela também sentia profundo desejo e paixão. Ele era correspondido. Não estava sozinho nessa jornada. Não havia sensação melhor, a de ser aceito.

— Preciso conversar com seu tio — disse, afastando-a de seus lábios.

— Não! — Liliana protestou.

— Não? — Franziu a testa, contrariado.

— Vamos fugir! — Ela parecia querer chorar novamente.

— Não tem necessidade. Por que ele me negaria a sua mão?

— Não é isso.

— O que é, então? Diga-me.

Liliana parecia tremer. Markus estava confuso e, até certo ponto, preocupado com a reação dela.

— O que lhe aflige? — continuou. — Seja o que for, estarei aqui para ajudar.

Os olhos se encararam. Ansiosos e temerosos.

— Não sou uma boa moça para você. — As palavras saíram incertas.

— Se não é... não imagino quem seria. — Sua voz estava ansiosa. — Me diga o que está acontecendo. Achei que gostaria que conversasse com o seu tio. Que resolvêssemos nossa situação. Encontros debaixo de uma árvore não são dignos. Não há por que nos escondermos mais. Se ambos não somos prometidos e sentimos atração emocional e física um pelo outro, o que nos impediria?

— Você não entende. — Havia um misto de querer ficar e dizer tudo e um impulso de querer sumir sem precisar contar tamanho segredo obscuro. O medo da rejeição era latente.

— Me faça entender. Seja o que for, ou que possa vir a acontecer, não a abandonarei. Vou ajudá-la a passar pelo que vier.

A sinceridade estava nos olhos e na voz dele. A firmeza e a falta de dúvida em relação a ela a abalava.

Teria ele coragem de enfrentar a verdade? Se tivesse, era correto trazê-lo para aquele mundo pecador que ela vivia? Não podia permitir tal coisa. Ela estava naquela situação maldita. Ele, não. Não iria querer mais um pecado além de tantos outros que ela acumulava. Não faria tal coisa a ele.

Precisava libertar Clara. E depois iniciaria uma nova etapa de sua vida com ele. Se seu pai não permitisse, fugiria. Já estava farta de viver uma vida escondida. De não poder ser natural ou verdadeira. Estava cansada de mentiras. Ele a abraçou, forte, ao analisar sua agonia.

— Amanhã. — Passou as duas mãos no rosto e na barba dele. — Amanhã faremos tudo isso.

— Me pede para sofrer uma noite toda de imaginação sem saber se poderemos ou não firmar matrimônio?

— Não é a minha intenção. Ao menos não de maneira proposital.

— Então, poupe-nos do escárnio noturno na fria noite solitária de nossos quartos. Será mais fácil para nós passarmos por noite assim, longe um do outro, com a certeza de que estaremos juntos pela manhã com a bênção de todos.

— Você tem que entender... — Ela se afastou por poucos centímetros, o suficiente para lhe causar agonia. — Já tenho pecados demais. Esses encontros escondidos como dois infratores da lei já são por si só motivo para aumentar os meus problemas.

Markus suspirou fundo.

— Perdoe-me. Pela falta de decoro. Por ter sido fraco contra os meus impulsos.

— Então teremos que nos perdoar um ao outro. Meus impulsos são tão graves quanto os seus.

— Por favor. — Tentou aproximar-se e ela se afastou. Sua expressão demonstrou preocupação com a reação dela. — Não permita que a falta de controle de dois apaixonados a faça mudar de ideia de que tenho boas intenções — completou Markus. — Sei que é muito cedo para falar de amor, mas acredito que há intenção mútua de passarmos o resto dos dias juntos, deixando que o amor aconteça com o tempo.

Liliana ardeu. Seu estômago parecia um formigueiro e seu coração batia descompassado. A respiração presa na garganta. Os olhos abertos ao máximo, como se sua alma fosse sair por eles. Tais palavras pareceram jogá-la de um penhasco. Caindo no nada sem lugar para se segurar. Tendo como única opção aceitar a queda.

Jamais o colocaria em perigo. O perigo de tornar-se uma má pessoa ao entrar no universo de sua família em nome de seu amor. Amor não deveria fazer isso com as pessoas.

Não seria ela a responsável por espalhar o pecado de seu mundo demoníaco. Ela não seria a armadilha de luz para aquela mariposa que Markus era neste momento.

Sua mão delicada tocou-lhe a barba gentilmente, fazendo-o fechar os olhos em sinal de paz interna.

Sua irmã lhe veio à mente. O sangue dela e sua doença.

Ela saiu de baixo da árvore, tonta. O estresse e a ansiedade exalavam pelos poros. Não havia tempo a perder, não havia mais o que ser dito. Eles iriam ficar juntos, mas não antes de libertar a irmã.

Markus a olhou partir. A distância de seus corpos se afastando lhe deu a sensação de uma adaga cravada no peito. A dor só não era maior do que a agonia de sua mente em busca do que ele havia feito de errado para que ela fugisse assim, sem mais nem menos, depois de tão belas palavras que lhe saíram do coração.

27

A casa estava quieta demais quando Liliana chegou. Sombria.

Um ar pesado emanava por todo o lugar. Não havia tempo de conversar com o pai primeiro. Se o fizesse, sabia que ele a impediria de libertar Clara.

Caminhou até a caixa, enfiando-se entre a vegetação.

Seus olhos e coração se estatelaram ao ver que a caixa não estava mais ali.

Como que por impulso, correu para a casa. Algo dentro dela dizia que aquilo não era bom. Não conseguia imaginar o motivo de o pai levar a caixa para dentro da casa novamente.

Teria ele mesmo decidido libertar Clara? Seria maravilhoso se tal coisa estivesse acontecendo.

Abriu a porta devagar e não teve tempo de reagir ao sentir uma mão grudar em seus cabelos com força, puxando-a para dentro.

Só o que sentiu foi seu corpo caindo em algo macio.

Olhou para cima e estava no colo de seu pai. Morto, encostado na parede com uma enorme mordida no pescoço e o sangue escorrido pelo peito.

– Oi, irmãzinha – zombou Clara.

O sorriso sarcástico dela iluminado pelo fogão a lenha parecia pior pela sombra dançante em seu rosto. Liliana estava horrorizada e chocada demais para chorar.

Clara, parada a sua frente, boca e mãos sujas de sangue, mas com pele e cabelo perfeitos. O sangue de seus pais havia restabelecido todas as células do seu corpo. Era uma versão perfeita de Liliana, porém mais jovem. Sua irmã gêmea. Se não fosse o sangue espirrado no corpo, seria um anjo.

Levou a mão à boca ao ver a mãe morta, com o corpo ressecado do outro lado.

— O que... você fez? — Sua voz falhou em um choro sem fôlego.

— O quê? Com isso? — Apontou para a mãe, desdenhosa. — Nada de mais, estava com fome... e, para falar a verdade, ainda estou.

— Nós éramos a sua família! — gritou em desespero.

— Jura? — O sarcasmo era cortante. — Nunca pensei que família se tratava assim. Me prendendo em uma caixa por três anos, me alimentando com ratos e galinhas para que você viva a sua vida junto com o seu macho? — Riu nervosa. — Posso sentir o cheiro dele por todo o seu corpo, sua vadia!

— Eu iria libertar você hoje. Estava cansada disso. Meu Deus!

— Bem... — Clara parecia confusa entre acreditar ou não. — Agora é tarde, nunca saberei se iria mesmo fazer isso.

— Acabou-se tudo... — Liliana entrava em desespero.

Clara olhou para as próprias unhas crescendo em seus dedos compridos.

— Não é legal tudo isso que posso fazer? Foi fácil sair daquela caixa. — Passou a unha na parede ao lado, fazendo um rasgo fundo na madeira, como demonstração. — Eu não sei ao certo o que aconteceu comigo. Só sei que cada dia que passa me sinto mais forte. — Pensou por um momento. — Talvez como aquele tal de *Nosferatus* que o papai falava. Bem parecido com aquilo, não é?

— Me deixe em paz. — Liliana chorava, afastando-se da irmã que se aproximava.

— Eu tinha pensado em matá-la. Porque nunca mais irei voltar para caixa alguma. Mas lembrei que você já está morta. Sem o meu sangue, não vai durar muito tempo.

Liliana pensou em Markus. Nunca seria dele.

— E quanto ao seu macho... — Ela se agachou na frente da irmã, farejando o cheiro dele em Liliana, antes de continuar: — Acho que ele vai precisar de alguém para se consolar. Gosto do cheiro dele. Me faz pensar coisas sujas.

Ela puxou o cabelo da irmã com força, arrastando-a pela pequena cozinha. Foi quando Liliana viu que a caixa de madeira onde Clara ficava estava ali dentro da casa.

Jogou Liliana com força dentro dela. Fechou a tampa e se sentou em cima, enquanto a irmã se debatia ali dentro com toda força que podia, em desespero.

– Vai ficar aí até morrer. O que não vai demorar muito. Mas tempo suficiente para se sentir como eu me senti. – Riu alto.

28

Markus seguia o caminho até a casa de Liliana.

Será que estava ficando louco? Depois de tanto tempo sozinho e perdido pelo mundo havia também perdido a razão? A princípio, ele foi em direção à própria casa, mas mudou de ideia no meio do caminho.

Seu corpo grande e as pernas grossas pareciam marchar de maneira decidida. Iria conversar com o padre. Pedir autorização ou o que fosse necessário, mas teria Liliana. Ela seria sua.

Não iria passar mais uma noite em agonia, imaginando se teriam ou não a aprovação. Interessaram-se um pelo outro, começaram a se encontrar às escondidas, mas, agora, se quisessem que a relação evoluísse, teria que pedir ao padre. E se ele não aceitasse... bem... ou ele teria que desistir, ou então levar ainda mais tempo para provar ao homem que ele seria uma boa escolha.

A julgar pela ereção que acontecia constantemente e o desejo de sexo, torcia para que tivessem o consentimento e se casassem o mais rápido possível.

Clara usou o pano em cima da mesa para limpar a boca de sangue. Liliana via tudo pela portinhola aberta da caixa.

— Por favor, Clara. Tenha piedade — suplicou.

— A minha piedade é a mesma que tiveram comigo. — Chutou a caixa, raivosa.

Parou de repente, farejando algo no ar, sorrindo em seguida.

— Seu macho está aqui, irmã.

Liliana tentou olhar para a porta.

— Markus! — A voz saiu falha. Recuperou o fôlego. — Markus! — gritou.

Ao ouvir a súplica, ele acelerou os passos e abriu a porta com força.

— Markus, me ajude! — Liliana chorava de dentro da caixa.

Desesperado, sem nem mesmo prestar muita atenção ao redor, a não ser a caixa onde ela se encontrava, tentou abri-la. Procurou uma maçaneta ou algo entre os gritos desesperados.

A surpresa da súbita dor aguda no pescoço foi lacerante.

O líquido viscoso escorreu por seu peito. Sentiu alguém grudado em suas costas. Tentou puxar com a mão os cabelos de Clara enquanto urrava de dor.

Com os dentes cravados no pescoço dele, ela enfiou as unhas no tórax do homem e prendeu suas pernas em volta da cintura dele, evitando que fosse empurrada.

Ele se debateu, puxando a pessoa que o mordia. Mas Clara, apesar de muito mais nova, tinha uma força sobre-humana.

Markus virou-se de costas para a parede e começou a bater com toda força, fazendo a casa tremer. Clara sentiu uma dor quase insuportável, mas não parou de sugar. Mais uma pancada. Dessa vez no fogão a lenha. Algumas toras de madeira rolaram para o chão e um pequeno foco de incêndio começou.

Ela percebeu que suas costas estavam pegando fogo. Desesperada, saltou no chão, rolando e se contorcendo de forma que seria impossível para o corpo humano. Pernas viradas para trás e braços girando trezentos e sessenta graus, tentando apagar a chama de sua roupa.

Markus caiu no chão, esgotado, sem conseguir se mexer. Com a última força que lhe restava, estendeu a mão, desesperado, para o caixote, com a intenção de salvar Liliana.

Clara se levantou com o fogo apagado e apenas uma fumaça saindo das costas chamuscadas. Intensas labaredas se alastravam rapidamente pela casa.

Ela segurou Markus pelo colarinho da camisa e arrastou o corpo forte e pesado dele para fora da casa.

– Não. Você não vai morrer – resmungou, determinada.

Desesperada, pensando seriamente em não querer ficar sozinha no mundo, mordeu o próprio pulso e deu para que ele bebesse, acreditando que o sangue iria curá-lo, assim como curava Liliana. Ela o queria e ele seria dela.

Ele pareceu não reagir. O sangue entrou um pouco, mas ele não o ingeriu. Ela segurou com força os pulsos na boca dele. E mesmo ele não bebendo, devido ao desmaio, o sangue lhe desceu pela garganta.

A claridade das chamas atingiu uma intensidade elevada, chamando a atenção das pessoas da vila, que correram na tentativa de ajudar.

Clara começou a puxar Markus pelo bosque, arrastando-o inconsciente no chão, fazendo as costas dele ralarem, passando por cima de tudo que estava no caminho. Ela o observou, achando que talvez ele estivesse realmente morto. Mas não iria abandoná-lo enquanto ainda não tivesse certeza. Ela o queria. Queria aquele cheiro de macho, que sentiu no corpo de Liliana, no corpo dela também.

Liliana gritou em horror, presa dentro da caixa com a mão para fora, enquanto a caixa era dominada pelo fogo.

As chamas tomaram conta do velho casebre de madeira com uma rapidez incrível, enquanto Clara sumia na escuridão, puxando Markus.

29

Armando acordou desanimado em sua enorme e luxuosa cama revestida com lençóis de seda, rodeado por travesseiros macios, provavelmente feitos de penas de alguma ave. Sua expressão triste e amargurada lhe tirava boa parte de sua beleza.

Seria de seu próprio gosto nem ao menos se levantar, mas já estava deitado havia tanto tempo que a preguiça começava a tomar níveis elevados demais, até mesmo para ele. Olhou a janela fechada do quarto e, a julgar pelos poucos raios de luz que passavam, era bem cedo. O barulho dos criados trabalhando fora da mansão só confirmava isso.

Criados loiros, advindos do tráfico humano da Crimeia, a maioria era de brancos originários da Ucrânia, Polônia e sul da Rússia. E, dentre eles, poucos eram homens trabalhadores. As pessoas exploradas eram crianças e mulheres destinadas ao serviço doméstico — o que, com frequência, incluía exploração sexual.

Ao menos, Armando nunca soube de maus-tratos sexuais por parte de seu pai. Embora fossem criados, naquilo que ele acreditava e havia aprendido, os serviçais eram muito bem tratados.

Rolou de lado, suspirando, enquanto seus olhos corriam pelo cômodo, tentando criar coragem.

Seu quarto tinha os melhores móveis da época. Paredes altas, decoradas com quadros e carpetes importados, lustres luxuosos, castiçais ornamentados e mobílias das mais nobres madeiras.

Não havia mérito seu pelo gosto refinado. Tudo ali já estava havia tanto tempo no mesmo lugar, decorado por sua mãe, que ele decidiu deixar do jeito que sempre fora. Seria trabalho demais mudar e redecorar.

A enorme mansão, a fortuna e os criados brancos haviam sido deixados de herança pelos pais. Muito mais que o suficiente para ele viver o resto da vida com mordomia.

Armando já não saía de casa havia muitos anos. Recluso, só se permitia andar pelo imenso terreno que fazia parte da propriedade. Os criados já nem se importavam mais com o estilo de vida do patrão, mesmo quando ele ficava dias sem sair do quarto, não se preocupavam em conferir se ele ainda estava vivo. Sabiam que esse era o jeito dele. Um homem triste.

Mas a verdade era muito mais do que aparentava. Ele tinha medo. Medo de ser descoberto e morto pelos pensamentos impuros que lhe rodeavam a mente.

Enquanto estivesse ali, dentro de seu lar, estaria seguro. Intocável. Ao menos gostava de acreditar nisso, mesmo não tendo certeza em absoluto. Enquanto sufocasse seu segredo e assassinasse seus desejos, ninguém descobriria nada.

Ele ansiava a morte, com toda vontade, mas morrer enforcado ou queimado não lhe parecia atraente. Era provável que a dor do sufocamento causada pela corda no pescoço ou da queimadura até que seu coração parasse de vez, parecia-lhe pior do que a dor que sentia todos os dias, então essa hipótese estava descartada.

Dar um tiro de mosquete no próprio rosto parecia mais rápido. Talvez nem sentisse dor devido à tamanha rapidez que a bolinha de chumbo lhe cruzaria o cérebro. Mas, as inúmeras vezes que tentou, lhe faltou coragem para puxar o gatilho. Isso o deprimia ainda mais ao mentalmente se chamar de covarde. Por ora, havia decidido não levar mais a arma à boca. Cada vez que desistia, parecia pior do que antes.

Continuaria se escondendo. O jeito era esperar que os céus decidissem levá-lo logo. Enquanto isso não acontecia, teria que se levantar. Aquele quarto fechado já o sufocava e o irritava, a sensação piorava cada vez que o ar parecia faltar.

Ele se levanta com esforço, desanimado, tirando o pijama com certo ar de irritação. Ao passar pelo enorme espelho com bordas decoradas, a caminho da banheira, viu de relance seu corpo esculpido por muitas aulas de esgrima que nem ao menos praticava mais. Cabelos negros jogados para trás no melhor estilo italiano.

A banheira atrás do biombo ainda tinha água morna. Sinal de que algum criado a encheu há pouco, sem que ele nem ao menos percebesse a presença de alguém no quarto.

Reconfortou-se dentro da banheira. Inerte na água e nos pensamentos por um tempo, enquanto os criados andavam, apressados, pela casa, deixando tudo organizado.

Após o banho, vestindo-se de maneira desarrumada e despreocupada em suas roupas caras e finas, cheias de babados, desceu a escadaria principal rumo ao térreo da mansão.

A bandeja de fruta e café deixada na grande mesa, decorada com um enorme vaso de flores, ao pé da escada, estava ali como de costume. Era assim que ele gostava de começar o dia e era assim que todos eles começavam.

Era um ritual que ele fazia tanta questão que os criados, mesmo quando ele não descia do quarto, ali deixavam a bandeja caso necessário. Aquela bandeja sempre servida lhe dava a impressão de que havia outras pessoas da família pela casa. Como se alguém já tivesse tomado café antes dele. Sentia-se menos sozinho imaginando tal coisa.

Tão logo saiu pela porta principal, dupla e ricamente entalhada, avistou Jhonas. O homem branco robusto e obstinado que dava ordem aos outros criados, além de ser completamente fiel ao patrão, mais pelo mérito do valor de seu salário que pela admiração, Jhonas gostava muito do pai de Armando. Quando a família faleceu, ele decidiu continuar ali pelo costume e dinheiro.

— Bom dia, senhor — cumprimentou com a cabeça.

— Bom dia. — Armando não olhava diretamente para ninguém.

Um criado aproximou-se, puxando pela rédea o belo e negro cavalo impecavelmente lustrado, escovado e selado.

— Hoje não. — Fez sinal com a mão no ar para que o criado levasse o cavalo de volta.

Pôs-se a caminhar e, após alguns minutos, parou na beirada de um barranco. Foi mais perto da borda, olhando para baixo, observando a erosão que havia ali. Seu pé bateu em uma pequena pedra, que rolou para baixo com farelos de terra.

Ignorou por completo tal coisa. O desânimo e a depressão eram tamanhos que nem tinha vontade de se aventurar e explorar partes de sua propriedade, as quais já não sabia o quanto tinham mudado.

A pedra rolou barranco abaixo, revelando uma pequena gruta.

Clara estava ali, ao fundo, na escuridão. Acordou com a terra rolando na saída da caverna. Em silêncio, observou se algo aconteceria.

Armando por fim se virou e partiu em direção à mansão novamente, sem saber que abaixo dele os vampiros esperavam a luz do sol deixar a Terra.

Já acordada, constatou que ainda era dia. Teria que ficar ali até anoitecer ou seria queimada pelo sol. Voltou a descansar, esperando a chegada da noite para acordar Markus.

30

Assim que a noite chegou e os últimos raios de sol deixaram a Terra, a escuridão foi se alastrando, devolvendo a força para todas as criaturas noturnas.

Ela olhou para Markus, curiosa e surpresa por ele ainda estar desacordado.

Agachada como um animal, caminhou até ele. Tentou, num primeiro momento, confirmar se ele estava morto. Acreditava que o sangue dela poderia curá-lo. Mas ele parecia imóvel como uma pedra e o peito mal se elevava e retraía pela respiração. Seu nariz o farejou, enfiando a cara por todo corpo dele, puxando todo cheiro que pudesse sentir. Afundou seu rosto na barba, pescoço, tórax e, depois, na barriga do rapaz, cheirando profundamente. Chegou ao meio das pernas dele e esfregou a cara, farejando o sexo.

Morto ele não estava. Ainda tinha aquele cheiro que ela conhecia, apesar da respiração fraca e do estado inerte dele.

Foi nesse momento que Markus suspirou fundo, engasgando-se e tossindo, agonizando no próprio corpo.

Clara olhou fascinada. Ele estava vivo. Grande e forte. Pesado.

Mas havia algo de diferente. Sua aparência ia mudando lentamente enquanto ofegava pela respiração.

Os cabelos se tornaram sedosos e brilhantes, a pele foi se aveludando e todas as pequenas manchas de sol desapareceram, os olhos ficaram ainda mais azuis, beirando o bizarro, os dentes se tomaram perfeitamente brancos e alinhados. As presas se formaram com mais evidência. Ele havia se transformando ali na frente dela enquanto a noite o enchia de vida. Clara olhou estupefata.

Era belo beirando o absurdo. Puro, como se nenhuma toxina do mundo tivesse alterado seu organismo. Não lhe restava dúvidas de que ele havia se transformado no mesmo que ela.

Maravilhada, correu e o abraçou por impulso. Havia acabado de descobrir como transformar alguém. Beber da pessoa até a linha da morte e depois alimentá-la com o próprio sangue, essa substituição, a troca era a chave para a transformação.

Ele a abraçou com gosto. Afagando-a com carinho em seus braços apertados. Clara sentiu profunda paixão, como se fosse para ela aquele desejo dele de sentir os corpos juntos.

— Liliana. Que bom que está bem. — Afagou o cabelo da menina com aparência de quinze anos.

Ela se afastou, irritada, e ele a olhou, curioso. Era a Liliana, porém mais nova. Parecia uma adolescente.

Sua memória foi invadida por recordações da noite anterior.

A mordida. Liliana presa na caixa e o fogo. Fogo se alastrando.

Levou a mão ao pescoço e não havia marca alguma. Olhou para ela com ódio.

— Você a matou! — exasperou ele.

— Do que está falando? — Riu sarcástica.

Como um touro bravo, partiu para cima da garota, prensando-a na parede a ponto de fazê-la perder o fôlego. Apesar de forte, Clara estava assustada, seu corpo de quinze anos parecia minúsculo perto daquele homem, que agora era muito mais forte que ela.

Ela não aguentaria um confronto. Teria que usar a inteligência para contornar a situação.

— Eu tentei salvá-la, mas me queimei. Não se lembra de eu rolar no chão queimada? Só consegui puxar você para fora da casa.

Ele aliviou a pressão no pescoço dela, tentando se lembrar.

— Meu pai o atacou. Eu puxei você, mas ele havia prendido Liliana na caixa. Não tive tempo de salvá-la.

— Do que está falando? Ela... Vocês são iguais.

— Sim, éramos gêmeas — explicou com um falso pesar. Ele travou. Encolhendo-se no próprio corpo em desespero.

— Ela morreu queimada. Meu Deus...

Clara fez uma careta de descaso sem que ele notasse e aproximou-se dele, acariciando-o no ombro.

— Calma. Tente ficar calmo.

Clara passou a mão na barba dele. Tentou gentilmente beijar-lhe a boca.

Markus a empurrou.

— Está doida? Você parece uma criança.

— Somente no corpo que não envelhece. Você pode fingir que sou a minha irmã e me usar de consolo.

As imagens começaram a voltar, como flashes. Um deles foi a imagem do pai de Liliana ao chão, morto, sujo de sangue. Outro da mãe seca, sem vida. Liliana estava presa na caixa. E aquela menina em seu pescoço.

Seus olhos se encheram de um ódio quase flamejante. Uma sensação terrível que nunca havia sentido. Seus olhos azuis passaram a uma tonalidade branca com a borda azulada. Ele rosnou, furioso, nem notou que suas presas cresciam.

Agarrou o pequeno pescoço de Clara, apertando-o o máximo que podia. Ela perdia o ar rapidamente. Ele chorou ao ver que elas eram parecidas. Sentia-se como se estivesse matando Liliana, mas sabia que não era ela. Fechou os olhos e continuou apertando.

— Sua assassina! — gritava como um cão raivoso. — O que fez comigo?

Os olhos dela se reviraram. Quando ela apagou de vez, ele a soltou e ela caiu ao chão, imóvel.

Markus a olhou com ódio, agonia e desespero. Havia matado alguém. Mas acreditava que tinha feito o que era certo. Assassinou a responsável pela morte de Liliana e a família dela. Olho por olho, dente por dente.

Clara se mexeu, voltando aos poucos à vida.

Assustado, ele pegou uma pedra com as duas mãos e acertou a cabeça dela, soltando um grito alto e infernal. As unhas dela, mais compridas que o normal e, mortalmente mais afiadas, se debatiam no ar, cortando com facilidade o tórax e os braços de Markus, como se dez pequenos bisturis o acertassem com rapidez e em ataques desordenados. A pele era cortada como faca quente na manteiga. O sangue escorria, espirrava, e, depois de algumas pancadas com a pedra, ela parou de se debater e ele de acertá-la.

Cambaleou para trás, atordoado, chorando em agonia e desespero pelo que havia acontecido. Era oficialmente um assassino brutal.

Suas roupas estavam completamente rasgadas por ter sido arrastado na noite anterior e pelas unhas afiadas de Clara. Quase nu e com sangue por todo o corpo, saiu da gruta, cambaleando. Subiu o pequeno morro, andando pelo gramado verde, tentando entender como aquela garota podia ter voltado à vida depois de ele a sufocar até a morte. Deu mais alguns passos antes de cair no chão. O que ela havia feito com ele? No que o transformara?

Avistou algumas luzes vindo ao seu encontro.

– Os gritos vieram dessa direção! – esbravejou um dos criados.

As pessoas o cercaram, assustadas.

– Meu Deus! Ele está sangrando muito – vociferou outro.

Armando, com seu traje de dormir, se agachou, pegando-o pelas costas.

– Jhonas – chamou. – Pegue-o pelo pé. Vamos levá-lo a um dos aposentos de visita.

31

– Alguém mande uma mensagem para o Dr. Silás imediatamente.

Markus era pesado, levaram-no com dificuldade até um dos quartos. Colocaram-no na cama gentilmente.

– Saiam todos do quarto, agora! – gritou Armando para as pessoas que olhavam, curiosas. Ele sabia que teria que tirar a roupa dele enquanto esperava o doutor chegar para cuidar dos ferimentos.

– Saiam todos, deem espaço.

Os criados foram saindo, cautelosos, enquanto Armando terminava de rasgar a pouca roupa já destruída que cobria o corpo dele.

Mesmo em desespero pela quantidade de sangue, não pôde deixar de notar que o rosto de Markus era perfeito como o de um anjo. Seu corpo parecia com as muitas das esculturas gregas que tanto já havia visto.

Examinou as feridas. Eram menos profundas do que achou que fossem devido à quantidade de sangue que parecia sair dele alguns segundos atrás. Ou talvez aquele sangue todo não fosse só dele. Olhou mais de perto e um dos cortes parecia estar se fechando, cicatrizando bem na sua frente.

Coçou os olhos, acreditando estar vendo coisas.

– Liliana – sussurrou Markus.

Armando espantou-se. Presas. Ele tinha presas.

Olhou para a ferida novamente. Estava mais fechada. Ainda devagar, mas sem dúvida muito mais rápido do que qualquer ser humano.

Com pensamento rápido, trancou as janelas e fechou as cortinas. Saiu pela porta, trancando-a com a chave assim que passou pelo batente, os empregados aguardavam ansiosos por alguma notícia.

Todos olharam para ele, surpresos, esperando alguma palavra.

— Vão todos se deitar. Vão!

— Mas, senhor...

— A festa acabou. Ele já está bem e agora dorme. Os machucados não são profundos, deve ter se arranhado em algum arbusto espinhoso, não é nada de mais. Só precisa descansar.

Foi fazendo gestos para espantá-los, como se tocasse uma matilha de cachorros, mandando todos os criados para fora da mansão, certificando-se de que eles voltassem aos casebres. De fundo, escutou um deles falando:

— É conhecido do patrão.

— Ele sabe o que fazer, vamos nos recolher. Se o patrão precisar, vai nos chamar — afirmou Jhonas.

— Mantenha os criados longe da mansão. Está tudo bem por aqui, foi só um susto. Não quero ninguém na casa — ordenou Armando.

— Sim, senhor — respondeu Jhonas, firme.

Armando rodava pela sala, dando goles em um copo com uísque, espantado com o acontecimento. Havia um estranho em sua casa, alguém que se curava rapidamente e tinha presas. Um demônio? Mas ele não parecia um. Pelo contrário, se lhe colocassem asas e armadura, pareceria um arcanjo. Alguns minutos depois, avistou pela janela o Dr. Silás, que vinha de carruagem pelo caminho principal de acesso à mansão.

— Doutor. Desculpe trazê-lo aqui a esta hora — disse Armando logo que o senhor desceu da carruagem. — Houve um engano. Um amigo se machucou e achei que precisava de cuidados maiores, mas não será necessário. — Mostrou algumas moedas generosas ao médico enquanto o conduzia de volta à carruagem. — Vamos, vou lhe pagar pela visita.

— Bom... fico feliz que não tenha sido nada. — Silás pegou o dinheiro da mão de Armando.

Assim que a mansão ficou em silêncio, passou a mão pelos cabelos. Foi até o aparador, encheu mais um copo de uísque e o virou de um único gole. Repetiu o processo, respirou fundo e caminhou em silêncio até a porta do quarto. Toda sua amargura e tristeza da vida pareciam ter se evaporado como se nunca tivessem existido. Efeito da grande novidade que estava no quarto de visitas.

Girou a chave sem fazer ruído. Arrumou as roupas de veludo com babados, olhou pelo vão da porta entreaberta e Markus ainda estava deitado na cama, com as roupas rasgadas e sangue pelo corpo. Fechou a porta novamente, assim que passou por ela. Não sabia ao certo o que ele era.

Estudioso e leitor assíduo de sua enorme biblioteca, já havia visto diversas gravuras e histórias de demônios. Todos retratados de maneira bestial, com chifres e asas de morcegos. Não era o caso do estranho.

Mas essa não era uma história. Era a realidade, e estava bem ali, em sua casa. Um demônio em seu quarto.

Se tivesse deixado o doutor examiná-lo, com certeza o rapaz seria denunciado e queimado vivo pela Igreja.

Não podia deixar isso acontecer. Ele não parecia uma ameaça, não tinha nada de diabólico nele. Pelo contrário, era perfeito demais. Como uma pintura.

Deu uma nova olhada.

— Onde estou? — perguntou Markus, com tristeza na voz, acordando.

Armando se aproximou com cautela.

— Em minha residência. O encontramos no gramado aqui perto.

Markus farejou algo.

— Sinto cheiro de bebida. Uísque.

— Você quer? — Armando estranhou. Como ele podia saber que havia bebido?

— Sim. Preciso me acalmar.

Foi até o aparador do quarto. Havia bebida pela casa toda, já que esse era um dos passatempos preferidos de Armando. Encheu um copo de cristal e o levou até o desconhecido, que se sentava na beirada da cama, abatido. Com um gole virou tudo para dentro, o que fez Armando pensar que deveria buscar copos maiores.

Tossiu, engasgou-se e teve vontade de jogar tudo para fora do corpo. Mas precisava daquilo e se obrigou a manter a bebida no estômago.

— Por favor, não nos faça mal. Estou tentando ajudar. — Receou.

— E por que lhe faria mal? — Pensou no que havia acabado de fazer com Clara. — Nada mais me resta, nem minha consciência tranquila.

Teve receio de contar ao estranho que o ajudava sobre o assassinato que acabara de cometer. Ainda estava confuso a respeito. Seria ela um demônio? Se fosse, ele havia feito o certo ao expulsar uma das crias do diabo da Terra. Ou ele estaria delirando? Teria somente matado uma criança?

— Você matou alguém? — questionou Armando, com medo da resposta.

— Alguém? — Ele parecia estar melhor, porém confuso.

Como poderia Armando saber de tal coisa?

— O sangue no seu corpo — Ele apontou. — É todo seu?

Markus se sentou na cama, refletindo sobre tudo. Juntando as peças. Assustado com o sangue manchando o próprio corpo.

— Encontramos você com cortes profundos. Havia muito sangue. — Pensou por um segundo antes de dizer: — Os cortes cicatrizaram na minha frente.

Markus olhou, analisando o próprio corpo. Lembrou-se da dor e das unhas de Clara lhe cortando a pele. Não havia mais corte algum. Que loucura era aquela?

Levantou-se, andando pelo quarto com seu corpo que parecia deixar tudo menor perto dele.

— O que ela fez comigo?

— Ela?

— Ela me mordeu. E depois... e depois... — O mundo parecia rodar.

— Não sei ao certo — lamentou Armando, sem poder ajudar.

Markus sentiu o estômago embrulhar e um pouco do uísque quis fugir dali. Limpou a boca, tentando não acreditar.

— Você tem presas — revelou Armando em um sussurro, ainda na dúvida do que havia visto.

32

Markus correu até o espelho, assustado. Avaliou sua boca e havia presas pequenas de cada lado, mais salientes que o normal. Analisou a pele, o cabelo, e tudo estava perfeito, sem manchas nem cansaço. Olhou o corpo quase nu, somente com um resto de calça rasgada lhe cobrindo as intimidades, não havia qualquer defeito em sua estrutura, apesar de manchado de sangue. Seus músculos pareciam mais rígidos, e seus ossos, mais pesados, grossos.

Começou a observar, atencioso à sua volta. O mundo parecia diferente, mais vivo e agitado. Cheio de cores, cheiros e barulhos. Escutou um bater de asas. Olhou para cima e viu uma mosca voando pelo teto. Seus olhos conseguiam acompanhar o frenético voo. Outro barulho chamou a atenção, passos, descalços, fora da mansão, bem distante da casa grande.

Rodeava o lugar, admirando cada coisa que conseguia captar. Coisas que humano nenhum veria ou perceberia.

Armando sentou-se na cadeira, observando Markus, que parecia procurar algo. *Era a perfeição*, pensou, enquanto o homem se movia de um lado para o outro. Músculos sendo contraídos, testosterona sendo usada. Pele se movendo para liberar espaço para a musculatura. Veias do corpo saltando a pele. Pelos curtos em um corpo másculo, capaz de atrair qualquer mulher e causar inveja e intimidação aos outros homens. Uma máquina perfeita, criada com a única intenção de atrair a presa.

Porém, desde o dia anterior em que se tornou vampiro, Markus ainda não havia se alimentado. Seu corpo exigia isso. Dentro dele havia uma batalha sendo travada sem que percebesse. Seu organismo bombardeava o cérebro e a razão, para que esta desse lugar à necessidade e ele se alimentasse. Sangue é vida e o organismo vampírico iria fazer de tudo para que continuasse vivo, mesmo que isso significasse enganar a si próprio.

Essas armas biológicas tinham a função de facilitar a alimentação, não importando o sexo da presa. Como uma aranha capaz de produzir uma teia sem se importar com qual inseto iria sugar as entranhas.

Markus farejou algo. Um cheiro doce e chamativo, seu nariz captava-o, enviando ao seu cérebro a informação de que precisava saciar a fome. Sua consciência começava a ser deixada em segundo plano, sem que percebesse.

Armando estava chocado, assustado e com medo demais para reagir. Mas também havia dentro dele a curiosidade de saber o que viria a acontecer. Mesmo que fosse algo ruim, ao menos estaria acontecendo alguma coisa em sua vida.

Markus farejava o ar, chegando mais perto de Armando, apoiando as mãos na cadeira em que o rapaz estava sentado. Podia escutar o coração dele batendo acelerado e um cheiro deliciosamente convidativo. Cheiro de sangue.

Seu nariz foi se aproximando do corpo dele. Farejou o ar ao seu redor. Segurou o braço de Armando e continuou buscando a origem do odor, tentando descobrir de onde recendia aquele aroma, esfregou o nariz até chegar ao pulso. Puxou as mangas do braço de Armando para cima. Pôde ver com perfeição uma veia saltar.

Sua consciência já havia saído de cena, dando espaço para o organismo vampírico dominar, estava com fome e iria se alimentar de qualquer maneira.

Seus olhos azuis ficaram mais claros, quase brancos no centro, e suas longas e imponentes presas se alongaram, involuntárias.

Uma fome incontrolável invadiu seu corpo. Mais forte que ele. Mais intensa que o horror de saber que iria machucar alguém. Um instinto de sobrevivência que se sobrepunha a qualquer racionalidade. Armando não teve tempo ou chance de fugir.

Markus penetrou as presas afiadas e pontiagudas devagar, com tremenda facilidade. O sangue escorreu e ele enfiou a boca no punho assim que sentiu o cheiro e gosto em sua língua.

Armando se assustou, horrorizado.

Apesar de ferroso, precisava daquilo. A presa tentou gritar de dor, mas Markus lhe tapou a boca com a mão livre, enquanto que a outra segurava o pulso para sugar o que podia, sua investida em Armando desequilibrou os dois, fazendo-os cair para trás, levando a cadeira junto.

33

Continuou tapando a boca de Armando enquanto estava em cima dele, sugando todo o sangue que lhe saía do corpo. O gosto não era dos melhores, apesar disso, queria e precisava, não sentia nojo. À medida que se alimentava, sua razão começava a dominar seus sentidos novamente. Podia escutar o coração de sua presa batendo acelerado e depois diminuindo o ritmo.

O coração fraco fez exalar do corpo de Armando um cheiro azedo, tão forte que chegou a irritar a garganta de Markus. Aquele odor lhe trouxe a sensação de morte. O aviso serviu para ele, seu instinto logo percebeu que não podia continuar sugando, pois se o coração parasse, o sangue de um morto o envenenaria.

Já havia matado Clara e, por uma boa razão, não faria isso com o rapaz, esse assassino frio e gratuito não era de sua natureza. Largou a mão de Armando e um filete de sangue lhe escorreu da boca para a barba curta, sua expressão de satisfação mostrava sua sacies. Bem alimentado e com o corpo cheio de vida novamente. Talvez ainda não fosse o suficiente, mas servia no momento.

Armando relaxou ao chão, exausto e fraco. Como se tivesse acabado de correr horas sem descanso. Levantou-se com dificuldade, enquanto a expressão de Markus era tomada pelo horror, agora que todos os instintos e armas naturais vampíricas foram desligados.

— Meu Deus... foi mais forte que eu. — Os olhos do vampiro piscaram assustados com sua lamentável carência de autocontrole. — Parecia que alguém estava no comando enquanto via tudo de fora do meu corpo.

Tentou caminhar em direção a Armando, visivelmente abatido e horrorizado, na intenção de consolá-lo, mas retraiu-se sobre o próprio corpo, incapaz de consolar a si mesmo.

Armando pressionava o pulso com a outra mão para estancar o sangue.

Um vampiro recém-criado não tem forças para lutar contra o desejo de se alimentar. Quando a sede possuiu Markus, ele fez de tudo para saciá-la. Se Armando era tudo que ele tinha naquele momento, era dele de quem tiraria o sangue vital de que precisava para matar a fome e sobreviver.

Questões morais não tinham absolutamente nada de relevante.

Armando recuperou o fôlego, levantou-se devagar enquanto olhava para Markus, que parecia prestes a enlouquecer. Embora também estivesse assustado com o que acabara de acontecer, neste momento, o homem a sua frente parecia sofrer mais do que ele. O predador não aparentava mais qualquer sinal de perigo, ao contrário, estava frágil e mais desesperado do que ele, seja lá o que ele fosse.

— Tente ficar calmo. Vamos descobrir o que aconteceu com você — consolou Armando.

Apesar de cansado e esgotado para raciocinar direito, a única coisa que lhe vinha à mente era que Markus não podia ir embora. Era estranho, mas ele não queria que isso acontecesse. Por mais que tenha estado em perigo alguns segundos atrás, queria que Markus continuasse ali.

Seus dias eram tão sem sentido e agonizantes que ter alguém em sua casa, em sua vida, com algo acontecendo, com toda essa loucura em torno desta noite, era ainda assim melhor do que a tristeza e a depressão que o visitavam todo dia. Queria essa agitação. O perigo lhe causava uma esperança de que as coisas pudessem mudar. Dava-lhe vontade de viver e continuar em frente, um motivo para viver, mesmo que por curiosidade.

— Como você se chama?

— Markus. — Tentou limpar a boca de sangue.

— Eu me chamo Armando.

O vampiro o olhou, surpreso. Como ele poderia estar calmo? Ou apenas estava passando essa impressão?

— Pode ficar aqui — comentou Armando. — Vou descansar um pouco. Não precisa ir embora, se não quiser, é bem-vindo.

Ele teve vontade de protestar. Como Armando poderia estar lhe dizendo tal coisa? Não percebera que ele era perigoso? Como poderia confiar nele se nem ele confiava em si próprio?

— Perdão, Armando. — Retraiu-se em si mesmo. — Pelo que fiz com você.

Cada vez que olhava para o dono da mansão, seu estômago se revirava ao se lembrar de que havia sangue de outra pessoa dentro dele. Passou a mão na testa, prensando os olhos com força, tentando afastar a visão.

— Vou ficar aqui, Armando. — Encolheu-se no canto da cama. — Não tem outro lugar para o qual eu pudesse ir. Mesmo que tivesse, não sabia se conseguiria neste estado.

Markus sentia algo estranho em seu corpo, a barriga e a bexiga lhe incomodavam. Sentia ânsia e tontura. A sensação cresceu rápido dentro de si, quando não aguentou mais, passou a mão em um balde, indo atrás de um biombo. Ali, colocou tudo que existia dentro de seu organismo para fora.

Nunca havia passado por tal situação, defecava, urinava e vomitava ao mesmo tempo. Como se estivesse expurgando tudo que havia dentro de si.

Quando se recuperou e se limpou, ao contrário do que pensava, não se sentia esgotado ou desidratado. Ao contrário. Sentia-se leve e ainda mais saudável, como se os excrementos o tivessem envenenando.

Passou o resto da noite aceso como uma lâmpada. Pensando em tudo que havia acontecido. Juntando as peças do quebra-cabeça. Deixando em uma ordem cronológica aceitável. Havia se tornado um demônio bebedor de sangue.

O que Armando faria? Voltaria a falar com ele ou o entregaria para a Igreja, para que fosse morto em praça pública? Tal preocupação lhe passava pela mente na mesma velocidade que a sensação de que Armando não faria nada. Algo estranho dentro de si simplesmente sabia que o dono da mansão tinha gostado dele. Ele tentou gritar quando foi atacado, talvez pelo susto inicial, mas depois relaxou, deixando-se levar. Além do mais, se quisesse lhe fazer mal, já teria voltado com ajuda.

Não, com certeza ele não faria isso. Caso contrário, não teria pedido para que ele permanecesse ali. A não ser que estivesse tramando algo. Estaria? Por que ele havia aceitado tudo?

Por que parecia mais preocupado com que ele fosse embora do que pelo fato de ter sido mordido e o sangue extraído do corpo? Se ele estivesse buscando vingança contra Markus, não poderia culpá-lo. E talvez fosse o melhor, para acabar logo com aquilo em que lhe transformaram.

Mesmo sem notar, o corpo de Markus estava recebendo, a cada minuto, novos elementos e aprimoramentos. Novos sentidos, força e inteligência. O sangue de Armando foi responsável por isso e mais era necessário para que continuasse a viver e a se fortalecer. Um vampiro com sede de sangue poderia beber toda a criadagem da mansão em um curto período. Exatamente como um filhote de pássaro que fica de boca aberta pedindo aos gritos cada vez mais insetos para a mãe, enquanto ela não para de alimentá-lo, exausta.

A confusão lhe consumia. Havia rumores de demônios que bebiam sangue humano. Os padres das igrejas que frequentou sempre falavam de tal coisa. Mas ele não se sentia um demônio, não veio do inferno. Tinha uma vida antes disso, que, apesar dos pecados, tentava levar de maneira decente.

34

Armando caminhou até seu quarto com dificuldade, não antes de ser notado por Jhonas, que observava o patrão a distância, sorrateiro e desconfiado da situação.

Estava fraco demais para banho ou qualquer outra coisa. Simplesmente se jogou na cama. Tentou pensar em quanto estava louco por ter deixado tal coisa acontecer. Sentiu-se um lixo por ter gostado daquilo e, no fundo, não conseguia ficar bravo consigo mesmo.

Servir como primeira refeição de um vampiro recém-nascido era para tê-lo matado. Em algum momento, Markus conseguiu se controlar e deixá-lo vivo.

Mas Markus havia despertado outro sentimento nele. Aquele desejo que por muitos anos tentava sufocar, horrorizado. Lutando contra a imensa batalha entre certo e errado que acontecia dentro de sua mente.

Nunca, em toda sua vida, tocou outro homem, embora fosse sua maior vontade. Simplesmente não tinha coragem para se arriscar e ser pego.

Desde que os agentes da noite, ou *Ufficiali di Notte,* foram criados pelo regimento florentino para caçar e punir homens que mantinham relações sexuais com outros homens, com a desculpa de que o pecado em que viviam tinha causado pestes na Europa, Armando nunca foi capaz de externar seus desejos.

Até alguns anos atrás, mais de dezessete mil pessoas já haviam sido acusadas. Na adolescência, quando descobriu tal caçada dos agentes, que aconteceu bem antes de ele nascer, Armando se trancou na mansão e nunca mais saiu, com medo de que aquelas ideais ainda se perpetuassem na sociedade.

O medo de que falassem dele era tamanho que mal olhava nos olhos das pessoas, em especial, nos olhos de outros homens.

Isso tudo não lhe permitiu tocar ou ser tocado. Markus foi o único homem em sua vida que, de certa maneira, havia feito aquilo. Mesmo com a intenção de matá-lo, ainda assim, era o máximo que ele teve ou provavelmente teria.

A concretização de seus desejos havia sido realizada. O corpo de Markus tinha estado em cima do dele. As mãos e boca de Markus o tocaram e, para Armando, essa experiência, apesar de horripilante, tinha sido incrível.

Markus era um demônio de fato. E ele era um sodomita. Dois pecadores que seriam mortos da mesma maneira.

Seja como fosse, mesmo Markus não sendo como ele, era o único com quem Armando finalmente poderia ser ele mesmo, sem medo. Aquele demônio, se é que era isso, já que não aparentava como tal, era muito mais do que desejou em toda a vida. Um verdadeiro homem que ele colocou em um pedestal como objeto de afeição assim que sentiu seu sangue sendo sugado.

E nada iria atrapalhar isso.

Sua mente vagueava entre o medo e o desejo, entre lembranças de coisas que já tinha vivido.

Armando foi mimado desde muito cedo. Além do fato de ser filho único, seu pai o idolatrava por ser um filho homem. O filho que iria dar continuidade ao nome da família quando ele já não estivesse mais ali. E isso, como Armando descobriu com o tempo, era tão importante para seu pai quanto respirar.

A primeira noção que teve sobre o assunto veio logo cedo, aos quinze anos. Quando seu corpo começou a perder as feições infantis e entrar na adolescência, seu pai decidiu que ele também deveria entrar na vida sexual. Ele precisava ter certeza de que o filho era um homem sem nenhum defeito. Um homem que não teria problemas em continuar com a linhagem da família.

Como se fosse um acordo invisível, se aprovado, teria de tudo que o dinheiro poderia comprar, caso contrário, estaria à própria sorte.

Após se arrumar a pedido do pai, olhou para o relógio de bolso. Era uma espera agoniante, e o *tique-taque* parecia macabro naquele momento.

Sentiu a mão do pai em seu ombro e quase saltou da cadeira de susto.

— Vamos, filho. Está na hora.

35

Entraram na carruagem, mas não viu sua mãe em parte alguma. O que era estranho, pois ela sempre estava à vista.

A carruagem passou por todo o centro luxuoso da cidade até parar um pouco mais afastada da praça central.

Armando estava esperançoso, com certeza ganharia algum presente. Seu pai sempre lhe enchia de mimos.

Puseram-se a andar cada vez mais. As luzes, o luxo foi dando espaço à parte suja da cidade. Sua alegria inicial foi sendo tomada pela ansiedade. Tudo estava diferente do que seu pai sempre fazia. Normalmente o levava para tomar algum gelado e depois paravam em alguma loja de brinquedos finos e artesanais.

Pararam na frente de uma casa de dois andares, grande e suja. A julgar pela fachada, parecia mal cuidada, segundo os padrões com os quais Armando estava acostumado.

Mesmo a contragosto e receoso, entrou com o pai. Que mal poderia lhe acontecer? Seu pai o protegeria, com certeza.

O interior era mais bem decorado. Tapetes vermelhos e dourados, lamparinas ornamentadas, mesas de mogno e vários sofás cobertos com seda. Parecia aconchegante. Um homem muito bem-vestido em seu terno, não deixando dúvidas de sua aristocracia, passou pelo corredor a sua frente, sem notá-lo. Logo, uma mulher com um enorme vestido rodado e busto à mostra apareceu. Ele estranhou por completo tal comportamento.

Nunca havia visto uma mulher mostrar o busto de maneira luxuriosa e descarada na presença de outro homem com tanta desenvoltura. Olhou para o pai, a fim de ver a reação dele, que parecia completamente confortável com aquilo.

A mulher era bonita. Aparentava uns trinta anos, com cabelo preto preso, maçã do rosto saliente, olhos claros e a boca com um batom tão vermelho que parecia que tinha apanhado e estava sangrando.

— Olá, Victor. Fico, como sempre, muito feliz com sua visita.

O quê? Ela conhece o meu pai?

Ele beijou o rosto da mulher e Armando sentiu-se tenso.

Seu pai estava traindo sua mãe. Que absurdo era aquele?

— Helena — cumprimentou Victor. — Este é o herdeiro. — Apontou para Armando.

— Que menino adorável. — Agachou-se, apertando-lhe a bochecha. Armando fez careta e quis se soltar. — Fez um belo herdeiro, Victor. Aliás, você faz tudo muito bem. — Sorriu, maliciosa.

Os dois riram como se fossem velhos amigos.

— Pode ficar tranquilo. Sabe muito bem que o menino será bem tratado.

— Não tenho dúvidas disso. Vou deixá-la fazer o seu trabalho. Estarei no centro a tomar algo e volto depois para saber como foi. — Olhou firme para o filho. — Faça tudo que ela mandar e me encha de orgulho.

Armando arregalou os olhos quando o pai se dirigiu à porta. Estava sem reação. Ele partiu, sem nem ao menos olhar para trás.

— Vamos, querido. — Helena puxou-o pelo braço.

Enquanto caminhavam por um corredor, em cada porta tinha uma sala. Na primeira porta à esquerda, havia homens sentados nos sofás, bebericando suas bebidas, enquanto mulheres seminuas se esfregavam neles.

Todos os homens da alta sociedade. Homens casados que ele já havia visto nas festas que seu pai dava na mansão.

Festas essas que ele observava escondido das escadas, pois lhe era proibido participar de coisas de adultos. E agora as coisas de adultos pareciam ter sido liberadas.

Na próxima porta, à direita, havia dois homens e duas mulheres completamente nus, jogados ao chão em um tapete vermelho, felpudo como grama. Havia tantos braços e pernas se entrelaçando que Armando ficou confuso no que estava acontecendo ali naquela cena em que ninguém era de ninguém.

Assim que chegou à última porta, a mulher o levou para dentro. Havia duas camas ali, bem-arrumadas, cobertas com lençóis requintados. Havia também um cômodo que deveria ser o banheiro. Uma cômoda com um enorme espelho. A luz não era nem um pouco forte e necessitava forçar a vista para ver as coisas em detalhes.

Ela o jogou na cama, sentado. Ajoelhou-se a sua frente, abrindo-lhe as pernas no exato momento em que outro casal entrou no quarto, indo para a outra cama ao lado da janela. Ele quis protestar, mas Helena parecia nem se importar que havia outras pessoas ali.

Ela começou a acariciar o meio das pernas dele, fazendo-o corar e sentir vontade de sair correndo com a intromissão dela.

– Calma, amiguinho. Só quero ter certeza de que funciona. Já tem idade para isso. – Sorriu. Continuou acariciando, mas Armando estava tão nervoso que não conseguia pensar em outra coisa que não fosse querer chorar e correr para os braços de sua mãe.

Havia certa irritação em Helena. Já fazia alguns minutos que ela estava ali, ajoelhada, esfregando a mão por cima da calça do garoto e não havia sinal de excitação da parte dele. Sua mão, apesar de carinhosa e macia, parecia errada, uma estranha o tocava nas partes íntimas e isso o chocava.

– Tente ficar calmo, relaxe. Respire fundo e se concentre no momento.

Armando virou a cabeça, tentando fixar o olhar em alguma parte do quarto. Qualquer parte para a qual pudesse olhar fixamente e relaxar. Sabia o que ela queria, ela queria excitá-lo. Confirmar que seu pênis se levantava ao toque de uma mulher. Que pudesse dormir com mulher e fazer filhos. Como seu pai nunca o deixava esquecer.

Seus olhos giraram e teve sua atenção chamada para a cama ao lado. Cama que, devido ao nervosismo, ele até tinha esquecido que estava ocupada. Foi então que algo estranho aconteceu.

O homem estava em cima da mulher. Com os braços apoiando-se na cama para não deixar seu corpo pesar sobre ela. Completamente sem roupa, assim como a mulher que estava por baixo, com os seios à mostra e as pernas se enroscando na cintura dele.

Era a primeira vez que ele via o que era sexo.

O homem se mexia freneticamente em cima dela. Ele era forte, grande, e suava. Seus músculos saltavam pelo corpo em cada esforço. Seu rosto se contorcia com o que parecia dor. Mas era algo bonito de se ver. Olhava o corpo dele, forte e musculoso, lustrado de suor à luz da lua. Ele tentou, mas não conseguiu ver o que o homem tinha entre as pernas, pois estava tudo dentro da mulher. Sabia que deveria ser igual ao dele, só que maior.

— Olha só que beleza. Não é que você fica excitado? Gosta de mulheres então? — Sorriu Helena.

Ele olhou para ela, surpreso. Nem havia percebido que se excitara. Mas não era por causa dela, havia achado aquele homem bonito demais. Atraente demais.

O que era aquilo? Por que se sentiu assim? Seus pais falavam tanto de mulheres que desejar outro homem pareceu errado.

Ela se levantou, orgulhosa de si.

— Vamos, filho, acabou. — Deu uns tapinhas no ombro dele, para que o garoto se arrumasse. — Sabia que não resistiria a mim. Nenhum homem resiste.

Armando a acompanhou até a entrada da casa e se sentou na cadeira à espera do pai.

O homem que transava com a mulher no quarto em que ele estava não demorou a sair. Estava de calça, mas a camisa ainda na mão. Enquanto caminhava pelo corredor a vestiu. Sob a claridade do corredor, Armando pôde ver melhor o rosto dele. Não era ninguém que ele já tivesse visto em sua casa em alguma festa, mas com certeza era da realeza, devido à boa aparência e roupas refinadas.

Por algum motivo que não entendia, aquilo lhe chamava muito mais atenção do que as mulheres nuas que viu. Era como uma mariposa atraída para a luz. Como nunca, em toda sua vida, havia escutado alguém falar de homem que admirava outro homem, preferiu se calar. Guardaria para si esse pensamento até entender melhor o que era.

Logo seu pai entrou com o sorriso largo no rosto. Agachou na frente dele e Armando pôde sentir o forte cheiro de aguardente em sua boca. Algo que o pai adorava, mas tomava às escondidas. Na sociedade, era somente uísque. Aguardente era coisa de criados.

– Como foi? – o pai perguntou, curioso, para a cafetina.

– O menino foi ótimo. Pode ficar tranquilo. Ele não é um desses pederastas.

– Que notícia maravilhosa – regozijou.

– Sim. Ficou excitado comigo. Confesso que, por um momento, achei que seria efeminado, mas foi só o nervosismo.

– Claro. Meu filho é macho. Igual ao pai. Não é desses meninos que gostam de ser mulheres com outros homens. Não, senhor, se fosse, lhe daria uma surra até que os ossos dele ficassem marcados.

Victor sorriu com alegria para Armando.

Por dentro, o garoto estava apavorado. Havia acabado de descobrir que era um tal de pederasta e que, por isso, merecia levar uma surra até que seus ossos ficassem marcados.

36

Ano de 1499

O rapaz estava amarrado pelas mãos, sendo arrastado pelas ruas rústicas e medievais feito um porco sendo puxado para o abatedouro. Um porco, era exatamente assim que ele se sentia, e ninguém deveria se sentir assim.

Bertrand, um homem alto e largo, carrancudo, transbordando ódio pela vida, puxava o coitado pelo braço retorcido, sem se preocupar com os ferimentos que causava, fazendo o jovem urrar de dor a cada metro que caminhavam. Era exatamente isso que Bertrand queria, escândalo, para que todos vissem, para que servisse de exemplo do que poderia acontecer com quem se desvirtuasse.

O pobre homem sentia que seu osso do ombro estava quebrado, ao menos parecia, e os solavancos ao ser puxado aparentavam querer arrancar tudo para fora. Para evitar mais sofrimento durante o trajeto na rua de pedras lascadas, tendo por fim a real noção de que aquele homem que o arrastava não o libertaria, decidiu colaborar para seu próprio bem, desistindo de se soltar, aceitando seu destino. A dor aliviou um pouco, mas não por completo.

O lugar para o qual estava sendo levado era a cadeia municipal. Um enorme espaço com um único telhado forrado de ripas trançadas, sustentado por colunas de madeira, grossas como o tronco de árvores, de onde saíam as divisões, formando um conglomerado que continha uma pequena capela, um escritório e degraus que levavam ao subsolo, amplo e fétido, onde várias celas se amontoavam lado a lado.

Ratos, baratas e aranhas andavam livremente. Não havia banheiro, por isso, o canto de todas as celas era separado para as necessidades, que eram feitas em um balde de madeira, o que aumentava o fedor e a sujeira. Não havia janelas, piorando tudo. Mas, depois de um tempo, os residentes acabavam se acostumando com o cheiro.

Bertrand continuou a arrastar o homem, descendo os degraus assim que entrou no prédio, acumulando machucados a cada batida seca do corpo contra a madeira. Jogou-o com toda força dentro de uma das celas. Ele caiu, desengonçado, batendo justamente o braço, que parecia quebrado, de encontro ao chão. Soltou um forte grito de dor, daqueles que expressam que a alma também estava ferida.

– É bom parar de escândalos antes que eu o faça parar. – Bertrand apontou um porrete de madeira que tinha em mãos para o rapaz, que chorava de dor, encolhido no canto e petrificado de medo, tremendo ao tentar abafar o gemido que queria escapar da garganta.

Havia cinco pessoas dentro da cela, um deles aproximou-se do recém-chegado, atando-lhe a boca com força. Ele próprio, de olho roxo, amarelado e inchado, ainda com marca de sangramento, sabia bem do que Bertrand era capaz, pois tinha sofrido as consequências por contestar os maus-tratos e, depois de apanhar por cada fala que dirigia ao comandante, havia desistido de argumentar.

Bertrand, satisfeito com o silêncio, saiu dali. Odiava estar em tal lugar, rodeado por todos aqueles pecadores.

As celas estavam abarrotadas de homens considerados culpados por sodomia. Homossexuais.

Aqueles que o regimento considerava de moral duvidosa e, por isso, eram taxados como um dos culpados pela peste negra, o castigo de Deus para os homens na Terra. Quanto mais fossem eliminados mais Deus perdoaria os homens de bem, livrando-os das doenças mundanas. Era nisso que eles acreditavam, era por isso que os oficiais da noite haviam sido criados.

– Quanto menos gritar menos sofrerá – concluiu o novo amigo de olho roxo.

– Sinto muita dor. Estou com o braço quebrado. – A face se contorcia.

– Deixe-me ver... Como se chama? – Aproximou-se com cuidado.

– Christhoph. – Gemeu quando sentiu a mão do homem tocar-lhe o ombro.

— Eu sou o Didier — apresentou-se o de olho roxo enquanto analisava o braço de Christhoph. — Só está com o ombro deslocado.

Fez sinal com a cabeça para que os outros o segurassem.

— Isso vai doer — alertou.

Pediu para que um deles tapasse a boca de Christhoph com força. Deu um forte e rápido puxão, colocando o ombro de volta ao devido lugar. Christhoph quase desmaiou, mas a dor aguda passou rápido, assim que os ossos se acomodaram onde deveriam.

— Obrigado. Como sabe fazer isso? — Estava ofegante e recuperando a vista, que turvou no momento do tranco.

— Sou médico.

— Médico? E por que está aqui? — Surpreendeu-se com a informação.

— Acusado. Tratava com educação e cuidado em demasia os pacientes, alguns que vinham até mim com problema de pele se incomodaram quando pedia para tirarem a roupa, para que eu pudesse analisar a escara e, bem... acharam que sentia prazer ao fazer isso. Pelo jeito, meu excesso de educação e cuidados foi visto com maus olhos.

— Meu Deus — suspirou Christhoph. — Estão todos loucos.

— Não há bom senso algum neste século. Misturam pessoas doentes com saudáveis e dizem querer acabar com a peste.

Só então Christhoph observou melhor o local. Eram dez celas de cada lado. Todas com cinco homens, mais ou menos, pelo que pôde observar. No mínimo, havia cem homens. Alguns com escaras da peste brotando pelo corpo, cuspindo sangue negro e podre.

Em reação automática, ele tapou a boca.

— Não é um sodomita então, Didier? — Expressou com dificuldade entre os dedos na frente da boca.

— Não. Aliás, tapar a boca de nada vai adiantar.

— Pois explique-lhes, então — revoltou-se.

— Acha que já não tentei? Só veem aquilo que querem e nada mais. Vê esse olho roxo? — Apontou para si mesmo. — Foi da minha última tentativa de esclarecer esse mal-entendido. Precisam culpar alguém pela peste. Fomos os escolhidos.

— Só nós? — ironizou Christhoph.

— Judeus, hereges, pretos... — respondeu Didier, sério.

— Absurdo.

— Também acho. Mas os agentes da noite focam em nós, sodomitas.

— Mas você não é — afirmou.

— Se estou aqui contigo, amigo, é porque, para eles, eu sou e é isso que importa. Um a menos para espalhar a doença.

— Deveria estar lá em cima ajudando quem precisa de cura.

— Seria bom se eles tivessem a clareza de pensamento que você tem. Quando tentei iluminar Bertrand com essa ideia, ele logo iluminou a minha face com o porrete.

Os olhos de Didier lacrimejaram quando simulava a mesma expressão que Bertrand fez para ele, lembrando-se do acontecido. Ele sussurrava para não ser ouvido: "A doença está dentro de você e vai brotar cedo ou tarde, porque é isso que vocês são, pragas, e merecem morrer da pior forma possível por tal afronta a Deus".

Bertrand saiu daquele lugar, que considerava um antro de demência, depois de conferir as celas, subindo as escadas até o andar de cima, longe da carceragem. Dois oficiais da noite estavam parados próximo à saída, conversando, um apoiado no batente da porta e outro sentado à mesa, lendo mais um folhetim de como a peste se espalhava, mexendo a cabeça em negativa.

— Por mais que tenhamos, a cada dia, obtido sucesso em prender esses profanadores do sexo demoníaco, a peste ainda continua se espalhando. — Comentou ele nervoso ao ver Bertrand passar.

— Paciência, irmão. — Bertrand olhou para ele, sem expressão. — Há muitos deles. Deus irá nos ajudar e eliminará todos assim que eles forem condenados. — Sentou-se na cadeira atrás de sua mesa, jogando os pés em cima do móvel.

— Deveríamos começar a matar todos de pronto e não somente prendê-los. Serão condenados de qualquer maneira. Para que perder tempo?

— Essa seria a verdadeira justiça divina, mas a justiça terrena dos homens ainda acha por certo julgá-los primeiro. — Sorriu zombeteiro.

— Deus vai nos castigar por isso. — Temeu o rapaz atrás da mesa.

— Escute. — Bertrand se inclinou, sério e firme como uma porta. — Acaso pegou doença alguma da peste?

— Não — prontificou o rapaz.

— Pois Deus está do nosso lado. Acalme-se e faça seu trabalho. Assim que enviarmos todos de volta ao inferno, tudo passará.

— Tem razão, senhor, desculpe minha falha.

— Está desculpado. — Sorriu para si mesmo, achando o oficial nada mais do que um paspalho que precisava constantemente ser orientado. — Vou jantar. — Levantou-se, ajeitando as roupas. — Fique de olho em tudo até eu voltar.

— Sim, senhor. — Acenou.

Bertrand saiu do prédio, admirando a lua na noite fria. Eram chamados agentes da noite pois era nesse horário que julgavam ser o certo apanhar, de maneira desprevenida, os sodomitas que saíam protegidos pela escuridão de suas tocas para fornicarem. Na forma deles de pensar, criaturas das trevas gostavam da noite. Mas, antes de voltar ao trabalho e ir em busca de outro rapaz que já vigiava, desconfiado, há algum tempo, precisava se alimentar. Passou em uma estalagem conhecida. Ali havia seu prato favorito: carne de cervo malpassada com manteiga. Era seu vício. Comia todos os dias aquela carne que derretia na boca salivada. Não conseguia imaginar um dia sem provar da proteína e da gordura de tal animal.

O homem que Bertrand vigiava desconfiado era Alain, um comerciante local. As pessoas comentavam do envolvimento dele e Marc, um rapaz novo na cidade. Os dois, de fato, namoravam às escondidas. Havia entre eles o mais puro amor.

Quase todas as noites, quando havia possibilidades, encontravam-se na casa de Alain e isso já vinha acontecendo há alguns meses. Nos últimos dias, estavam mais cautelosos. Tinham planos de ficarem juntos para sempre, vivendo no mundo fechado de sua casa, erroneamente achando-se protegidos. Ninguém estava protegido das perseguições.

Nesta noite, Bertrand vigiaria a casa novamente. Já fazia três dias que estava à espreita e não havia visto outro homem entrando ali. Gastou mais tempo do que de costume em sua carne e cerveja, quando finalmente se deu por satisfeito e partiu para o seu quarto dia de emboscada.

37

Bertrand chegou à casa que vigiava havia tempos, nada encontrou além de velas acesas na cozinha. O resto estava mergulhado no escuro e estaria silencioso também. Se não fossem os grilos cantando na noite, não haveria qualquer outro som. Pelo lado de fora da casa, de maneira sorrateira, foi até a janela que dava acesso ao quarto. Estava trancada e suas tentativas de espiar algo foram fracassadas pela excelente vedação que havia sido posta pelos moradores. Voltou para a porta de entrada. Forçou um pouco, com cuidado.

Houve um estalo e ela se abriu. Bertrand pôde escutar duas pessoas conversando.

— Ouviu isso? — sussurrou alguém de dentro da casa.

— É somente a madeira estalando. Não foi nada. Acontece o tempo todo — respondeu outra voz.

Bertrand entrou devagar. Conseguiu ir até o quarto, pisando suavemente, sem fazer barulho algum.

A visão que teve lhe atingiu em cheio.

Alain e Marc estavam na cama, nus em sua intimidade, acariciando-se.

Ficou sem reação momentaneamente. Nunca havia, de fato, visto dois homens juntos, pois todos os outros foram pegos pela fofoca e maldizeres, e não porque ele tinha comprovado algo pessoalmente. Aquela cena o havia chocado de tal maneira que gastou um tempo olhando até conseguir voltar à realidade. Quando recobrou a consciência, os dois homens na cama continuavam se acariciando, sem notar o malfeitor dentro do quarto. Sentiu seu ódio pelo que era diferente redobrar.

Retirou o porrete da cintura e, com calma, se aproximou, cego em sua fúria. Marc levou uma pancada tão violenta na nuca que desfaleceu no mesmo instante com a rachadura no crânio.

Alain ficou confuso ao ver o amado companheiro caído no chão com a poça de sangue aumentando em volta da cabeça, demorando um tempo, no quarto parcialmente escuro, para entender que havia mais alguém ali.

Um oficial da noite.

Entrou em desespero quando Bertrand o pegou pelos cabelos com força descomunal, quase lhe quebrando o pescoço, e armou o porrete no alto. Seu olhar vazio expressava ódio e loucura. Estava pronto para matá-lo quando teve outra ideia.

Aquele rapaz seria usado de exemplo.

Saiu como de costume, arrastando Alain dali. Deixando o corpo do amado na casa trancada para apodrecer. Sua alegria era arrastá-los por toda a cidade até a carceragem, para que todos vissem. Alain tentava se soltar, gritando pelo caminho. Cada investida de liberdade era reprimida com pancadas violentas do porrete. Gostava de mostrar a todos o seu trabalho e revelar que mais um causador da peste estava sendo detido, que não era em vão e que ele tinha seu valor na sociedade. Tinha prazer em humilhar. No caso de Alain, a humilhação era maior por estar completamente nu.

Por todo o trajeto, várias vezes, teve que parar e agarrar o cabelo que começava a soltar de sua mão. O corpo de Alain ia sofrendo todo tipo de ferimento e rasgos na pele pelo caminho, além dos chutes e pancadas que recebia de Bertrand como castigo pelos gritos.

Assim que entraram na carceragem, arrastou o rapaz até o fundo do corredor, jogando-o ao chão quase desacordado. Todos dentro das celas estavam chocados e tristes, apesar de verem aquela cena várias vezes, ainda se horrorizavam, desejando poder ajudar. Bertrand voltou para um depósito na parte de cima, pegou rolos de arame e retornou até Alain.

Amarrou os arames nas vigas ao alto, prendeu os punhos do rapaz, que, de tão abatido, não conseguia reagir.

Tentou levantar sozinho, puxando o arame para suspender Alain no alto, mas o peso do corpo desacordado não o permitiu.

— Venham. Ajudem-me! — rosnou para os outros soldados, que olhavam tudo com horror. Já haviam visto Bertrand ter raiva de todos eles, mas esse caso em especial o havia transformado. Sua expressão, linguagem corporal e olhar estavam demoníacos.

— Ele está nu, senhor — protestou um dos oficiais.

— Acaso lhe desperta algo ver outro homem nu? — esbravejou.

Bertrand estava tomado pela loucura a ponto de confrontar seus próprios amigos.

— Claro que não, senhor. É só medo da peste.

— Deixe de bobagens e me ajude. Deus irá protegê-lo se você não tiver nenhum pecado.

Dois agentes vieram e, com força, puxaram os arames, conseguindo suspender Alain. Amarraram o arame firme na viga, na parede ao fundo do corredor, assim todas as celas tinham visão para a crueldade cometida.

— Que isso sirva de exemplo a todos! — rosnou Bertrand, andando pelo local como um leão escolhendo uma presa. — Olhem, contemplem o que acontecerá com vocês no inferno.

Todos observavam. Choravam calados em lamento ao ver Alain ali, estirado em pé, sangrando pelos ferimentos. O couro cabeludo falhado pelos tufos de cabelo que foram arrancados pelo caminho. Completamente nu e desprotegido, como se não fosse nada.

A noite toda ficou ali e o dia seguinte também. E, por dois dias, não havia aparecido ainda nenhum oficial para ver como ele estava. Os outros, das celas ao lado, não conseguiam esticar a mão para alcançá-lo, dar-lhe água ou alguma migalha de pão seco e duro.

Didier olhava-o com tristeza. Sua cela era a última e dava de frente com Alain.

As mãos dele começaram a ficar roxas pelo aperto do nó, que não deixava passar sangue para as extremidades. Os ferimentos com sangue seco eram rodeados por moscas, que depositavam suas larvas. Estava muito machucado. Didier sofria por não o alcançar e não poder ajudá-lo de alguma maneira.

Bertrand apareceu logo após o almoço, dois dias depois.

— Senhor — Didier chamou a atenção. — Por favor, senhor, deixe-me ajudá-lo. Ele irá morrer se não for tratado.

— O que sabe da morte? — Olhou-o por um momento. — Ah, claro, o médico pederasta. — Riu.

— Quer que ele morra? — Didier usou de artimanhas. — Se ele morrer, não sofrerá, não poderá ser usado de exemplo. Mas se eu limpar as feridas, evitando infecção, ele vai sobreviver por muito mais tempo.

Bertrand odiou ter que concordar com Didier. Não queria dar o braço a torcer, mas havia sentido no que dizia. Ao menos para seu pensamento, isso fazia um sentido imenso.

— Oficial — bradou Bertrand.

— Sim, senhor. — Apareceu um homem na porta ao final do corredor.

— Traga água e sabão. E uma calça velha para cobrir essa nojeira. — Apontou para Alain.

— Sim, senhor.

Bertrand abriu a cela, liberando Didier.

— É bom não fazer gracinhas. Sabe bem o peso do meu porrete.

— Sim, senhor. — Inclinou-se. — Nem ousaria.

Didier rasgou um pedaço de sua própria roupa, usando-o como esponja. Com a mão fez uma concha, colocando água na boca de Alain, que bebeu com dificuldade, derramando quase tudo.

— Vamos, colabore, você precisa de água — sussurrou.

Fez a concha novamente com a mão, contendo uma pequena poça de água, que agora foi ingerida de fato.

Depois fez espuma na água e começou a limpá-lo, tirando a sujeira, as moscas e larvas das feridas. Logo que terminou, vestiu-lhe as calças.

— Amigo — sussurrou Didier no ouvido de Alain —, tente manter-se em pé. Sua mão ficará aliviada e não a perderá. Tente, por favor, sei que está exausto, mas soltar o corpo só pressiona ainda mais o pulso, por favor, tente.

Cansado e esgotado, conseguiu firmar o pé, aliviando a pressão na mão, que logo começou a formigar com o sangue circulando novamente.

— Chega disso. Volte para sua cela — ordenou Bertrand.

Assim que fechou a barra de metal, voltou suas atenções para Alain.

— Está limpinho? Que bom.

Acertou o porrete na costela do rapaz, que berrou de dor. Didier olhou, assustado e preocupado se alguma costela havia se partido com a pancada.

— Amanhã eu volto. — Saiu, rindo alto.

A tristeza era geral nas celas. Alguns rezavam e outros praguejavam os oficiais.

Todo dia, na hora do almoço, aparecia um agente com pão e água, pedia a Didier para alimentar Alain, pois nenhum deles queria chegar perto do homem que era objeto de fixação de Bertrand. Enquanto o alimentava, Didier aliviava a mão do preso, segurando-o pela cintura e levantando-o para o alto, tentando mantê-lo assim o máximo de tempo que podia para que o sangue circulasse nas mãos, pelo menos um pouco por dia. Aquelas mãos o preocupavam.

Ao final da tarde, prestes a escurecer, antes de sair em rondas, Bertrand aparecia. Olhava o odiado prisioneiro por um tempo. Os dois se encaravam. Vinha-lhe a imagem mental dos dois homens à cama e, tomado pela lembrança colérica, batia nele com o porrete, com gosto.

— Está aí uma excelente maneira de iniciar mais uma noite — dizia satisfeito, guardando o porrete de volta na cintura.

Isso aconteceu por um mês inteiro. Todos os dias, sem falta.

Quando as mãos de Alain gangrenaram de vez, Didier as amputou e, por não ter mais a extremidade para ser preso, foi liberado para a cela.

Todos ali aguardavam o julgamento, que ia acontecendo pouco a pouco. Ao todo, dezessete mil foram incriminados e três mil condenados por sodomia, incluindo Didier, que nunca foi homossexual.

Alain foi mantido em cativeiro por Bertrand o máximo que pôde. Todos iam a julgamento, enquanto ele era deixado para trás, abandonado pela sociedade. Ninguém se importava, deixando Bertrand liberar sua fúria no rapaz pela cena sexual que lhe martelava a cabeça. Cortou um pé, depois de um mês, outro. Dizendo a si mesmo que era para o rapaz não tentar fugir.

Quando o tribunal decidiu abolir as mortes por sodomia, Bertrand entrou em completa loucura. Não só por tal decisão ir contra o que acreditava ser correto como também saber que seus trabalhos não seriam mais necessários.

Seu ódio pelos homossexuais, em especial a Alain, fez com que ele, antes de soltar os prisioneiros, fosse até o rapaz.

Alain se desesperou assim que Bertrand abriu a cela. Não havia ninguém para defendê-lo. Nem suas próprias mãos ou seus pés para chutar ou levá-lo para longe.

Bertrand sacou uma faca de trás da cintura e, aproximando-se dele, cortou a garganta com um só golpe. O sangue escorreu, enquanto o pobre coitado arfava em agonia.

Um misto de ódio, alegria e sofrimento abateu Bertrand enquanto observava a vida deixar o corpo de Alain. Tudo havia acabado, até mesmo seu objeto de ódio. Ele não era mais ninguém, não tinha mais utilidade. Não sabia mais quem era, quais eram seus objetivos, e uma grande tristeza lhe abateu.

38

Markus acordou sonolento no dia seguinte. Pensou em Liliana e o rosto dela ainda estava vivo em sua memória. Mesmo assim, desejou ter uma pintura da moça para carregar consigo e olhá-la sempre que quisesse, não queria esquecer suas feições.

Ainda sentia o gosto sutil do sangue de Armando na boca. Por mais que tivesse desejo de cuspi-lo, como se quisesse limpar tal feito medonho, não conseguia, algo o impedia. A ideia de ter bebido sangue deveria parecer nojenta, principalmente pelo gosto de metal enferrujado, mas, ainda assim, desejava mais. Uma contradição que lhe turvava a vista de nervosismo. Isso só o deixava mais frustrado e aterrorizado com o que estava acontecendo, a culpa o consumia.

Por toda vida, Markus escutou histórias sobre demônios. Em especial de Vlad Tepes, o príncipe romeno empalador que bebia sangue. Histórias que pais contavam para assustar as crianças e mantê-las por perto. Histórias que padres contavam sobre o demônio que andava na terra, bebendo sangue humano. Aquilo tudo não era uma novidade.

Era isso que se tornara? Um monstro? Um animal selvagem? Havia deixado de ser filho de Deus para se tornar uma cria do demônio?

Sentia vontade de rezar. Pagar seus pecados de alguma maneira. Se livrar do mal que lhe possuía o corpo.

Os raios de sol que entravam pelas frestas da janela lhe acertaram a mão assim que ele se revirou na cama. A luz solar estava mais quente do que o normal, a ponto de queimá-lo. Como se estivesse colocando a mão em um ferro quente, a retraiu, assustado.

Seria mesmo o sol que fez isso? Como era possível? Arriscou novamente a mão no filete de luz. Queimou a ponto de sair uma leve fumaça de chamuscado.

Recolheu a mão, horrorizado. Ela cicatrizou perante seus olhos. Seu estômago embrulhou. Era de fato um demônio, o sol o queimaria vivo, não havia dúvidas.

O quarto claro pelo sol a pino do meio-dia lhe dava calor. Parecia arder a pele. Não a ponto de queimar-se, já que a luz solar não o tocava diretamente, mas de causar incrível incômodo. O sol era seu inimigo.

Embrulhou-se na coberta, deixando somente uma pequena parte do rosto à mostra. Saiu do quarto, desesperado. Procurando um lugar mais escuro. Sem sol, sem claridade excessiva.

Andou pelo corredor, zonzo. A claridade intensa fazia sua vista turvar. Ficava difícil raciocinar. Tentava desviar-se dos raios de sol. Alguns lhe acertaram os pés e pernas descobertas. Queimava demais. Ardia ao extremo.

O desespero se apossava dele. O que faria? Morreria ali no corredor, queimado? Não teria a chance de, ao menos, tentar achar uma cura para si próprio?

Cambaleando, com a vista escura, trombando nas paredes, abriu a primeira porta que encontrou pouco mais à frente. O lugar era escuro ao menos. Parecia um porão.

Não teve tempo de perceber a enorme escada a sua frente. Rolou, batendo todo o corpo nas laterais, até acertar o chão com força. O mundo apagou com a pancada da nuca contra o solo.

39

Aos quinze anos, depois daquela terrível e reveladora noite com a prostituta, Armando tinha certeza de duas coisas: a primeira era de que não era um garoto normal como os outros; a segunda era de que deveria, a todo custo, esconder isso. E por um bom tempo a tristeza lhe tomou. Porque não poderia ser normal. E se seu pai descobrisse?

Mas isso nunca iria acontecer, jamais permitiria tal coisa.

De início, a dor de magoar seus pais com tal revelação lhe corroía a alma. Depois, esse pensamento foi dando espaço ao medo de perder a boa vida que tinha, e logo soube que sua vida seria assim, uma mentira necessária para receber sua tão grandiosa herança e ficar livre de qualquer perigo.

E aprendera a fazer isso de maneira magistral. Contanto que fizesse seu pai feliz, estaria bem. Salvo.

Aprendeu a arte da vida. As pessoas veem e acreditam naquilo que desejam. Vez ou outra, beijava algumas meninas às escondidas, atrás da igreja, de maneira estratégica para que alguém sempre o pegasse. E logo sua fama se espalhou.

Mães e pais da aristocracia alertavam suas filhas para que ficassem longe do filho de Victor. O menino não era confiável, abusava de moças.

E, por alguma razão que ele nunca irá entender, essa sua má fama alegrava muito seu pai. Enchia-o de satisfação saber que seu filho era difamado dessa maneira na boca da sociedade.

Seus desejos íntimos eram cada vez mais reprimidos. Não podia se descontrolar. Se alguém o pegasse olhando para algum homem com olhar perdido, poderiam fazer qualquer brincadeira e isso lhe apavorava. Da janela do seu quarto, escondido entre as cortinas, já olhou os trabalhadores da mansão sem camisa, cuidando do jardim em dias quentes.

Ou agachado no celeiro, sem que ninguém soubesse, pegou dois criados transando escondido. A mulher gemia ao ser penetrada, de tal maneira que os cavalos, agitados, quase o pisotearam. Tentou a todo custo ver o que era aquilo no meio das pernas do homem loiro e alto que a machucava tanto, mas não havia ângulo que o mostrasse e não queria ser pego.

Assim foi sua vida até a morte prematura de seus pais. Como prometido, tudo havia ficado para ele. Tornou-se um homem rico e sozinho no mundo. Com muito dinheiro, mas sem coragem alguma.

Markus foi o único homem em sua vida que ele pôde sentir o corpo junto do seu, mesmo que não tenha sido da maneira que desejava. Julgava um pensamento doentio, mas passaria pela sensação de quase morte novamente só para sentir aquilo ou um toque dele mais uma vez.

O vampiro lhe proporcionava segurança, já que ambos eram pecadores. Acreditava que Markus não iria julgá-lo, afinal, ele era um demônio e estava recebendo ajuda, não teria moral para julgamentos.

Na mansão, havia uma imensa biblioteca com os mais variados livros. Todos esses anos trancado voluntariamente lhe deram tempo de sobra para ler. Aprendeu muito sobre si mesmo e o mundo. As reflexões e os ensinamentos da leitura lhe traziam, além de sabedoria, uma calma provocada pelo entendimento dos assuntos que o afligia.

Lembrou-se de seus dezoito anos. Tinha aulas particulares dentro de casa. Seus pais já demonstravam sinais de doença. Muita tosse, cansaço e, às vezes, alguns desmaios por falta de ar.

Embora estivesse preocupado com seu pai, essa preocupação não lhe tirava o sono. Vivia em uma mentira. Criou um personagem de si próprio para seu pai, com tanta perfeição que, no fim, o relacionamento deles era mentiroso e superficial. Não havia intimidade ou cumplicidade. Era mecânico. Sua mãe já era outro caso. Uma coitada traída. Isso, sim, lhe tirava o sono. Ela viveu da maneira que a mandaram. Assim como ele, sabia bem o que era aquilo.

Outra coisa que lhe tirava o sono na adolescência era o maior prazer que a mãe natureza tinha dado aos seres: sexo. Nenhum beijo em alguma garota, por fachada, parecia tão prazeroso em sua mente como uma simples imaginação em relação aos homens. Um deles era seu professor. Um homem italiano de trinta e dois anos.

40

Armando se pegou olhando os braços dele, enquanto ele lhe indicava com o lápis o livro a sua frente. Braço forte, pelos bonitos e alinhados. Mão grande e firme. Sempre quando o professor se virava para ele, perguntando se havia entendido, ele desviava o olhar, mais rápido que bote de cobra. Tinha se tornado bom e ágil nisso, teve muito treino.

Mas não o suficiente, pelo jeito.

Certa vez, o professor viu o olhar dele de admiração para seu corpo. A princípio, achou estranho, mas preferiu não dizer nada. Viu outro olhar, dessa vez para a coxa. E, ao terceiro olhar, os olhos arregalados de Armando para o volume no meio de sua perna não lhe deixaram dúvidas. O garoto tinha o demônio no corpo. Estava desviado e isso ele não toleraria. Principalmente devido à sua criação religiosa.

O tapa foi forte. Aquela mão grande e admirada acertou o rosto de Armando em cheio, jogando o garoto para longe da mesa e dele.

— O que está fazendo? — perguntou o professor, irritado.

— Como assim? — Mão no rosto, dor.

— Pensa que não o vi me olhando? Olhando para o meio de minhas pernas! — Ergueu-se, exaltado. — Seu pai saberá de tudo!

— Não! — protestou.

— Contarei, assim pelo menos ele poderá mandá-lo para um médico ou coisa do tipo...

— Tem razão — interrompeu. O professor ficou confuso com a aceitação dele. — Se contar, com certeza irá acabar com a minha vida. Mas e a sua?

— Do que está falando? — Estranhou.

— Vou dar um jeito de você nunca mais conseguir aulas em lugar algum. Contarei que dormiu comigo. Que abusou de mim.

— Ninguém vai acreditar em você, demônio.

— Será? — Armando sentia os olhos lacrimejarem, mas era de nervoso. — Minha fama me procede, nenhum pai quer me ver perto de suas filhas. Será que realmente não acreditariam em um garoto rico em vez de um pobre professor?

O professor bufava, tentando raciocinar. Nervoso por saber que o garoto tinha razão.

Armando, por outro lado, tinha muito mais a temer. Quando a peste negra assolou a Europa e matou 25 milhões de pessoas entre 1347 e 1351, a especulação ultrapassava os limites da saúde pública e alcançava os costumes. O "pecado" em que viviam os homens passou a ser apontado como a causa dela e de diversas outras catástrofes, como fome e guerras. Judeus, hereges e sodomitas tornaram-se a causa dos males da sociedade. Não havia outra solução a não ser a erradicação desses grupos. Medidas enérgicas foram tomadas.

A começar por Florença, a sodomia foi proibida em 1432, com a criação dos *Ufficiali di Notte,* ou agentes da noite, resultando em caçadas, perseguição e multas. Mas Bertrand gostava de fazer bem mais do que isso.

Se Armando fosse descoberto, não só perderia sua herança como também a própria vida.

— É melhor para nós dois se fingirmos que nada aconteceu — esbravejou Armando.

— Hum... — O professor andava de um lado para o outro, pesando as palavras, quando por fim disse: — E quanto ao seu rosto? O que dirá seu pai?

— Ainda não sei... provavelmente direi que me machuquei na esgrima. — Armando ia saindo da sala. — Espere aqui.

O professor ficou confuso, mas esperou.

— Tome. — Entregou-lhe uma cruz de puro ouro, do tamanho da mão do professor, assim que retornou. — Pode levá-la. Venda-a, dará um bom dinheiro e não nos veremos mais.

— Seu pai não me acusará de roubo se notar a falta?

— É minha. Ninguém vai notar.

— Entrega-me a cruz, símbolo da religião e de Deus... Está mesmo demonizado!

— Se isso simboliza e ensina que as pessoas devem me odiar e me matar, então não quero isso perto de mim. Agora, saia, antes que mande os criados o chutarem para fora.

O professor juntou o material e sumiu, resmungando.

41

A ordem da casa para todos os criados era clara e direta. Ninguém deveria entrar ou incomodar o visitante, que descansava no quarto de hóspedes.

Durante todo o dia, enquanto se recuperava e o seu organismo produzia novos glóbulos vermelhos, Armando só conseguia pensar em como se aproximar de Markus novamente. No fundo, sabia que se o demônio bebesse dele de novo, talvez não aguentaria. Estava fraco demais. Sabia que o rapaz estava sofrendo, punindo-se, com medo de perder o controle e beber sangue de novo.

Não deve ser fácil para uma boa pessoa descobrir que se tornou um demônio. Buscou dentro de si uma compreensão que nem ele mesmo sabia que existia. Queria estar ali, conversar, ajudá-lo a passar por tal escárnio.

Mas seria melhor dar-lhe um tempo.

De autopiedade e desejo de morte ele entendia. Compreendia Markus mais do que o demônio podia imaginar. Estava no mesmo lugar. Odiando-se, pedindo aos céus que o mudasse ou o levasse.

Sabia o que era lutar contra um desejo que brotava dentro de si. Odiava-se pelo que era.

Se Markus permitisse, ele ao menos tentaria compartilhar aquilo pelo que ele também passava. De fato, tal coisa parecia estranha. Um pederasta e um vampiro se juntando numa espécie de reunião de autoajuda, compartilhando ideias e pensamentos com o intuito de se sentirem melhor.

Talvez aquilo tudo fosse realmente loucura demais. Mas, no fundo, tentava se conformar de que assim eram as coisas. Talvez o que ele julgava loucura, não fosse de fato. Talvez fosse somente o que a vida lhe deu e teria que aprender a viver bem dessa maneira. Essa vida surreal parecia melhor cada vez que conseguia se aceitar um pouquinho mais da maneira como era. Cada vez que se entendia, as coisas deixavam de ser uma loucura e tornavam-se menos sufocantes.

A leitura e a informação dos livros eram uma boa maneira de começar esse processo.

Assim que a noite chegou, Armando não teve escolha. Precisava entrar no quarto e encarar o vampiro novamente. Não havia como ignorar o rapaz. Passou na biblioteca, procurou um livro sobre demônios. Esperou os criados se retirarem, bebeu um copo cheio de uísque e foi para o quarto de Markus.

Ele abriu a porta sem muita cerimônia. Não havia motivo fazer absurdo silêncio se a intenção, no final, era acordar Markus, de qualquer maneira.

Sua expressão foi de choque total. O quarto estava vazio. Nem sinal do rapaz. Teria ido embora?

Saiu em desespero pela casa, abrindo todas as portas pelo caminho. Olhando todos os quartos e cantos que conseguia pensar.

Não havia sinal dele em lugar algum.

O nervosismo parecia querer se apoderar de seu corpo quando lhe veio a ideia de um único lugar que ainda não tinha olhado. O porão.

Correu com vontade. Tropeçando e batendo nas paredes a cada curva apressada que fazia.

Abriu a porta com força. Markus estava ali, caído no chão. Ali da escada, não dava para saber se estava inconsciente ou morto.

Desceu depressa, tomando cuidado para não cair. Mas ao se aproximar, desacelerou o passo, receoso. Percebeu que Markus estava acordado e com os olhos entreabertos, revelando profunda tristeza, olhando para o nada da parede.

— Ei, Markus. Você está bem? — Nenhuma resposta. — Por que está aqui? — Armando fez menção de ajudá-lo a levantar-se pelo braço.

— Mate-me, por favor, Armando. Eu não irei reagir. Faça isso antes que seja tarde demais.

— Não posso fazer isso. Está louco? — Tentou ajudar o vampiro a se levantar.

— Então, deixe-me em paz. — Empurrou a mão de Armando, irritado.

— Entendo por que quer morrer, mas, por favor, não faça isso.

— Não se preocupe, não precisarei de esforço para acabar com minha existência. O sol fará isso por mim.

— O sol lhe faz mal?

— Queima a minha pele. — Parecia querer chorar. — Nunca mais poderei ver o sol. Sentir seu calor, viver normalmente. Ter uma família.

— Por isso você veio para o porão — concluiu para si. — Iremos dar um jeito nisso.

— Acho que o louco aqui é você. — Markus se levantou devagar. — Dar um jeito no quê? Em não me queimar? E quanto a beber sangue? Vai dar um jeito nisso também? — Sua irritação passou a ser crescente. — Qual é a sua intenção, afinal?

— A minha? Do que está falando? Só estou tentando ajudar.

— Ajude me matando. Com certeza um burguês como você tem um mosquete. Não há outra solução.

— A outra solução é viver da maneira que você é.

— Eu sou um demônio — gritou abafado, em agonia.

— Não, não é. Você tem chifres? Viu o capeta e conversou com ele? Fizeram algum acordo? Ele lhe deu um rabo e um tridente? Disse que você deveria matar pessoas em nome dele?

Markus lhe lançou um olhar fulminante, irritado, porque Armando não parava de dar exemplos. Não sabia se esbofeteava o novo amigo ou se concordava com ele.

— Olhe para você — continuou. — Não há nada de demoníaco em você. — Tentava falar tão rápido quanto seus pensamentos surgiam. — Já parou para pensar que talvez você não seja nem anjo nem demônio? Que céu e inferno não existam? Que seu acontecimento nada tenha a ver com religião, e sim como uma espécie de doença?

— Do que fala? — Ele prestava atenção verdadeira.

— Sei lá. Talvez seja alguma praga. Algo que o faça ser dependente de sangue, como uma doença. Que precise disso para viver e que nada tenha a ver com moral bíblica.

— Se for verdade, não tem medo de ser contaminado?

— Eu não me importo.

Markus o olhou, surpreso, quase perspicaz. Aquilo parecia lhe tirar um peso das costas. Talvez Armando estivesse certo. Não era questão de religião, não estava sendo recrutado para uma guerra entre Céu e Inferno. Poderia ser verdade, ou não. Mas lhe fez bem pensar de tal maneira. Por outro lado, Armando parecia empenhado e conformado com a situação.

— Você está aceitando tudo isso muito bem, não é? — indagou Markus, curioso. — A sua normalidade a respeito da minha condição é cativante. Já viu alguma vez uma pessoa doente assim como eu?

— Não, nunca.

— Então, o que há por trás disso?

— Não há nada. — Deu as costas para Markus, abaixando o semblante.

— Com certeza há. Outra pessoa já teria se desesperado no momento em que bebi seu sangue. Eu me desesperei mais do que você. Qual é o seu grande segredo? — O olhar era firme, rodeando Armando, tentando ver a expressão do rapaz.

— Eu sei como se sente. Só isso.

— E como me sinto?

— Passo por isso todos os dias da minha inútil vida. Com medo da pessoa que sou. Renego-me da mesma maneira. Lutando contra esse desejo que me ensinaram como demoníaco.

Markus segurou Armando pelos ombros, fazendo-o virar para si. Ambos se encararam.

— Desejo, Armando?

— Sim. Ambos temos um desejo interno. Algo que nos consome por dentro. Que nos faz ter ódio de quem somos e do que queremos. O seu carma é desejar sangue e odiar ser, bem... como você diz... um demônio. — Ele realmente não gostava de chamar Markus dessa maneira.

— Certo. Preciso confessar que por um minuto você conseguiu me fazer esquecer de mim mesmo. Afinal de contas, o que você é?

— Veja bem, eu não sei nada sobre Deus, embora já tenha lido muito a respeito, mas, quanto mais leio mais confuso fica. — Andava a passos nervosos pelo porão. — Só sei que esses padres sobem em seus púlpitos gritando palavras de ódio. Ódio contra mim, criando os agentes da noite. Cobrando dízimos de pessoas que mal têm dinheiro para comer. Queimaram um homem que passou perto de uma procissão e não tirou o chapéu. — Aumentava o tom de voz. — Ele foi decapitado e queimado em plena praça pública. — Armando ficava cada vez mais tenso. — Isso é justo? É de Deus? Estarão os padres certos em tudo que nos ensinam? — Coçou a nuca em nervosismo. — Se você morrer, estarei sozinho no mundo, preso em minha casa com medo do mundo lá fora. Você é a única vida que tenho.

Markus ficou chocado por alguns instantes. Se Armando tinha medo dos ideais que os agentes da noite representavam, e de que outras pessoas poderiam trazer esses ideais de volta à sociedade, isso só podia significar que ele era um pederasta. Ele se sentia atraído por Markus? Mas que diabos. Como teria algum tipo de moral para julgar o rapaz se ele próprio era um demônio e não estava sendo julgado em absoluto.

— Você é... — Markus não conseguia terminar a frase. Estava desconcertado com essa revelação. Por um momento, seu problema pareceu deixar de existir.

— Sim. — Armando baixou a cabeça. — Um pederasta, um sodomita e tantos outros nomes. Escolha um.

12

— Não sei o que dizer, Armando.

— Não é necessário dizer nada. Já sinto pena suficiente de mim mesmo.

— Pelo jeito, estamos condenados ao inferno — lamentou.

— Eu só quero que entenda uma coisa: não escolhemos o que acontecerá conosco, mas escolhemos o que faremos com o que aconteceu. Se você precisa de sangue para viver, que seja.

— E por que você não escolheu o que fazer, em vez de passar a vida em lamentos?

— Talvez eu não seja forte o suficiente. Corajoso... valente.

— Não me resta mais nada — Markus lamentou, interrompendo-o. Olhou de soslaio para Armando e baixou a cabeça antes de continuar: — Não resta mais nada para nós dois, somente a pena, antes que a morte nos abrace, afinal, assim como eu, você já está morto por dentro.

Aquelas palavras doeram em Armando, que nunca pensou dessa maneira sobre si, mas concordou com a verdade inconveniente.

— Por favor, não me faça pensar nisso, Markus. Estou focando em você e em toda novidade que trouxe. Minha vida é triste demais para ser analisada.

Markus percebeu o abalo imenso que se abateu sobre o rapaz. E não precisou de dons vampíricos para isso. Respeitando, mas também temendo que Armando desmoronasse e o expulsasse, retornou o assunto para ele.

— E por que eu iria querer viver, Armando? Para qual futuro? Qual esperança? Viver somente para beber mais sangue? Viver sem sentido? Sem poder, de fato, ter tudo aquilo que eu queria, um casamento, uma família e trabalhar? Sem todas as coisas que me ensinaram?

— Eu não posso responder isso. Só você vai saber o porquê deve continuar vivo. — Sua expressão ainda era triste, mas mudava rapidamente. — Essas suas indagações me afetam. Fazem-me pensar da mesma maneira e me deprimem. Por que continuar vivo? E para quê, se não posso aceitar o que sou nem poderei viver dessa maneira? Sinto-me como se nunca fosse capaz de ser normal. Por isso entendo você perfeitamente.

— É bem diferente. Você pode, sei lá, pagar algum homem e viver escondido aqui dentro, abusar de seus criados. Eu preciso de sangue. Eu preciso matar para viver. Eu quero morrer — gritou. — Isso é vida? É contra Deus... contra tudo que me ensinaram.

— Eu não posso nada, Markus. Anos atrás, Bertrand, o chefe dos agentes da noite, fez fama com suas crueldades. Dizem que ele tem olhos em todos os cantos. Eu não posso arriscar, mesmo que, provavelmente, ele esteja velho, suas ideias e ideais continuam por aí, com outros iguais a ele. Não há necessidade de viver se penalizando como acontece comigo. Sei o que é esse sofrimento e não desejo ele a ninguém. Dane-se se precisa viver de sangue. Se for assim que tem que viver, conforme-se. Eu não me importo. Não me importo de verdade. Eu não quero viver da maneira que vivo. Queria realmente gostar de uma mulher e me casar. Não ter medo de ir à igreja ou de sair à rua. Mas minha vida não é assim. Não dá para lutar contra meu instinto. Pensa que já não tentei? Inúmeras vezes. Quanto antes me conformar, melhor para mim. — Respirou fundo. — O mesmo para você.

— Quero ficar sozinho — bufou Markus.

Armando se surpreendeu. Tentou argumentar, mas foi interrompido.

— Preciso ficar sozinho. Sou grato a tudo que me fez e pelo que me disse, mas cansei dessa discussão competitiva de quem sofre mais. — Ao ver a hesitação em Armando em não querer sair do porão, continuou para acalmá-lo: — Não vou tentar me matar, fique tranquilo.

— Mas eu não quero ficar sozinho — Armando disse com tristeza sincera. — Já fiquei sozinho com meus pensamentos nesta casa enorme tempo demais. Você é a única pessoa com quem posso ficar à vontade, conversar.

Ele teve vontade de dizer que não queria Armando por perto. Não queria ser amigo dele. Ele era um pederasta, um sodomita. E se tentasse agarrá-lo sexualmente? E se sentisse atração por ele? Por Deus! Ele tinha se tornado um demônio, isso já era pecado demais, e agora ainda isso?

Mas não podia tratá-lo dessa maneira. O rapaz o estava ajudando. Dera-lhe um abrigo. Palavras que o fizeram se sentir melhor. E agora, em retribuição, o faria se sentir como uma aberração? Sentir-se igual ou pior que ele próprio? Era óbvio que Armando já se penalizava em demasia. Seria maldade demais se ele fizesse o pobre se sentir pior ainda. Ele podia ter se tornado um demônio, mas não agiria como uma pessoa má. Começava a entender o que o rapaz sentia sobre si mesmo. E era bem parecido com o que ele sentia também. Teve vontade de rir da ironia. Parecia o fim dos tempos na visão dele.

A verdade era que Markus preferia que ele saísse, pois ele farejava o sangue em Armando, escutava seu coração palpitante pelo lugar escuro. A sede aumentava. Tentava controlar os sentidos latentes. Se iria beber sangue, não seria dele. Não de um homem que se deita com outro homem.

Quando Armando se deu conta, Markus já o encarava com olhos devoradores. Ele gelou no momento que percebeu as olhadelas do vampiro e engoliu seco.

43

Os olhos de Markus mudaram de cor, ficaram mais claros. Olhavam para ele, encarando-o, como se visse uma mulher nua em sua frente, cobiçando. Mas desviava o olhar, tentava não pensar. Não com Armando. De todas as pessoas, não com ele.

A lembrança do gosto do sangue parecia fazer sua língua inchar de vontade.

Armando sabia que tinha algo diferente. Markus estava precisando de sangue? Mas estaria ele próprio disposto a ser mordido novamente?

Markus tentava se controlar, mas vez ou outra se pegava olhando por cima do ombro, para Armando, enquanto se afastava dele.

Por que ele não vai embora logo?, desejou Markus.

Além de não querer beber sangue, por ainda não estar bem consigo mesmo e com a ideia em geral, havia o fato de morder o homem que Armando era. Afinal, por que toda essa ajuda? Por interesse? Ou por pena, por ter se sensibilizado de verdade com a situação ruim em que os dois se encontravam? Seria estranho. Como se estivesse se tornando um sodomita também.

Armando colocou a mão no ombro dele, forçando-o a voltar à realidade de seus pensamentos.

Muito perto. Afastou-se, andando pelo lugar, fugindo.

— Eu não me importo, se precisar beber.

Claro que não. Markus sorriu tenso com o pensamento.

— Só não sugue muito, a ponto de me deixar sem energias como da outra vez — pediu.

Markus estava tenso e inquieto, sentou-se em uma cadeira velha, pressionando os olhos com os dedos, os cotovelos apoiados nos joelhos, precisava pensar em outra coisa.

Armando parou na sua frente, ajoelhando-se. Markus podia sentir o cheiro de sangue o atiçando. Ergueu os olhos, recostando-se para trás. Armando apoiou uma das mãos no joelho do vampiro e a outra levou em direção a ele, oferecendo o pulso ainda intacto.

— Morda nesse pulso. A marca do outro ainda não está cicatrizada. Ou talvez seja melhor morder no mesmo lugar para que meu corpo não vire uma peneira? Não sei...

Involuntariamente, as presas de Markus se alongaram com a premeditação, assim como seus olhos mudaram de cor. Remexeu as pernas, incomodado.

Mas não resistiu por muito tempo, segurou o pulso de Armando com vontade, encarando o rapaz. Sentindo a língua salivar ao notar a veia saltar com o aperto, mas desistiu no meio do processo.

— Não! — Empurrou o braço de Armando para longe de si.

Levantou-se, afastando-se, passando a mão nos cabelos, tentando raciocinar.

Aquela situação de beber de outro homem, que, a princípio, o deixava constrangido, foi se transformando em uma solução ao pensar que seria mais digno e menos demoníaco do que sair por aí atacando e matando alguém no processo. Alguém estava lhe oferecendo uma refeição de bom grado. Santo Deus, seria assim que chamaria esse ato de agora em diante? Mas não era necessário beber demais. Só o suficiente para acalmar aquele alto barulho em sua cabeça que o levava à loucura.

De maneira geral, sentiu-se menos culpado, longe da maldade e do instinto assassino. Talvez fosse só seu cérebro enganando-o ou fazendo-o pensar de uma maneira menos depreciativa sobre si mesmo, com a intenção camuflada de, no fim, fazer aquilo que ele tinha que fazer para continuar vivo, para sobreviver. Da última vez que bebeu sangue, embora uma boa quantidade, não lhe pareceu nutritivo o suficiente para saciar a fome.

Armando entrou na frente de Markus, ficando entre o vampiro e a parede, aproximou o pulso mais uma vez.

Dessa vez, Markus não conseguiu resistir. Revelou as presas, tímido, e gentilmente as cravou na veia do rapaz.

A dor foi maior dessa vez. Bem maior. Da primeira vez, o susto tinha abafado a dor. Armando praguejou pela péssima ideia, mas segurou o grito. A ardência inicial, como um ferro em brasa sendo enfiado em sua pele, passou rápido. E, assim que relaxou, ao ver a expressão daquele homem contorcer a face em prazer, com os lábios em seu pulso, sentiu-se excitado e a ereção aconteceu.

Markus apertou as sobrancelhas ao sentir a mudança do gosto de ferrugem para um sabor de mel. Tão doce e nutritivo que se pegou, por um segundo, pensando nessa mudança repentina. Embora soubesse que não deveria sugar muito, bebeu mais pouco, aproveitando o novo gosto.

Soltou o braço de Armando, que apertou o local dolorido com a outra mão.

Com um olhar extremamente espantado, Markus agradeceu. Não parecia mais demoníaco para ele. E com a praticidade de não ter que esconder algum corpo.

Eles se olharam brevemente.

— Aconteceu algo estranho — confidenciou Markus.

— O quê? — questionou Armando, virando-se de costas para o vampiro, envergonhado com o que acontecia no meio de suas pernas.

— Seu sangue mudou de sabor enquanto eu sugava, ficou adocicado e saboroso.

— Não sei o que dizer! — exclamou Armando, ofegante, ainda de costas. — Talvez esteja se acostumando com o gosto. Fique feliz com o alimento, não há nada de errado nisso. O seu próprio pensamento que o torna sujo, então controle-o. Nunca passou por situações em que precisava fazer o necessário para se proteger, Markus? Mesmo que o necessário seja difícil? — concluiu Armando.

A mente de Markus viajou de volta ao passado, anos atrás, quando ainda era casado.

Por um momento, pôde sentir o calor do sol em seu corpo quando se lembrou de arar a terra ao fundo de sua casa antiga e simples, anos antes de conhecer Liliana.

44

Ano de 1557

O Sol estava quase se pondo, mas a tarde de verão era quente e os poucos raios que ainda restavam na superfície eram o suficiente para fazê-lo suar.

Retirou o chapéu, enxugando a testa suada. Usava uma roupa surrada. Sua barba era maior, assim como seus cabelos. Olhou a esposa do outro lado, ela depositava as sementes na terra que ele havia acabado de abrir com a enxada.

Ele sentia a felicidade até em seus ossos.

A mulher que tanto amava, sua casa, sua própria e pequena plantação. Essa era a vida com a qual o simples agricultor sonhava. Ela usava um vestido de linho marrom com a cintura marcada por um largo cinto, que ela mesma fizera com um tecido. Um chapéu com uma fita branca de cetim que havia sido presente do esposo, comprado com muito sacrifício. Ela ergueu o rosto, fitou o esposo e sorriu, e o coração dele se encheu de alegria pura e sincera. Amava-a profundamente.

Entraram na casa, após o fim do trabalho, com uma cesta de legumes. Não eram os melhores que uma plantação poderia dar, mas para eles eram ótimos. O fogão a lenha já estava aceso. Ela escolheu os melhores vegetais, separando dos mais deformados e marcados, ficando com os piores para si, enquanto Markus se servia de um copo de água.

Ele pegou uma sacola de pano com cenouras e batatas dentro. Colocou-a nos ombros e deu um beijo na esposa.

— Vou levar as verduras ao empório antes que escureça.

— Claro, querido. Mas não se demore. O jantar ficará pronto logo.

Ele adorava isso. Adorava esses pedidos, esse cuidado.

Entregou os legumes ao dono do empório, que abriu a sacola, não muito feliz com o que viu.

— Não são dos melhores. Não poderei pagar o mesmo que da última vez.

Markus protestou:

— Entendo. A terra ainda precisa ser melhor adubada. Preciso do dinheiro para comprar compostos... e assim lhe trazer melhores legumes.

— Sabe como é, Markus. Tudo está muito ruim ultimamente.

O que tenho a ver com isso?

— Entendo. — Esticou a mão, pegando algumas míseras moedas. — Obrigado, de qualquer maneira, tem me ajudado muito.

Cumprimentaram-se em despedida. Markus saiu com leve tristeza.

Uma luxuosa carruagem passava devagar pela rua esburacada a sua frente. Dois lindos e bem escovados cavalos brancos puxavam o veículo, todo em madeira nobre, ornamentado e pintado com tons de dourado. Pela pequena janela, uma elegante mulher da sociedade o encarava, parecendo querer pular dentro da roupa entreaberta dele, direto em seu tórax.

A carruagem parou em uma loja pouco à frente. O condutor desceu e abriu a porta para a senhora, não antes de colocar um pano no chão para ela pisar.

Usava um sapato coberto por veludo brilhante e roxo. Ele pôde ver o tornozelo dela. O vestido era feito com os melhores tecidos que o dinheiro podia comprar. Um lindo chapéu de penas estava à cabeça e os cabelos sedosos, compridos, encaracolados e castanho-claros, caíam pelos ombros e costas.

Ela era estonteante, ele não podia negar.

A dama da sociedade entrou na loja e ele pôs-se a continuar seu caminho.

Logo, o condutor da carruagem correu atrás dele.

— Senhor. — Markus virou-se, curioso, e viu o condutor acenando para ele. — Desculpe incomodá-lo. Minha Senhora pediu para informar que deseja uma conversa.

Markus hesitou. Adultério era crime passível de morte. Não que ele tivesse intenção alguma. Mas o fato de verem um homem casado entrando na carruagem de outra mulher geraria fofoca e isso, por si só, seria motivo para enforcá-lo, mesmo que sem provas.

— Diga à sua senhora que gentilmente terei de recusar.

— Ela pediu para lhe entregar isso, caso recusasse. — O homem estendeu a mão, colocando algo na palma de Markus.

Eram moedas. Poderiam sustentá-lo por um mês com regalias.

Ele as devolveu.

— Essa conversa termina aqui. Desculpe a grosseria. — Pendeu o chapéu com os dedos em despedida.

Markus sabia bem onde aquilo levaria.

No caminho para casa, a carruagem o acompanhou, devagar. Ela tinha a clara intenção de saber onde ele morava. Assim que entrou em seu terreno, a carruagem passou por ele. A mulher o encarou, com olhos fixos. E ele tremeu de preocupação. Naquele dia, ele mal conseguiu dormir, imaginando quem seria ela.

Muito rica, com certeza. Teria marido?

Ela lhe traria problemas. Aquele olhar de desejo que ela sustentou o arrepiava de receios, pois tudo poderia acabar em morte.

45

Alguns dias depois, a igreja estava lotada de fiéis, algumas pessoas iam por devoção, e outras, por medo, reunindo toda a cidade. Um coroinha passou com um saco na mão entre a fila de cadeiras em que Markus estava, este jogou uma moeda ali dentro, com vontade de chorar. Alguns dias de comida em sua casa estavam indo para a igreja. Olhou para sua esposa, que suspirou. Não havia o que fazer.

A imagem daquelas moedas pousando em sua mão lhe invadiu a mente. Se aceitasse, como explicaria à sua mulher? Não seria vendendo legumes.

Mas o que estava fazendo? Pensando em uma desculpa? Onde estava com a cabeça? Não iria aceitar tal coisa, não precisava pensar no que diria, pois nada iria acontecer.

Mesmo tentando se manter firme em suas convicções, vez ou outra, uma carruagem passava na frente de sua casa. Logo, passava quase todos os dias. A preocupação crescia dentro de Markus. Aquela mulher era problema, não dava sinais de que iria desistir. Estava piorando.

Se não tomasse cuidado, alguém começaria a comentar. A imagem dele e de sua mulher pendurados, enforcados em alguma árvore, lhe vinha à mente, causando-lhe calafrios.

Certo dia, quando foi vender legumes, a carruagem o acompanhou novamente, ele olhava por cima do ombro e lá estava a mulher, observando pela janela do veículo.

Ao sair da loja com a bolsa de legumes vazia, olhou para o condutor ao avistar a carruagem. Fez um leve e discreto sinal com a cabeça e entrou em uma taberna. Percebeu, de canto de olho, que a mulher disse algo para o condutor antes de ele ir atrás de Markus, que esperava encostado no balcão, com um copo de aguardente, no momento que o homem se aproximou dele.

— Onde? — sussurrou Markus, evitando conversa desnecessária.

— No lago. No final do rio, atrás da montanha, hoje à noite, logo depois que a Lua surgir.

Precisava acabar com aquilo.

Ele assentiu com a cabeça e o homem partiu. Quando saiu do bar, não havia mais carruagem ali.

Naquela noite, disse à esposa que faria um trabalho extra ajudando alguém da cidade a consertar uma carruagem. Ela ficou entusiasmada com o dinheiro a mais, dando-lhe vários beijos antes de ele sair.

Markus estava parado no local combinado, a luz do luar banhando a clareira. Com ele só havia o som da água corrente ao lado. Seu pensamento variava entre ir embora, arrependido de ter comparecido, talvez mudar de cidade. Mas como recomeçaria, onde ficariam? Já havia sido difícil demais construir seu casebre para agora o abandonarem.

O som de passos o trouxe de volta à realidade. Gravetos sendo quebrados a cada pisada, chegando mais próximo. Ele se levantou, arrumando a roupa, precisava resolver isso de uma vez por todas.

Ela se aproximou, elegante e perfumada.

— Está louca? — disparou ele assim que a avistou. Queria argumentar até o ponto em que lhe deixasse em paz.

— Por que diz isso? — Sorriu.

— Podemos ser mortos. Mesmo não fazendo nada, podemos morrer. — Ele passava a mão pelos cabelos, irritado. — Isso precisa parar. Sou casado, amo a minha esposa.

— Eu não vou contar. — Ela se aproximava cada vez mais.

— Não tem marido?

— Morto. — Riu, como se aquilo tivesse sido uma bênção. — Não sei o que é ser penetrada há anos. Já que o meu marido era impotente, sou praticamente virgem. Todo dinheiro só para mim. Para gastar com os meus mimos. E você, meu garanhão... — Colocou a mão no peito dele, ele se afastou. — É um deles.

— Escute, senhora. Não vim aqui para fazer tais coisas. Vim para lhe pedir que pare. Minha vida já é difícil demais para que a senhora a piore.

— Parar com o quê? Não fizemos nada, ainda. — Começou a se despir.

Markus tremeu com a cena. Nunca em toda sua vida havia visto outra mulher nua por completo.

— Para um homem como você, eu poderia pagar rios de dinheiro, e você sabe que precisa.

— Vai queimar no inferno por isso, sua meretriz, e eu também.

— Quanta bobagem. — Revelou os seios. Ele perdeu o ar. — Preciso sentir um homem de verdade. Um homem como você, grande. Meu marido era um bom homem, mas não era um bom amante. Nunca conheci outro em minha vida. Agora que ele se foi, bem, há anos não sei o que é isso. — Apontou o meio das pernas dele.

Ele tentou desvencilhar o olhar dos seios dela. Odiava-se por tal situação, tinha vontade de se esbofetear.

— Estou tentando ser gentil — continuou ela, aproximando-se dele. — Sabe muito bem que poderia acabar com a sua vida se eu sair daqui gritando que tentou abusar de mim. Não quer perder a sua linda esposa, quer?

Se tivesse uma faca, seria capaz de enfiá-la no coração dela. O ódio em seu olhar era evidente.

— Adoro essa sua cara de bravo. É isso mesmo que quero, que monte em mim como um cavalo indomável. Me puna. Quero sentir o peso de um homem de verdade nas minhas costas.

Ele praguejou. Era louca, prostituta. Dessas que ele aprendera a odiar na igreja. O tipo de pessoa que estava do lado do demônio e que iria para ele quando morresse.

— Eu não vou fazer nada disso. Vim aqui para lhe implorar que me deixe em paz. Sinto muito pela vida que teve, mas com seu dinheiro, não será difícil arrumar diversão na corte.

— De fato. Já ouvi falar das festas que o burguês Boucher faz na mansão dele, dizem ser bem animadas e restritas. Mas não quero me expor ou sujar o meu nome. Sem ele, o meu dinheiro terá metade do valor.

Eles se encararam, cada um pensando no próprio infortúnio. Até que ela continuou:

— Mas eu lhe prometo uma coisa. Deixo-o em paz se me fizer sentir prazer. Nunca mais o procuro. — Tirou o vestido, ficando completamente nua, cheia de vontade e luxúria. — Além da excelente quantia em dinheiro já prometida.

Markus teve vontade de morrer. Aquilo era um pesadelo. Ia contra tudo o que acreditava. Mas não colocaria em risco sua esposa por causa dos caprichos de uma vadia, como julgava aquela mulher na sua frente naquele momento.

Sua esposa veio à mente no mesmo instante. Um momento em específico, quando estavam arando o solo e ele levantou a visão, limpando a testa de suor e admirou a esposa tendo a pele banhada pelo sol, radiante e feliz pela vida que tinha. Feliz de ser casada com ele.

Me perdoe, amor, ele pensou.

Começou a levantar a camisa, carregado de irritação.

46

Ela o olhou, admirada com o físico largo e forte dele, com sua altura e detalhes que a testosterona molda em um homem. Mas não pareceu animada assim que notou que ele não estava excitado.

Decidida, não se permitiu desanimar com o desinteresse dele.

Ela se aproximou, enlaçando o membro dele com os dedos.

— Eu o ajudo com isso. Feche os olhos e deixe acontecer — sussurrou, sedutora.

Assim fez, enquanto ela passava a língua quente no tórax dele. Não demorou muito para o sangue começar a inflar as veias.

Ainda decidida a excitá-lo por completo, fez o que acreditava que funcionaria. Abocanhou todo o membro flácido dele. A quentura, a umidade e o movimento da língua fizeram o efeito. O pau dele começou a crescer em sua boca, até não caber mais.

Ela se afastou, surpresa, admirando aquele homem alto, barbudo e musculoso, com uma ereção maciça em sua direção. O membro grande, cabeça entumecida, de grosso tronco e com veias à mostra, latejando no ar.

— Minha nossa, era assim mesmo que eu imaginava. Você vale seu peso em ouro com todo esse tamanho. — Sorriu, feliz. Ela o segurou com gosto, sentindo o peso do membro, lambeu e engoliu com desejo, até se sentir úmida entre as pernas.

— Vamos, acabe logo com isso, me dê o que quero — implorou.

Exasperado, Markus pegou a mulher com força, que demonstrava gostar de cada solavanco que ele investia. Virou-a de costas, com a cara em uma rocha no chão, servindo de apoio, e o quadril para cima.

Montou nela como pedido. Ele sentia ódio de si mesmo, ódio dela e do que o obrigava a fazer, ódio por ficar excitado. Ela gemeu ao sentir a glande raspar nos grandes lábios.

— Faça como se você se importasse, e eu o deixo em paz, juro, mas faça com gosto — implorou a dama.

Markus lambuzou a palma da mão com bastante saliva, alisou o membro e a penetrou com toda força, sem gentileza, numa única investida. Ela gritou e ele parou, completamente dentro dela. Apoiou o peitoral nas costas da mulher, deixando o corpo dela se adaptar ao enorme invasor.

Logo, ele continuou tirando e entrando, os movimentos lentos foram se intensificando. Ele investia com vontade, com uma mão por baixo dela, nos seios, e a outra segurava o cabelo da mulher, forçando-a contra a rocha coberta de musgo, sem se importar em humilhá-la ou sujá-la.

— Isso, assim mesmo. É assim que gosto — confidenciou.

Ele penetrava para frente e para trás em movimentos rítmicos. Ela adorava, estava feliz, rebolando no membro dele, ajudando aquilo tudo se acomodar dentro dela. Ela segurou o dedo longo e grosso dele e não demorou muito para gemer e atingir o orgasmo com o homem bufando, suando e pesando sobre ela.

Markus levantou-se, saindo de dentro da mulher no momento que ejaculou, não conseguiu segurar, apesar da revolta, não queria engravidá-la, mas ficou na dúvida se tinha acontecido, pois esperma ainda vazava de seu membro enquanto se afastava. Assustado, viu a expressão de felicidade e satisfação no rosto da mulher, ainda manchado de musgo.

Ela estava extasiada de ter sido possuída por um homem daqueles e ficou ainda mais quando se virou e notou que o pau dele, duro como a rocha que a acomodou, ainda pingava esperma.

— Eu nunca vou esquecer essa visão — desabafou, feliz ao admirá-lo nu a sua frente.

— Eu lhe dei o que queria, agora me dê o dinheiro junto com a promessa de me deixar em paz. — Estendeu a mão para ela, e os olhos dele se acenderam com a possibilidade de recusa.

— É justo. — Ela tirou as cédulas de comprovante, que ele poderia usar como pagamento, do vestido jogado ao lado. — Não irei procurá-lo nunca mais. Nem voltarei a este vilarejo.

— E se o fizer, juro que mato você — vociferou Markus, vestindo a calça de volta.

— Tem a minha palavra. — Ela sorriu para si. — Não sabe o quanto me fez feliz hoje.

Ele saiu, sem olhar para ela. E nunca mais a viu.

Uma profunda tristeza se abateu sobre ele depois disso. Uma culpa que envenenava sua alma. Doía-lhe olhar para a esposa, tão pura. Que coisa demoníaca ele teve que fazer para proteger o casamento. Adultério. Tudo por ela. Sentia-se sujo, impuro. Recusou-se a deitar com a esposa por um tempo. Não queria sujá-la.

A corrupção havia sido plantada dentro dele. Uma semente que iria crescer. O mundo era um lugar sujo, perigoso e maldito. Corrompia pessoas de bem. Aquela mulher havia arrancado sua alma boa e trabalhadora.

A igreja passou a ser uma constante em sua vida. Sua esposa se surpreendia ao vê-lo tão devoto. Rezando com fé. Chorando e clamando piedade. Sabia que ele sofria atormentado. Julgava ser por tais dificuldades financeiras que passavam. Markus nunca usou as cédulas, por um tempo as escondeu, até que, um dia, num momento de revolta, ateou fogo no papel.

Mas o tempo muda tudo, e ele foi se acalmando, sentindo que o mal estava se afastando dele. E, depois de certo tempo, tudo voltou ao normal e ele nunca mais havia pensado nessa história até aquele momento, quando Armando o questionou.

47

Markus voltou à realidade depois das lembranças do passado, com vontade de chorar, uma tristeza pairou sobre ele. Começava a acreditar que, embora a vida fosse uma bênção, quanto mais se vive, mais se é deixado para trás pelos que partem deste mundo imundo. De fato, essa sensação iria ser posta à prova e tristemente confirmada, já que ele viveria muito mais do que as pessoas que o rodeavam, agora que ele se tornou um vampiro.

Olhou para Armando, que parecia tranquilo. A vida é difícil para todos e leva a situações que, mesmo não sendo escolhas, devem ser aceitas e superadas. Chorar não iria resolver nada. Agora, só restava superar as mortes trágicas que havia presenciado na vida, da esposa e de Liliana, e a má sorte de ter sido transformado por Clara. Seus olhos se encheram de lágrimas. Esfregou-os com os dedos, tentando afastar a emoção.

Liliana, aquela linda e pura mulher que ele adoraria ter tido a oportunidade de conhecer melhor. Ter uma vida normal, envelhecer junto. Ter sido morta de maneira tão trágica e horrível. Queimada viva. Ele pareceu tremer ao imaginar a agonia e o desespero que ela havia sentido antes que as chamas a matassem de vez.

A dor, as queimaduras, ninguém merecia aquele fim.

E, por esse motivo, estava satisfeito em ter assassinado Clara. Por ter vingado a pobre moça.

Ter tirado a vida de outra pessoa era um enorme pecado, mas ele o fez e agora teria de conviver com as consequências desse fato, assim como já conviveu com outras. Pelo tempo que vivesse, iria se lembrar disso. Aceitaria as consequências, mas não se arrependeria.

Armando finalmente saiu do porão, deixando Markus sozinho.

48

Alguns meses após a morte prematura de sua esposa, Markus já estava bem longe de onde um dia foi seu lar.

Vagava por pequenos vilarejos, vivendo de avulsos e rápidos trabalhos.

O pouco dinheiro que ganhava dava somente para se embebedar e tomar alguma sopa barata em alguma estalagem.

Os trabalhos braçais desde criança lhe proporcionaram um físico másculo, mesmo quando mal alimentado, ainda mantinha seu porte musculoso. Não era difícil chamar a atenção das mulheres. Por onde passava, elas o admiravam, em especial as mulheres da vida, como eram chamadas.

Mas para ele, durante um tempo, nunca existiu outra. Tirando aquele fatídico dia em que teve de se deitar com uma dama da sociedade, sua esposa foi o grande amor de sua vida. Aquela com quem ele sentia profundo e puro prazer.

Nenhum luto dura para sempre. Ela estaria sempre viva em seu coração, sua memória e sua alma. E, apesar do sofrimento, seu corpo, seu desejo carnal e sua testosterona pediam algo mais. Sexo.

E teve aos montes. Em bares e prostíbulos. Sempre tão alcoolizado e inerte em sua amargura que mal se lembrava dos detalhes.

A bebida e os orgasmos abafavam momentaneamente o sofrimento. Essa sensação acabou se tornando viciosa. Era a sua maneira de esquecer, era a única maneira que conhecia e à qual tinha acesso.

49

Em uma noite, Armando já estava na metade da garrafa de uísque, sentado na sala em sua poltrona, olhando para o vazio, quando Markus entrou no cômodo. A lareira ardia, não que estivesse fazendo tanto frio, mas o rapaz gostava assim.

Markus observou-o, curioso. Embora apreciasse uma boa bebida, por algum motivo, isso não lhe despertava mais vontade. Mas fumar poderia ser algo interessante para terminar a noite tediosa sem sair da mansão. Teria que ocupar os dedos com alguma coisa, enquanto a noite não partisse e o dia chegasse, trazendo consigo o sono para as criaturas noturnas, fazendo-as se recolherem.

— Tem canela em pó na casa? — ele questionou.

O rapaz tremeu com a surpresa. Nem havia escutado Markus chegar. Ou ele era muito silencioso ou Armando estava tão inerte em pensamentos, revivendo o passado, que ficou alheio a tudo a sua volta.

— Tem — respondeu com certo ar irritado. — Mas terá que procurar na cozinha. Os criados já estão todos recolhidos.

— Não tem problema. Preciso de fumo e papéis também — completou ele.

Armando olhou-o, surpreso.

— Fumo e papel têm na escrivaninha no canto da parede.

Após juntar tudo de que precisava, Markus se sentou na poltrona à frente dele, apenas separados por uma mesinha ornamentada de centro, com um lindo vaso de flores ao meio.

— Sente-se melhor? — indagou Markus, apontando a mordida que fizera no pulso de Armando.

— Sim. — Ele olhou os pulsos, puxando a manga da roupa. As marcas começavam a coçar enquanto saravam no primeiro pulso em que foi mordido. Ele teria que andar com os pulsos cobertos de agora em diante.

— Sinto muito por isso — tentou se desculpar, embora passasse a impressão de que não sentia de fato.

— Não sente não. Mas é essa a intenção, não é? Que tudo vire um hábito.

— Não sei. — Caminhou até as velas acesas. — Isso ainda é confuso para mim. — Deu uma tragada, acendendo a ponta do tabaco recém-enrolado na chama. Soltou a fumaça com satisfação, deixando o cheiro de canela tomar conta do lugar. — Mas sinto de verdade, embora tenha mudado um pouco minha visão depois da nossa conversa outro dia... Talvez não vá morrer de tristeza por isso.

Os dois se olharam em silêncio antes de Markus continuar:

— Não posso continuar bebendo de você, Armando — concluiu por fim.

— Por que não?

— Não há como. A fome é muito grande dentro de mim. Apesar de que, da segunda vez, quando seu sangue ficou doce como mel, demorei mais tempo para sentir fome de novo. Ainda assim... você não entenderia. É algo muito forte. Dói e me deixa louco. Cabeça virada do avesso. Bebi o mínimo que podia de você. Se fosse de meu gosto... bem... nem quero pensar. É difícil controlar a hora de parar.

— Precisamos arrumar alguém, então. Quero ajudá-lo, mas preciso de tempo, não quero adoecer. Precisamos de fato arrumar outra pessoa para revezar comigo.

— E quem seria louco de aceitar ter o sangue sugado de bom grado?

— Você tem alguma coisa contra criados?

50

O porão na mansão de Armando foi arrumado, reorganizado e mobiliado para ser o novo lar de Markus. O lugar perfeito longe do sol e para o que haviam planejado fazer.

Ali dentro havia uma parede com uma grossa porta de madeira, separando o ambiente, formando dois cômodos. Um deles era usado como depósito de alimentos, foi devidamente limpo, reorganizando, e os mantimentos realocados para o cômodo ao lado da cozinha, no térreo. O lugar ficou com aspecto de quarto, mas não seria para Markus. No resto do ambiente sem janelas, foram colocadas mesa, cadeira e uma cama com dossel, de onde descia um grosso tecido escuro, cobrindo e protegendo a cama, apesar de não entrar luz do sol ali, decidiram se precaver.

Markus estava ansioso com o que iriam fazer. Armando, por outro lado, parecia que ia entrar em desespero a qualquer momento. Ele havia dado a ideia, mas falar era mais fácil do que fazer.

Não havia solução. Era isso, ou Markus teria que se arriscar no mundo fora da mansão, e Armando não queria correr o risco de algo ruim acontecer à pessoa que lhe trouxera uma razão para viver novamente.

Markus se isolou no quarto, esperando, ansioso, para quando Armando o chamasse.

Com a mansão vazia, o desconfiado Jhonas andou livremente, analisou o porão modificado e franziu a testa, tentando entender o que o patrão e o visitante planejavam. Algo de diferente estava acontecendo ali. E ele iria descobrir.

Tarde da noite, Armando entrou nos casebres habitacionais afastados da mansão. Os criados acordaram, assustados. O patrão nunca aparecia ali.

– Você. – Indicou o dedo para uma escrava que julgou mais saudável e bonita. – Venha comigo.

A mãe ao lado dela começou a chorar em desespero.

– Minha filha não, patrão. O que ela fez? Castigue-me no lugar dela. – Ajoelhou-se no pé de Armando, suplicando. – Por favor, não lhe faça mal.

Armando já havia reparado naquela escrava. Ela não trabalhava dentro da mansão, e sim na lavoura. Era uma mulher muito desejada pelos homens do local. Corpo e rosto bonitos demais. Ele sabia que Markus gostaria de sua escolha, loira e de olhos claros, a pele branca estava pouco queimada de sol, mas ao invés de deixá-la menos desejável para os homens, acabava, por fim, atraindo mais a atenção com a cor exótica.

A moça se agachou perto da mãe, tirando a mão dela das pernas de Armando. Tentando acalmá-la.

– Vai ficar tudo bem, mãe. Com certeza o patrão precisa de algo. – Olhou para Armando. – Volto logo.

– Você será vendida. Sinto muito – explicou, tentando despistar qualquer pensamento que a moça ou a mãe pudessem ter de esperança de um retorno. Era melhor que soubessem de uma vez que não voltariam a se ver.

A mãe começou a chorar mais ainda. Não queria perder a filha. Abraçou-a com gosto. Um último abraço. Sabia que se o patrão fosse fazer isso, não havia nada que ela pudesse fazer ou a quem pedir ajuda. As duas choravam compulsivamente.

– Minha filha não, por favor. – Sua tristeza e choro, ajoelhada no chão, implorando com as mãos, era uma cena de partir o coração.

– Mãe, não chore. Vai ficar tudo bem.

Outra mulher abraçou a mãe, como se a consolasse.

Armando virou as costas, saindo dali, e a escrava pôs-se atrás dele. Olhos escorrendo em lágrimas, ansiosa pelo que estava para acontecer. A mãe chorava alto, escandalosa em sua agonia. Doía demais para ela ver a filha ser vendida e doía demais para a filha ver a mãe se contorcer de tristeza.

Entraram na mansão. A escrava seguia, de olho em tudo. Em busca de qualquer sinal do que aconteceria com ela. Se seria vendida, por que estava dentro da mansão?

Pararam de frente para a porta de um dos quartos.

— Aqui você poderá tomar um banho, trocará de roupa e irá se alimentar.

Ela o olhou, surpresa e curiosa. O que significava aquilo? Uma escrava sendo tratada daquela maneira? Se seria vendida, por que iria passar por todo aquele tratamento antes?

Tudo dentro do quarto era luxuoso. Afinal, aquele quarto era destinado às visitas da sociedade, decorado pela mãe dele. Cama enorme, com sedas. Poltronas das mais caras. Escrivaninha com papéis e tinteiros. Aquilo só podia significar uma coisa, algo que ela já ouvira falar muitas vezes.

Armando estava prestes a fechar a porta quando ela disse:

— Vai me usar agora, patrão? — Ela já ouvira sobre algumas escravas sexuais dos patrões.

Ele se sobressaltou.

— Do que está falando?

— Não é para isso que estamos aqui? Já ouvi histórias assim, de escravas sexuais. Todo esse cuidado e tratamento... jamais em minha vida vi tanta beleza ou dormi em lugar tão fino. Eu não me importo de ser usada. Não me importo. O senhor está me tratando bem, não me custa retribuir.

A vontade dela, na verdade, era de matá-lo por tê-la tirado de sua mãe e lhe causado sofrimento. Essa sua atitude desesperada tinha a intenção de agradar o patrão, assim, talvez, conseguisse ficar ali e outra seria vendida em seu lugar, se o patrão a visse como uma preferida. Aceitaria qualquer coisa para não ficar longe da mãe.

Ele nem sabia o que dizer. A sinceridade e a maneira como a escrava aceitava as injustiças da vida e tentava contornar a situação o impressionaram.

Diante do silêncio, a escrava acreditou que o patrão estivesse com vergonha e resolveu ajudá-lo.

— Veja. — Começou a baixar a alça do lado esquerdo da roupa. — Se o senhor quiser, não será um sacrifício, faço de bom grado. Apalpou com carinho o meio das pernas dele, enchendo a mão com o pênis dele.

Ele riu para si mesmo por um momento.

— Não é nada disso. — A escrava se sentiu envergonhada e se encolheu no próprio corpo, enquanto ele a afastava com as mãos.

A moça ficou confusa. Não entendia mais nada. O que estava acontecendo ali?

— Lave-se... — continuou Armando. — Vista a roupa em cima da cama. Volto logo.

Alguns minutos depois, após sua higiene pessoal e a troca de roupas, seguia, assustada, o patrão pelos corredores, sem entender exatamente qual era a intenção dele. Se iria vendê-la, não havia necessidade de tudo aquilo. Pararam em frente à porta de acesso para o porão.

— Entre. Você ficara aí até amanhã. Quando seu novo patrão vier para vê-la — mentiu.

Ela desceu na frente, com Armando logo atrás.

Markus apareceu em sua vista. Ela franziu a testa ao ver o amigo do patrão. O que ele estaria tramando? Ela seria vendida para ele? Markus a usaria na lavoura ou para sexo? Ao menos, ele era muito mais másculo que Armando, o tipo de homem com quem ela dormiria com prazer. Se fosse boazinha com ele, conseguiria levar a mãe junto?

— Fique calma — Armando tentou tranquilizá-la. — Nada de mau vai lhe acontecer.

— Como assim? Do que está falando? — Seu desespero era latente. Olhava para os dois, assustada.

— Só precisamos de um favor seu. — Markus tentava sorrir, intervindo na conversa. — Acompanhe-me, vai ficar tudo bem.

Ele a guiou pelo braço até a antiga despensa, no quarto previamente preparado, com paredes rochosas, sem janelas, e uma grossa porta de madeira. A criada tentou recusar.

— Não quero entrar aí, o que vão fazer comigo?

Ela puxou o braço que Markus segurava. Ele a pegou de novo, puxando-a com educação.

— Fique tranquila, só preciso que faça algo para mim. Você vai ficar bem.

Puxou-a para dentro do aposento. Armando tentava não se chocar com a cena. Algumas vezes virava o rosto, em outras, queria olhar. Não achava certo de fato, mas já tinha ouvido histórias piores com os criados, ao menos, Markus era gentil e não iria matá-la.

Os dois entraram no quarto. A moça parecia querer fugir dali ao constatar que não havia nada além de uma cama.

— Se você for boazinha, prometo que voltará para sua família.

Ela parou de repente. Não tinha certeza se acreditava em tal promessa. Ela simplesmente queria acreditar.

Por isso, achou por bem aceitar.

Markus sentou a criada na cama. Enquanto falava, prendeu com correntes as mãos da escrava, que chorava, tentando controlar o medo. Queria obedecer, acreditando que essa, talvez, fosse a única chance de rever sua família. Talvez ele gostasse de um sexo violento, e se fosse para rever sua mãe, aceitaria esse desejo dele.

— Eu só preciso beijar seu pescoço. Tudo bem?

A pobre tentava focar o rosto de Markus entre as lágrimas, a fim de conferir se havia sinceridade em seu olhar. As lágrimas não paravam de brotar. O medo era crescente, apesar da gentileza e calma na voz dele.

— Eu não quero lhe fazer mal. — Limpou o rosto úmido dela com um lenço. — E prometo que serei o mais gentil possível. Agora, pare de chorar. Não há necessidade disso.

Beijou o rosto dela com delicadeza. Ela estava confusa e assustada. Deu um beijo de leve no pescoço da moça.

O desejo dentro dele era incontrolável e o consumia. Apesar de odiar o que se tornou, sentia-se mais tranquilo dessa maneira. Menos agressivo para ele. Mas para ela e sua mãe estava sendo um dia terrível.

A mordida foi gentil e lenta. As presas forçaram a pele do pescoço dela, fazendo-a se sobressaltar e gritar abafado, mal acreditando que ele a estava mordendo. A todo instante, tentava entender por que ele queria mordê-la. Forçou lentamente um pouco mais, afundando os caninos e, assim que a ponta do dente abriu um pequeno furo, a elasticidade fez a pele voltar ao estado original até a base do dente, abrindo caminho para as presas entrarem praticamente sozinhas. Em desespero, ela gritou e se debateu como pôde, sentindo a dor. Mas amarrada por correntes, não conseguia muita coisa.

Não havia mais volta. Os gritos não seriam escutados dali. O sangue encheu a boca e molhou a língua de Markus, mesmo com aquele já conhecido gosto enferrujado, foi tomado em um frenesi arrebatador. Ele não voltaria atrás neste momento. Estava fora de controle. Segurou-a com força enquanto sugava. A moça chorava, horrorizada. Não tinha forças para lutar contra ele, quanto mais sangue perdia, mais fraca ficava. Logo, ela desistiu de lutar, enquanto o sangue saía de seu corpo e a fraqueza se apoderava de sua alma.

Markus não estava ali naquele momento. Havia dado espaço para o vampiro que era. Consumia a quantidade que seu organismo precisava. Sem sua mente humana dominando seus sentidos, entregou-se ao prazer de se alimentar. Era excitante. Estava ereto e esfregava todo o corpo no dela, mexendo a cintura em movimentos circulares, a fim de raspar sua ereção nas pernas da moça. Era uma sensação orgástica. Jamais, em toda sua vida, que agora seria eterna, conseguiria encontrar palavras para descrever a sensação de prazer.

Quando se saciou, deitou-a, gentilmente, exausta na cama. Havia bebido uma boa quantidade. Estava saciado. Ela iria dormir um sono pesado, nada a acordaria.

Saiu do quarto, encostando-se e deslizando na parede ao lado, cambaleado e tonteado com a sensação química que continuava a circular por todo seu corpo. Na boca, o sangue escorria. Armando o observou, ansioso e atônito. Nunca havia visto outro homem como aquele abobado de excitação.

— Você nem imagina a sensação que é — suspirou Markus. — É incrível e horrível ao mesmo tempo. Ter uma vida em suas mãos, ter o poder de escolher se a mantém viva ou não. — Passava a língua nos lábios, em êxtase. — É impressionante.

Markus usava uma das mãos para empurrar o sangue que havia escorrido para o queixo de volta para a língua, enquanto a outra mão pressionava o meio de suas pernas como se estivesse fazendo sexo. Naquele momento, ele poderia penetrar com verdadeiro prazer qualquer um. Estava em outro mundo. Ainda não havia retornado para a realidade do que acabara de fazer. Não conseguia, mesmo que tentasse se acalmar. O sexo ouriçava sua pele. Sua única opção era se entregar à sensação.

— Ela está bem? — Armando se engasgou. Mal conseguia falar ao ver o estado inebriante e provocante em que Markus se encontrava.

— Está viva. Cansada, mas viva. — Ele escorregou pela parede, sentando-se no chão como se estivesse drogado. Voltando aos poucos à realidade. — Obrigado. A culpa não me consome tanto dessa maneira.

— Pode ser menos agressivo para você, mas para os outros sempre será horrível. Apesar disso, arrisco a dizer que tem sido meu herói, salvando-me da morte por tédio, mas você sempre será o vilão na sua própria história. Por ora, sinta-se bem, a vida é assim mesmo, alguém sempre sofre mais do que o outro.

51

Alguns dias depois, a escrava no porão ainda se sentia mal. Cansada e sem forças. Armando e Markus levavam comida, mas ela havia perdido muito sangue, a ponto de ter dificuldade para beber água.

Markus passou os dedos suavemente no rosto dela para que acordasse. Ela se assustou como se fosse puxada de um sonho profundo de volta para a realidade. Ainda amarrada por correntes, tentou lutar em vão. O terror era visível. Tinha medo de ser mordida novamente pelo demônio. Era isso que ela acreditava que ele era.

Nenhuma pessoa mordia a outra para beber sangue. Ela se sentia apavorada por estar ali dentro, presa. Seus gritos não alcançavam o exterior e os criados acreditavam que ela havia sido vendida. A esperança lhe esvaía. Estava condenada. Aquele homem tratando-a com educação e gentileza a irritava. Para que educação se iria matá-la? Se tivesse forças, o mataria sem dó. Ela não se sentiria culpada por isso, com certeza.

– Você precisa comer alguma coisa – sussurrou Markus.

O cuspe foi certeiro no lado direito do rosto dele. Enxugou-se com um lenço retirado do bolso.

– Eu entendo. Sei da sua raiva. Mas, veja bem, não tenho alternativa. Se eu não beber sangue, morro. Estou tentando fazer isso da melhor maneira possível.

– Vá para o inferno, seu demônio! – Mostrou os dentes para ele.

— Eu já estou no inferno — lamentou-se profundamente, e as sobrancelhas pesaram sobre os olhos.

A fome o atingia, fome de vida. Era algo forte, um barulho ensurdecedor em sua mente. Lembrando, implorando por comida a todo segundo. Era de enlouquecer.

Mas sabia que não poderia beber dela. Estava fraca demais. Ouvia seu coração descompassado e espaçado, e o cheiro azedo estava no ar, fraco, mas estava ali. Ela precisava se recuperar. Ele havia realmente bebido muito dela, mais do que ela poderia dar. Não conseguiu se controlar. Desde que fora transformado, só havia bebido de Armando e muito pouco. Ainda tinha muita fome.

Saiu dali, deixando-a na companhia do ódio que nutria por ele.

— Preciso de outro escravo, para revezar com a moça — disse, inquieto, para Armando, no lado de fora da despensa. — Você ainda não pode me dar mais sangue...

— Não dá. Se eu for lá pegar outro, vão começar a desconfiar. – A face contorcida revelava o sentimento e a novidade de se importar e até sentir medo dos criados.

— Você não entende. — Rodava em círculos, buscando ar para respirar melhor. — Fica esse barulho na minha cabeça me deixando louco. Preciso. Não tenho escolha, se já tivesse passado fome em sua vida, saberia o que é isso.

— Terá que beber de mim. Não posso pegar outro escravo agora. — Ergueu a mão na direção de Markus.

— De você não. — Virou-se de costas, evitando o olhar.

— Mas que diabos. De quem, então? — Gesticulou, nervoso, jogando as mãos para cima com a recusa.

— É muito estranho, estou tentando entender ainda — confidenciou Markus. — Quando bebi a primeira vez de você, seu sangue estava com gosto de ferrugem, e senti necessidade de mais em um curto período de tempo. Na segunda vez, seu sangue ficou doce, mudou de sabor, enquanto eu sugava. Essa segunda vez, apesar de ter sido pouco, me deixou mais alimentado. Fiquei dias sem sentir carência. Tudo isso é muito estranho.

Armando se lembrou de que, na segunda vez, ficou excitado, mas preferiu não revelar isso.

— Vou sair — disse Markus, de supetão.

— Está doido? É perigoso. E se alguém o vir? — Em desespero, quis segurar Markus pelo ombro, mas deteve-se no meio do caminho.

— Vou tomar cuidado — refletiu consigo mesmo.

— E como vai fazer isso? Vai abordar alguém na rua e perguntar "por favor, permita que eu beba seu sangue?"

— Não seja ridículo. — Virou-se, rindo, sarcástico.

— Então, o que fará? Vai beber o sangue de alguém e deixará a pessoa ir embora para contar a todos o que aconteceu?

Markus pensou por um momento.

— Se matar alguém, e espero que não faça, começará a levantar suspeitas no momento em que virem as marcas no pescoço da vítima. — O desespero para que o amigo não saísse era evidente.

— Eu não vou beber de você. Fora de questão. Preciso encontrar alguém. — As sobrancelhas firmes e o maxilar contraído confirmavam sua decisão.

Markus saiu às pressas. Não queria ficar discutindo. Não levaria a lugar nenhum. Se não havia outro escravo, e Armando estava fora de sua lista, só encontraria algo fora dali.

Armando o seguiu, tentou protestar, impedir e argumentar algo para que não saísse da mansão, mostrar os perigos que aquilo poderia trazer para os dois, mas Markus agia como um drogado em abstinência. Precisava. Não havia solução a não ser saciar o vício.

52

Caminhou pela cidade, olhando tudo com muito mais atenção. Sentia o cheiro das pessoas, da pele, e podia escutar o coração batendo a distância. A aristocracia saía de lojas finas e entrava em suas requintadas carruagens. Roupas elegantes e caras. Muito dinheiro e maquiagem nos rostos quase brancos. Divertiam-se e riam da vida boa que tinham. Muito diferente da que ele levava antes, passando fome, sem dinheiro. A pobreza e a sujeira de barro nas ruas de terra.

Chegou a sentir raiva. Precisa matar para beber sangue, mas naquele momento faria isso com gosto, como se quisesse vingança.

Mas não ali. Muitas pessoas naquela praça, muita claridade.

Continuou caminhando, adentrando ainda mais a pequena cidade. As ruas foram ficando sujas, estragadas.

As casas foram ficando mais cinza, sem tinta, desbotadas. Papéis e sujeira no chão. Água pútrida correndo pela calçada, lixo.

Cafetões e homens mal-encarados passavam por ali, desconfiados. Mulheres com o colo à mostra exibiam os rostos pintados. O cheiro de ganância no ar. Dinheiro, era o que queriam. E estavam dispostos a fazer de tudo para conseguir.

Continuou andando. Farejando e olhando. Escolhendo uma vítima com seus olhos de predador. Olhos azuis tão claros que beiravam o absurdo. Enxergava bem agora. Inclusive no escuro.

Notou que uma prostituta o seguia.

O cheiro de perfume barato misturado com o suor dela lhe impregnava o nariz. Mesmo de costas para ela, escutava o vestido da moça roçando a pele, enquanto ela exagerava no rebolado ao caminhar.

Entrou em um canto escuro entre uma casa e outra. Longe das agitadas tabernas e das pessoas.

Ela parou na entrada do beco, olhando para ele, encostado na parede.

Não havia cheiro nela além do perfume. Nada que denunciasse uma presa. Uma facilidade.

Ela não estava ligada. Talvez porque não precisasse estar ligada para fazer sexo. Ou a droga já lhe tirava os sentidos. Quem sabe estava tão acostumada que tudo já lhe perdera a graça.

— Olá, bonitão! Não é sempre que vemos alguém tão belo por aqui. — Impressionou-se ao se aproximar e vê-lo melhor. — Você é... realmente belo.

Ela tentou beijá-lo e ele desviou a boca. Finalmente o cheiro de sexo nela.

Virou-lhe o rosto, passando a língua por seu pescoço, enquanto ela gemia em retribuição.

Seus olhos vampíricos se revelaram assim como as presas se alongaram. Prestes a cravar os dentes e beber, enquanto ela se contorcia de prazer com os sentidos desligados para o que lhe acontecia à volta.

— Anda logo com isso, Anne — disse a mulher na ponta do beco.

Ele parou. Havia outra pessoa ali.

— Não pare — pediu a prostituta em suas mãos. — Deixe-a para lá.

Ele retesou-se. Não iria dar certo. Havia testemunha. Soltou a mulher e caminhou para fora.

A prostituta saiu do beco, brigando com a outra por ter estragado seu programa.

Tudo começou a parecer uma má ideia. Como iria viver de sangue? Como iria sair matando as pessoas? E se alguém descobrisse?

E foi então que a viu, sozinha, andando de maneira apressada e medrosa, com uma cesta de flores na mão. Seu lugar não era ali, não se encaixava. Ela olhou para todos os lados antes de abrir a porta do sobrado, onde alugava um quarto.

53

Entrou com seu vestido surrado, apressada. Deixando para trás o seu cheiro. Cheiro bom que o provocou e fez sua curiosidade atiçar.

Caminhou, inalando. Suas veias pulsaram, seus músculos se contraíram, havia excitação dentro da calça.

Apoiou a mão na porta, antes que ela batesse de volta, se fechando. Só então se deu conta de que tinha percorrido uma boa distância em segundos. Como fizera aquilo? Como passou um quarteirão todo antes que a porta se fechasse atrás da mulher que acabara de entrar?

Não dava para pensar nisso agora, entrou, analisando o lugar. Luzes fracas nas lamparinas. Lugar velho e sujo. Ao lado, uma porta, à sua frente, uma escada para o andar de cima. Ao lado da escada, um corredor com mais dois quartos. Mas o cheiro dela subia pela escada. Ele quase conseguia ver o rastro que o cheiro deixava.

Markus andava no mais absoluto silêncio, porém ágil, como se levitasse. Logo notou que estava envolto pelas sombras que pareciam se dobrar, saindo das paredes, sendo atraídas por ele, enquanto se movia rapidamente, sem fazer qualquer barulho. Apesar de seu corpo musculoso e pesado, estava protegido pelas sombras, que agora se curvavam nas paredes, deixando-o oculto.

Ele ficou estupefato com tal ação. Ficou óbvio que, com o passar do tempo, o organismo vampírico iria, pouco a pouco, acabando com os traços humanos que obedecem às leis da natureza.

Ele dobrou a primeira curva e parou na porta do quarto da moça. Sabia que era ali, podia ouvir o coração dela batendo e até mesmo o gás carbônico saindo de sua boca a cada exalada na respiração. Podia parecer loucura, mas se concentrasse sua atenção, podia jurar sentir o calor do corpo dela através da porta.

Se fosse verdade, seria uma espécie de radar térmico. Incrível novidade que precisaria ser testada no futuro. E de súbito, simples como um sorriso espontâneo, o vampirismo começava a se tornar mais interessante do que ele poderia imaginar, crescendo nele a sensação de que poderia se acostumar com tudo o que se tornara.

A porta do quarto era um pouco torta e velha. Havia uma fresta pela qual ele olhou. A moça colocou a cesta de flores em cima da mesa. Contou o pouco dinheiro que conseguiu ao vendê-las.

Suspirou fundo, amargurada. Soltou o chapéu da cabeça e lindos cabelos negros cacheados caíram pelos ombros e costas. O perfume dos fios se espalhou.

A íris do vampiro pulsava em cores diferentes enquanto a observava se despir. Seu corpo era perfeito, suave e macio.

Antes de tirar a última peça, assustou-se. Como se notasse que alguém a observava. Olhou para os lados, sem nada encontrar. Markus continuou firme, olhando pela pequena abertura da porta. Podia sentir o tremor na pele dela, podia sentir os bicos dos seios dela se contraindo, arrepiados, e depois inchando com a respiração cortada dela.

Sentiu o sangue pulsar pelo corpo da moça e teve uma ereção quando escutou os batimentos cardíacos acelerados dela.

Ela olhou na direção dele, sem notar nada, mas ele não se moveu, continuou firme, observando.

A moça caminhou lentamente até a porta. Abriu-a devagar e tremeu ao ver o enorme homem parado a sua frente.

Levou a mão ao colo, insegura. Mas seu olhar cruzava com os olhos entreabertos e penetrantes dele.

Ela deveria correr para o outro lado. Sabia disso, pensava nisso, mas não conseguia desviar o olhar. Vacilou com o receio de ele entrar.

— Quem é você? — perguntou enquanto puxava uma toalha da cadeira ao lado para a frente do seu corpo.

— Vim comprar algumas flores. — Seus olhos percorreram o corpo nu dela. — Poderia me vender?

— Isso não é certo, você não pode entrar aqui. — Finalmente se afastou para dentro do quarto, ainda sustentando a sensação de estar fascinada na beleza do homem.

Até Markus estranhou o que aconteceu a seguir, em um momento estava na porta e no outro já estava perto dela, no meio do quarto, movimentos rápidos como o piscar de olhos. Rápidos demais para o olho humano acompanhar.

Ela tremeu. De alguma maneira, sabia que ele era perigoso, mas seu corpo não queria estar em outro lugar. Parecia hipnotizada, como se olhasse uma cobra pronta para dar o bote, sabendo que não reagiria a tempo.

O olhar dele penetrou no fundo da retina dela. Markus pensava no desejo profundo que tinha de amá-la fisicamente, de tratá-la bem, satisfazer o desejo. Era uma mulher encantadora que despertava vontades nele.

O olhar penetrante e o pensamento dele causaram na moça uma emoção diferente, algo que ela não percebia, mas que estava em seu subconsciente, veio à tona.

Pensou em si mesma como a mulher sofrida. Sem marido, largada à própria sorte. Pensou nele como um lindo macho em seu quarto, do tipo que poderia cuidar dela e da vida sofrida que levava. O sangue dela fervia, sexo puro e selvagem lhe enchia o corpo de desejo. Não havia espaço para decidir se aquilo era certo ou errado. E era exatamente nisso que ele pensou no momento em que seus olhos se fixaram nos dela. A moça parecia aceitar esse pensamento. Parecia excitada e passou a desejar tal coisa. Seu corpo demonstrava isso.

Markus não percebeu no momento, mas seu dom vampírico estava trabalhando, enfeitiçando a moça através do olhar, uma pequena sugestão mental que não duraria para sempre. Como se ele fosse uma enguia que tivesse dado um choque na vítima. Um choque elétrico momentâneo, o suficiente para dar o bote enquanto a presa inebriava-se em êxtase.

No momento em que ele encostou seu corpo no dela e os dois se pressionaram, os músculos foram sentidos, ela se inclinou para trás, deixando a toalha cair. Markus a apoiava com um braço e passava a mão livre no colo dela.

A moça se entregou, suas veias saltaram no pescoço e ele alongou as presas, que encostaram gentilmente na pele dela, causando um arrepio e ansiedade. Pressionou devagar a região. Estava gostando da sensação de os dentes penetrarem lentamente, sem fazer estrago na pele. Parecia associar a penetração das presas com a penetração sexual que desejava.

A dor comparada a um ferro em brasa, invadindo a garganta, foi inevitável para ela. Mas não foi intenção dele causar dor.

As presas entraram até a base do dente, a parte mais grossa. O sangue que escorreu molhou sua língua, fazendo-a inchar com o doce sabor. Sugou com cuidado. Igual a um beijo, sem forçar os lábios.

Sangue puro, doce como mel, invadiu sua garganta. Podia sentir que aquele sangue lhe dava muito mais nutrientes. A excitação sexual na mulher causava uma melhora na circulação sanguínea, endorfina, estrogênio, oxitocina, prolactina e os glóbulos brancos deixavam o sangue muito mais nutritivo. Naquele momento, ficou óbvio que o sexo era algo usado pelo seu organismo vampírico para se nutrir. O medo só inundava o sangue com adrenalina, deixando-o com gosto ferroso. Entendeu que se alimentar através do sexo lhe traria melhores benefícios do que se alimentar quando a vítima estivesse com medo.

Markus não conseguiu se controlar por muito tempo. Seu corpo e membro estavam rígidos. Uma potente dopamina corria pelas veias. Uma sensação de sexo e excitação sobre-humana. Não existia droga no mundo que lhe desse sensação melhor que essa.

Com a mão livre, puxou sua camiseta, rasgando-a e exibindo o tórax, enquanto a outra ainda segurava a moça pela cintura. Queria sentir o seio dela contra sua pele. Abaixou a calça enquanto a sugava. Alinhou o membro na direção exata da entrada e a invadiu devagar, sentindo cada centímetro.

Ela agarrou os ombros dele com força, fazendo seus dedos branquearem, assim que ele entrou por completo, sentindo o grosso membro pulsando. Suas pernas estavam bambas, o tremor dominava seus nervos de prazer por aquele homem que lhe invadia o corpo de todas as maneiras.

Markus entrava e saía de dentro dela, delirando enquanto lhe sugava a vida. Ele devaneou, arrepiado. Como se a eletricidade corresse em suas veias. Embriagava-se no corpo da mulher, enquanto bombeava pelo membro latejante seu esperma dentro da moça.

De repente, ela parou de gemer no mesmo instante em que ele parou de sugar.

Ela estava morta.

Olhou aquela linda mulher sem vida em seus braços. A agonia o abateu. Arrependimento e confusão cerebral tomaram conta de sua mente assim que se deu por satisfeito.

Saiu de dentro dela com uma ereção que permanecia e a deitou gentilmente na cama. Olhou a si mesmo com a roupa rasgada e partes do corpo à mostra. Só então percebeu que não tinha se controlado e a besta dentro de si havia, mais uma vez, assumido o controle.

Guardou o membro ainda ereto dentro da calça, notando que seu corpo ainda funcionava perfeitamente, apesar de ter se tornando um vampiro. Arrumou a camiseta da maneira que pôde e saiu do prédio o mais rápido e silencioso que conseguiu.

Embora tivesse bebido de Armando e da escrava e a sensação tivesse sido boa, nada se comparava ao que acabara de acontecer. O prazer da caçada. O prazer de usar seus dons vampíricos. Todo o sangue nutritivo que havia nela estava nele. Estava completamente saciado e demoraria a sentir fome de novo. Poderia dormir dias como um bebê. Além disso, seu corpo estava vivo. Cheio de energia, forte e ligado. A morte de outra pessoa, todo o sangue que alguém podia lhe oferecer, aquilo era vida, seu novo instinto. Aquilo era o que seu novo corpo pedia. Não apenas umas gotas, mas tudo.

54

Incomodado, Armando andava pela mansão. Ia da biblioteca para a sala, despois subia para o quarto e descia de novo, olhando pela janela, a fim de conferir se Markus estava retornando.

Estava prestes a deixar a sala novamente, com seu copo de uísque na mão, quando foi surpreendido por Jhonas, parado à porta e de chapéu na mão. Armando deu um salto discreto, derramando um pouco da bebida nos dedos.

– Boa noite, senhor. Desculpe incomodá-lo.

– Tudo bem, Jhonas. Aconteceu algo com os criados? – Bateu os dedos no ar, tentando secá-los.

– Não, senhor.

– O que é, então? – Expressou impaciência.

– Desde que o visitante se instalou aqui, tenho notado uma movimentação suspeita, senhor.

Armando pesou as sobrancelhas.

– Está nos vigiando, Jhonas?

– Cuidando, senhor. Estou preocupado. O senhor sabe que pode me pedir ajuda, não sabe?

– Estou bem. Não me agrada sua investida. Sua preocupação é descabida.

– É mesmo, senhor? Mais uma vez, me desculpe. Mas vi a criada presa no porão.

Armando arregalou os olhos, assustado com a revelação.

— E você não vai falar nada para ninguém, está me entendendo? Ela é assunto meu. Não lhe devo satisfações.

Jhonas abaixou a cabeça e confirmou.

— Fiz uma promessa ao seu pai e à sua mãe de que cuidaria não só do que eles construíram como do senhor também.

— Eles estão mortos, tenho certeza de que não o punirão se cuidar mais da sua vida do que da minha. Eu estou bem e não preciso de outra ajuda sua que não seja obedecer às minhas ordens. Agora, saia. E pare de bisbilhotar. Se eu precisar de você, chamarei.

O homem se retirou, deixando Armando ainda mais tenso e ansioso. A preocupação exalava pelos poros.

Deu mais um gole no uísque, um longo gole desta vez, acabando com a bebida do copo. Não contaria nada para Markus. Jhonas era um empregado importante, e não se meteria nas escolhas e no que ele faria com a criada. Enquanto não soubesse que Markus era um vampiro, havia uma chance de toda essa confusão minguar.

55

O oficial, responsável pela ordem na cidade, conferiu pela sétima vez as marcas no pescoço da mulher nua, deitada na cama. A dona do prédio a encontrou morta no dia seguinte quando foi cobrar o aluguel da florista.

Aquilo lhe parecia impossível. A moça estava seca. Rosto chupado, boca escancarada, com os dentes para fora. Olhar estático, vazio. Como se o sangue de seu corpo tivesse sido sugado pelos buracos da ferida em seu pescoço.

Fez sinal ao outro homem de branco, para que jogasse o lençol por cima dela, bloqueando aquela visão medonha antes que a tirassem dali. Havia algumas pessoas curiosas na porta do prédio. Algumas prostitutas, trabalhadores e moradores. Ele não queria que vissem o estado do corpo e começassem especulações.

Quem nunca ouvira histórias de demônios que bebem sangue? Os padres contavam para alertar os fiéis dos seres demoníacos. Os pais contavam histórias aos filhos para que os amedrontassem e assim não saíssem de casa. Histórias dos seres da noite que bebem sangue, mas isso eram só histórias, certo?

Como todo bom oficial investigativo, verdade ou não, acreditaria nas duas opções até que descobrisse o que tinha acontecido.

O oficial Colins estava ajoelhado ao lado da mulher quando se levantou, ajeitou a calça na cintura e respirou fundo. Precisava de mais evidências.

Algum sinal de qualquer coisa suspeita no pequeno quarto da pensão.

Lembrando um animal preso na jaula, rodava em círculos pelo lugar à procura de pistas.

Aos quarenta anos, sendo vinte e dois de oficial, Colins era alto, mais forte do que se esperaria para sua idade. Não tinha excesso de gordura nem barriga de cerveja como seus companheiros. Cabelos grisalhos penteados apenas com os dedos. O olhar firme percorria o lugar, mas não havia nada ali.

Nada de arrombamentos. Nem sinais de luta. Ou de qualquer coisa que não pertencesse ao apartamento de uma mulher.

Não havia pistas.

O que só o deixou mais curioso ainda.

Logo que desceu as escadas e o vento do lado de fora bateu em seu rosto, trazendo o cheiro de lixo espalhado pela rua, avistou um homem magro no canto de uma parede, bem afastado, lhe fazendo sinal chamativo. Era um cafetão conhecido dali. O próprio Colins já o havia prendido um tempo atrás e depois soltou por ter brigado com uma de suas prostitutas, uma de suas funcionárias, como ele se referiu na época.

Caminhou até o homem, torcendo para que ele tivesse algo importante para falar. Não estava de bom humor naquele dia. Na verdade, estava bem irritado e se aquilo não o levasse a nada, daria um bom e exaltado sermão no rapaz. Colins era ótimo em fazer aquilo. Intimidar.

Assim que se aproximou, o homem entrou no beco. Colins respirou fundo em sua crescente irritação e foi atrás. O cafetão segurava uma prostituta pelo braço na direção do Colins.

— Vamos. Diga a ele o que viu.

Ela hesitou e Colins arqueou a sobrancelha. Aquilo seria a respeito do crime?

— Vamos, vadia. — Sacudiu o braço dela.

— Pare com isso. — Colins tentou acalmar os ânimos e deixar a moça mais tranquila. — Diga o que você viu, nada vai lhe acontecer.

— É isso mesmo, conte como ele era. Não quero que algum assassino comece a matar a minha mercadoria.

— Eu... — Ela quase tremia, temendo que Colins pudesse prendê-la por abrir a boca. — Eu não estou dizendo que eu vi o assassino, porque, na verdade, meu programa com ele não deu certo e ele foi embora.

— Mas é alguém novo na cidade — afirmou o cafetão, sem paciência. — Ontem ela quase chupou um cara novo. — Sacudia-a. — Vamos, conte!

— Sim... um cara grande, alto e forte... E... — Olhou para o cafetão.

— Continue. E o que mais? Não vai lhe acontecer nada. Fica tranquila — assegurou Colins.

— Ele... é muito bonito. Belo como um deus. — Olhou novamente para o cafetão. — Do tipo que chama bastante atenção.

— Você não transou com o palhaço sem cobrar não, né? — Ele a sacudia de maneira agressiva.

— Não — ela quase gritou, cansada dos solavancos. — Não houve programa. Ele foi embora assim que a Jess atrapalhou tudo. Acho que ficou tímido e sumiu. Mas ele era rico, pelo menos estava vestindo roupas da sociedade.

— Já pode parar de sacudir a moça. — Colins lançou um olhar tenebroso ao cafetão, pronto a esbofeteá-lo caso não parasse com a investida.

Para Colins, nenhuma mulher merecia sofrer agressão. Isso o deixava furioso.

— Grato por isso, minha jovem, não quer dizer muita coisa. Vou ficar de olho em alguém novo na sociedade, alto, forte e... bonito.

— E loiro — concluiu ela, quase revirando os olhos de alegria com a lembrança. Afinal, todos os programas dela eram sempre com homens nojentos e bêbados. E o cafetão estava certo, se ela tivesse chance com aquele homem, teria feito até de graça.

56

Markus gastou bom tempo na mansão nos últimos dias pensando sobre sua nova condição. Relembrando e avaliando cada coisa que lhe acometeu, revivendo alguns fatos mentalmente, lembrando-se de detalhes para, de alguma forma, conseguir se entender melhor.

O que havia descoberto até o momento era que seu corpo, mesmo como vampiro, ainda funcionava normalmente.

Seus pelos ainda cresciam e ele podia cortá-los e mudar de aparência. Todo seu organismo mantinha suas funções, com algumas exceções. Agora, seu estômago não aceitava mais nenhum um tipo de alimento que não fosse sangue, que era consumido por completo e por isso seu intestino não produzia mais fezes e também não tinha mais motivos para urinar. Outra coisa que notou foi a visível melhoria em todo o corpo. Tudo havia se alinhado e sido reorganizado para que ele se tornasse uma bomba sexual ambulante. Atraente ao extremo.

O organismo vampírico, que agora assumia o controle de seu cérebro, funcionava exatamente como o dos humanos, mas sem a necessidade de um comando mental para que isso acontecesse. Esse novo organismo sabia que o sangue através do sexo era mais nutritivo, transformando Markus em todos os detalhes, para que ele despertasse no próximo o desejo sexual e assim pudesse se alimentar.

E, por isso, sua libido também ficava consideravelmente mais intensa, e ele sentia mais desejo do que quando não passava de um humano. Para completar essa artimanha, o organismo também mantinha os órgãos sexuais funcionando, a ereção ainda mais potente e intensa, bem como a ejaculação.

Agora, Markus tinha uma pele lisa e limpa, dentes alinhados e brancos, olhos atraentes, músculos perfeitos, cabelos sedosos, língua e lábios macios e vermelhos como um morango maduro e um membro grande e grosso para atiçar ainda mais a vítima. Tornando-o irresistível em todos os sentidos.

O organismo vampírico iria usar tudo que pudesse para se manter vivo e bem alimentado, proteger-se e sobreviver.

Nessa nova condição, seu sangue não era produzido através da medula óssea, tampouco se regenerava. Parou de fazer isso no dia em que ele morreu e voltou à vida como criatura da noite. Por isso, precisava renovar esse sangue com o de outra pessoa de tempos em tempos ou secaria, mas isso não o mataria, apenas o deixaria em estado de hibernação até que o novo sangue fosse posto novamente no organismo.

Revivendo mentalmente cada momento, também notou uma leve mudança na sua agilidade. Em um instante estava em um lugar e, no segundo seguinte, já estava alguns metros à frente, sem que percebesse os passos que deu até chegar ao outro ponto.

O conhecimento de si mesmo lhe trouxe uma confiança quase inabalável, que foi percebida por Armando.

— Você está diferente — afirmou o rapaz.

— Eu me sinto diferente.

— Não vai me contar o que aconteceu na sua última andança quinze dias atrás?

— É melhor você não saber, isso só o preocuparia.

De súbito, Markus levantou o dedo, interrompendo qualquer diálogo. Andou vagaroso até a enorme janela, com as cortinas abertas e a noite lá fora.

Armando não entendeu, mas obedeceu ao pedido de silêncio ao ver a preocupação em Markus e os olhos dele focados no lado de fora.

Segundos depois, não contendo a curiosidade, perguntou:

— O que foi, Markus?

— Alguém estava vigiando esta casa — afirmou o vampiro.

— Tem certeza? — Armando se levantou, curioso, indo até a janela.

— Sim, vi duas sombras ao longe, mas sumiram tão rápido quanto apareceram.

— Será que são os agentes da noite? Será que essas caçadas voltaram a acontecer? — O desespero em Armando era visível.

— Não. Eu teria escutado passos humanos. Era outra coisa. Aliás, eram duas coisas.

— Você está me assustando, Markus...

— Não se preocupe — interrompeu. — Seja lá o que fossem, já partiram. Mas precisamos ficar atentos, caso voltem.

— Seriam outros como você?

— Quem há de saber? — Markus fechou as cortinas e se retirou. — E quanto à escrava no porão?

— Ela está melhor. Você não tem tido fome e ela teve tempo de se recuperar. Você quase a matou, Markus. Acredito que ela vá precisar de mais alguns dias para que fique bem.

— Certo — concluiu Markus. — Estarei no meu quarto.

— Tudo bem. — Armando se despediu, fechando a cortina das outras janelas.

57

No dia seguinte, assim que entrou no prostíbulo, Markus tinha mudado sua atitude e roupas. Cabelos estrategicamente arrumados. Barba curta escovada. Uma roupa elegante, apertada, na medida certa, para exibir mais de seu físico. Uma confiança em si mesmo de causar inveja.

Suas armas químicas eram disparadas em todas as direções. Uma bomba sexual ambulante.

As mulheres dali sairiam facilmente com ele, esqueceriam o trabalho e o acompanhariam com prazer.

Helena, agora mais velha, passou por ele, admirada, arrastando seu longo vestido, com o impecável espartilho inflando os seios no aperto. Ela gostaria de cuidar pessoalmente daquele cliente, mas sabia que isso não seria possível. Sua filha, que agora administrava o prostíbulo, foi quem recebeu o visitante, boquiaberta. Quem era aquele homem?

— Minha nossa. É um prazer imenso recebê-lo. — Olhos nos olhos, boca salivando e pernas trêmulas. O sexo dela levando pequenas dosagens de choque. — Sou Dominica, bem-vindo ao meu estabelecimento.

— Boa noite. — Markus inclinou-se, beijando-lhe a mão, ainda a encarando.

O corpo dela acendeu, ele farejava isso.

— Procuro um pouco de companhia. — Ele sorriu, provocativo.

— Veio ao lugar certo. — Os olhos dela percorreram todo o corpo dele.

Outras garotas pararam o que estavam fazendo aos seus companheiros para olhar para Markus. Até os homens olhavam de canto de olho. Tímidos, com sentimento de inferioridade e inveja.

Uma das trabalhadoras da casa se aproximou, acreditando que Dominica entregaria Markus a alguma de suas garotas e, caso ela estivesse mais perto, seria a primeira. Mas o olhar fuzilante de Dominica já havia lhe indicado que seria melhor a garota sumir da frente ou sairiam aos tapas por causa do homem.

— Por favor, acompanhe-me. Um cliente especial como você merece o melhor atendimento.

Ela subia a escada, rebolando de tal maneira que parecia que ia quebrar o quadril. Markus começava a se excitar com o prelúdio do que viria a seguir. Sangue.

A porta do quarto se abriu lentamente, revelando um aposento muito bem mobiliado e elegante. Tudo era limpo, fino e cheirava a incenso suave de jasmim. Dominica estava parada à porta, e Markus passou por ela. Seus corpos se rasparam de leve. O dele era quase da altura e largura do batente. Os corpos perto e o calor entre eles a fez estremecer.

Deu uma boa olhada ao redor.

— Um lugar aconchegante. — Ele se sentou em um sofá de dois lugares de madeira ornamentada escura e almofadas forradas de cetim vermelho. Acomodou-se com as pernas abertas, longas coxas maciças, projetando o corpo de maneira provocativa, convidativo.

— Quer algo para beber? — ela ofereceu, sorrindo e admirando.

— Claro. Uísque. — Assim que ela se virou, ele abriu os primeiros botões da camisa, revelando parte do tórax. A caçada havia começado. Essa era a maneira de correr em círculos em volta da presa, cansando-a. Deixando-a fácil de ser abatida. Agindo de forma estratégica em cada detalhe, parte do tórax com os pelos curtos à mostra, pernas abertas, corpo relaxado e o volume da calça projetado para frente. A expressão corporal fazia com que ela prestasse atenção nos atrativos e se esquecesse do resto.

Assim que se virou para lhe entregar o copo e cravou o olhar naquele monumento sentado em seu sofá, titubeou por um segundo, quase de maneira imperceptível. Sentiu a boca encher-se de água enquanto analisava cada detalhe másculo do homem.

Sentou-se ao lado dele, observando os músculos se flexionarem quando ele pegou o copo da mão dela, mas não bebeu.

— Não está com sede? — ela indagou com gentileza.

— Estou com sede de outra coisa. — Colocou o copo na mesinha da frente e, assim que pôs as costas no sofá, ajeitou a cintura para frente.

A mão dela pousou em sua perna, na coxa, enquanto os dois se encaravam sorrindo. A mão foi subindo, sem desviarem o olhar. No momento em que a mão dela chegou ao volume no meio das pernas, ela soltou um suspiro. Não se conteve, beijou-o na boca.

Lábios e línguas se enrolando. Mãos percorrendo corpos. Parou de beijá-la e puxou a blusa dela de lado, revelando os seios fartos. Passou a língua nos mamilos, fazendo círculos. Suas presas apareciam, enquanto ela jogava a cabeça para trás de prazer, sem ver o que acontecia.

Querendo retribuir o carinho, ela se ajoelhou em sua frente, abrindo sua calça.

— Meus Deus! — Suspirou, assim que libertou o membro dele da prisão.

Ela não resistiu e começou a trabalhar com a língua e a boca por toda a extensão, engolindo o que conseguia, deixando tudo lubrificado.

As carícias com a língua e a respiração ofegante deixaram o quarto todo quente. Ele a levantou pela cintura, puxando-a para si, sentando a moça em seu colo, beijando seu pescoço, enquanto se levantava com ela grudada nele, as pernas em volta de sua cintura.

Colocou-a sentada na cama de pernas abertas. Levantou o vestido dela e sua língua quente e úmida começou a percorrer toda a perna, subindo pela coxa. Colocava o rosto entre as pernas dela, fazendo-a delirar, perdida na excitação.

Dominica se deitou na cama, aproveitando as investidas da língua dele na pele dela.

De repente, ele parou. Ficou em pé na sua frente, abriu melhor a calça, enquanto ela se ajeitava no colchão.

— É a coisa mais perfeita que já vi na vida — confessou Dominica ao olhar o membro dele e alisá-lo com os dedos, admirada.

Markus se acomodou na cama, de modo que sua cabeça ficasse na direção dos pés dela e vice e versa. Ela começou a chupá-lo novamente e ele fez o mesmo com ela, a posição de meia nove levou os dois à loucura.

Dominica tinha a razão em segundo plano, deixando a excitação dominar sua mente, o mesmo acontecia com ele.

Markus não resistiu, cravou as presas perto da virilha. Ela sentiu a dor, a ardência inicial, que logo sumiu com a excitação, afinal, ela já tinha sentido dores piores com alguns clientes que gostavam de sexo violento, nenhum que gostasse de morder forte, mas ela não iria julgar neste momento, pois neste caso, com Markus, a dor era quase boa, a ponto de ela ignorar e abocanhá-lo com mais vontade ainda. Quase anestesiada.

Um homem forte daquele tamanho e com o rosto perfeito poderia fazer o que quisesse. Ele continuou trabalhando entre as pernas dela. Sugando.

A excitação era imensa. Ele achou que iria atingir o orgasmo, mas se segurou, enquanto ela o fez. Havia tempos não acontecia isso com um cliente.

Ele bebeu uma quantidade boa de sangue. Não o suficiente para deixá-la mal. Alisou a marca da mordida com a língua, a saliva dele quase curou o ferimento e ele se surpreendeu com a nova descoberta. Passou os dedos e, ao perceber que a ferida estava quase imperceptível, como se fosse uma picada de inseto, levantou-se, colocando os dedos no queixo dela.

Ele pensou por um momento em como iria conversar com ela e ir embora ainda com as presas alongadas, talvez fosse melhor sair correndo, ela não poderia ver aquilo. As presas estavam saltadas, cheias de energia, assim como seu membro. Precisava pensar no que fazer, seu desejo em escondê-las era tão intenso e tão cheio de preocupação, que a ordem de seu cérebro as fez se retraírem. Uma nova descoberta, um sorriso com essa revelação retrátil.

— Você é maravilhosa. — Lançou o olhar sedutor.

Ela poderia gozar novamente só com aquele olhar. Ambos se levantaram, arrumando as roupas.

— Você é mais ainda. Vou vê-lo de novo? — perguntou, curiosa, ainda ofegante.

— Sem dúvidas. — Markus deu um beijo suave na bochecha dela. — Quanto lhe devo?

Se prometer voltar, nada.

— Então, temos um acordo.

Sorriu e saiu, deixando-a recuperar-se da experiência.

Estou aprendendo, pensou ele.

Já na rua, caminhando em direção à mansão, feliz consigo mesmo, sentindo-se vitorioso e esperançoso no futuro dele como vampiro, surpreendeu-se com um cheiro diferente que lhe acertou o nariz. Um cheiro de metal velho, enferrujado. A sensação de desconfiança lhe veio ao peito. Talvez fosse mais um de seus dons, cada dia que passava, sentia novos odores que despertavam emoções nele. Medo, desejo, receio, cada cheiro tinha seu próprio sinal de alerta.

Colins estava atrás dele assim que se virou.

58

— Boa noite — cumprimentou o oficial com um leve aceno de cabeça, aproximando-se, brandando seu sobretudo de tecido grosso.

— Boa noite — respondeu sério. Teve vontade de rosnar. Sabia que a intenção dele não era das melhores.

— Vem sempre aqui?

— E o que lhe interessa?

— Tudo me interessa. Eu cuido da cidade. Sou o oficial responsável.

Problemas. Mantenha a calma.

— Vai dizer o que deseja logo, oficial? Quer trepar? — Sorriu provocativo.

— Quero saber o que fez. — Colins era firme como uma rocha. — Um homem que usa um casaco longo de veludo lustrado como o seu deve ter alguma importância.

— Trepei. Com a dona do bordel. Ela gostou tanto que nem cobrou. E, não, não foi ela quem me deu o casaco — desdenhou.

— Onde você está hospedado?

— Isso é um interrogatório? — Acendeu o tabaco com cheiro de canela. — Estou sendo acusado de algo?

— Ainda não. Mas ficarei de olho. Olho em tudo.

— Pode olhar meu traseiro enquanto me afasto se quiser.

Virou-se e partiu.

Colins pensou que a meretriz tinha razão. O cara era bonito. Mas, pelo jeito, não tinha nada de errado. Não fazia o perfil. Além disso, Dominica estava bem e parecia em êxtase de tão feliz quando conversou com ela sobre o estranho.

59

Markus raciocinava enquanto entrava na mansão. Com certeza o oficial não tinha nada contra ele, porque se tivesse, já teria tomado uma atitude. O fato de ter acontecido uma morte no mesmo momento de sua aparição na cidade podia ter atiçado o lado detetive do oficial, mas não havia provas. Ele já tinha pensado nisso e refeito a cena do crime mentalmente tantas vezes que sabia que não teriam como associar tais coisas à sua pessoa.

Markus quase trombou com um senhor na faixa dos cinquenta anos que saía da mansão no mesmo instante em que ele entrava pela porta. Estava tão inerte nos pensamentos que não o notou ali.

— Boa noite, senhor Armando. Passar bem — o homem despediu-se. Cumprimentou Markus com um aceno de cabeça quando passou por ele e partiu.

— Quem era? — Markus era pura curiosidade.

— Senhor Harris, advogado. Negócios a tratar — desdenhou com a mão. — Nada de mais.

— Certo. — Nem quis se aprofundar no assunto. Devia ser sobre coisas financeiras que ele nem entenderia, afinal.

— Como foi a noite? — Armando perguntou enquanto os dois caminhavam pelo corredor.

— Bem. — Lembrou-se do oficial, mas decidiu não contar nada, não queria preocupar Armando sem necessidade. — Foi tudo bem.

— Está bem alimentado? Deu tudo certo ou tem mais planos para hoje? — A curiosidade de Armando era evidente.

— Não. Ficarei só em meu quarto.

— Será que existem outros?

— Do que fala?

— Pessoas como você.

— Quem há de saber? — O questionamento afetou Markus. — Com certeza sim, alguém transformou quem me transformou, ou me contaminou, sei lá. A pergunta é, onde eles estão?

Se pegou por um momento pensando no assunto. Seria bom conhecer outro vampiro, deixar de ser uma espécie solitária, aprender com alguém mais experiente. Sua nova jornada poderia ser mais fácil tendo a chance de aprender mais, se conhecer melhor.

— Bem, estamos em 1560. —Armando continuou.

— Isso quer dizer o quê?

— O mundo é muito grande, eles podem estar em qualquer lugar. Vasco Núñez viajou pelo Mar del Sur. Nunca pensei que tal coisa fosse ocorrer... Quero dizer, tudo é possível. Até descobriram um novo continente tempos atrás, uma nova colônia para Portugal, que chamam de Brasil. Eu ficaria triste em seu lugar sendo o único que existe.

— Não preciso de companhia — irritou-se por achar que Armando estivesse se oferecendo para ser um vampiro ao lado dele. Mesmo porque ele nem fazia ideia de como transformá-lo.

Depois, penalizou-se pela grosseria com a única pessoa que estava realmente o ajudando, sem julgamentos, e lhe dando um lar.

— Quero dizer, não quero que outra pessoa sofra como eu.

— Eu entendi.

Houve um silêncio.

Markus sorriu antes de dizer:

— Mas posso lhe dar um presente, Armando.

— Um presente? — Ele sorriu de volta, curioso.

Markus pegou uma mão de Armando e afastou a manga do pulso. Depois fez o mesmo com a outra. Puxou o pulso do rapaz para si, aproximando-o da boca.

– Você ainda quer se alimentar? – Armando estranhou. Markus fez um som de pedido de silêncio com o dedo na boca.

Estava tão animado com a novidade que tudo ao seu redor passava despercebido. Colocou a língua limpa e vermelha para fora e lambeu a mordida do pulso de Armando, que delirou com a situação.

Fez o mesmo no outro pulso.

– O que foi isso? – Armando estava atônito, sem entender o que aquilo significava.

Markus segurou as mãos de Armando e virou os pulsos para cima. Armando olhou a ferida, cicatrizando quase que por completo.

– Minha nossa! – surpreendeu-se. – Sua saliva cura a ferida.

– Até amanhã. – Markus sorriu galanteador, feliz consigo mesmo.

– Até. – Continuou admirando a ferida e o efeito da saliva, sem notar que não estava sozinho.

Jhonas observava tudo pela janela.

60

Colins estava estragando tudo. O oficial parecia durão, do tipo que ficaria de olho e não desistiria fácil. Se não tomasse cuidado, a cidade viraria um local perigoso para ele. Tão perigoso que voltou a pensar na ideia de beber somente dos criados ou de Armando, revezando o quanto pudesse. Mas como conseguiria sangue nutritivo advindo do sexo deles, para conseguir passar pelo menos quinze dias sem precisar se alimentar?

De Armando seria fácil. Mas não queria isso.

Conseguir uma nova escrava e fazer diferente desta vez? Fazê-la se apaixonar e sentir prazer com ele? Isso demoraria muito.

Ali, sabia que ninguém se intrometeria, tampouco se importaria. Os criados eram de Armando e ele poderia fazer o que bem entendesse que ninguém falaria nada. Pelo menos, não enquanto não fosse erradicada a escravidão. E isso, para ele, naquele momento, parecia algo que nunca iria acontecer. Teria alimento para sempre. Já havia feito insistentes pedidos para que Armando lhe trouxesse outra escrava.

Mas os dias estavam passando. Já havia transcorrido duas semanas que não bebia nada. Armando se recusava veementemente. Chegou a pensar que o rapaz estaria negando outro escravo de propósito, para que ficasse sem opção e bebesse dele, mas ele não faria isso. Não entraria no jogo, não se entregaria.

Ele olhou para a escrava na cama, presa em correntes. Ela parecia um pouco melhor. A pele estava voltando à cor natural. Mas ainda estava fraca física e mentalmente, parecia se entregar, desejar a morte.

— Você precisa melhorar — alertou Markus. Ela levantou os olhos com pesar.

— Melhorar para quê? Para continuar presa e você se alimentar de mim?

— Já disse que não faço isso por mal.

— Não é mau só para você. — Virou o rosto.

O pescoço ficou exposto assim que ela o girou. Markus fechou os olhos, tentando em vão pensar em outra coisa. Não queria matá-la. Não queria matar mais ninguém, tudo chegava a um ponto que isso parecia não ser mais possível de controlar. A besta acabaria vencendo no final, mesmo contra a vontade, e ele acabaria matando sem perceber.

Duas semanas sem beber começavam a ter seus efeitos. O estresse, irritação e nervosismo eram evidentes. Andava pela mansão como um bicho enjaulado no zoológico. Tentava desvencilhar-se de Armando, evitá-lo, mesmo sabendo que o rapaz gostaria daquilo. Mas ao lembrar-se de que Armando, provavelmente, se sentiria excitado com tal coisa o fazia desistir por um momento. Seu cérebro parecia ser seu pior inimigo, a todo instante, como que por vontade própria, conversando consigo mesmo, tentando fazê-lo mudar de ideia.

E daí se Armando sentisse atração? Qual era o problema?

Ele era um demônio. Isso, para ele, já o tornava pior do que qualquer um. Armando era normal perto dele. Estava sendo tão bem tratado, tão bem cuidado, tendo um lar para morar e alguém que não o julgava. Não poderia fazer um agrado? Não precisava dormir com o rapaz, era só beber dele. Com toda certeza, ele ficaria feliz de dar o sangue para Markus. Estava lhe dando muito mais nesses últimos meses. Deixava de lado suas convicções e morais para que Markus ficasse por ali, vivendo aquilo em que ele se transformara, sem questionamentos ou imposições.

Ele percebia a tristeza em Armando. Aquela tristeza de querer estar perto e não poder. Se ele continuasse a tratar Armando com desdém, será que o rapaz se vingaria? O expulsaria? Como ele iria viver?

Estava parado na porta da mansão, inerte em pensamentos, tentando driblar a fome que gritava em seu interior. Contemplava a enorme lua cheia no céu sem nuvens. Dias assim ele ficava mais aceso, mais excitado. Além de tudo isso, somava-se o fato de que acreditava estar sendo vigiado. Tempos atrás, viu duas sombras se moverem, como nunca mais as avistou, começava a acreditar que não tinha sido nada além de preocupação com Colins.

Um escravo alto e musculoso chamado Paul passou na sua frente. Apressado, pois sabia que não deveria estar passando ali naquele horário. Poderia levar chicotadas por tal inconveniência, embora depois que o pai de Armando falecera tal coisa não acontecesse mais, não era bom arriscar.

Uma das criadas vinha em direção à mansão, cruzando o caminho com o homem forte que seguia no sentido contrário. Os dois se olharam, como se tivessem um segredo.

— Boa noite, senhor. — Inclinou-se em cumprimento. — Posso lhe trazer algo? — perguntou, solícita, pois acreditava que o fato de ele estar parado ali era porque desejava algo.

— Claro. Que tal um copo de uísque? — Sorriu, malicioso.

Ela confirmou com a cabeça e os dois foram até a sala onde ela o serviu. Ele segurou o copo, inalando o cheiro de álcool, olhos fixos nela, expressando desejo.

— Quer um gole? — Ofereceu o copo para ela.

— Por Deus, não. Jamais faria tal desacato.

— Desacato é recusar algo que estou lhe oferecendo de bom grado.

Ela titubeou. Estava em uma enrascada. Não teria como recusar, pegou o copo da mão dele e sentiu o dedo de Markus acariciar de relance sua mão, e seu corpo teve um leve choque de nervosismo.

Tímida, deu um pequeno gole e um filete de uísque escorreu pelo canto da boca.

Quando voltou o olhar para Markus, os olhos dele estavam fixos dentro dos dela, com o pensamento focado no que queria que ela pensasse, como havia feito com a florista. Começava a descobrir que a resistência de cada pessoa era diferente. Alguns eram mais fáceis e outros mais difíceis. E uma pessoa com vícios parecia ser mais facilmente manipulável, como, por exemplo, tentar convencer um ex-alcoólatra a tomar um gole de aguardente, dançando com o copo em seu nariz. Se existia alguém em quem seria impossível implantar alguma sugestão mental, ele ainda não sabia.

— Não faz bem desperdiçar. Venha aqui. — A puxou gentilmente para si.

Armando estava a ponto de entrar na sala quando viu a cena, parou no batente da porta e se escondeu, observando o que estava acontecendo somente com parte da cabeça à mostra. Markus o captou com seus dons no mesmo instante, mas decidiu fingir que não o tinha visto.

Markus colocou uma mão atrás do pescoço dela, conduziu o rosto da moça até a sua boca. Sua língua vermelha lambeu o queixo dela, subindo até os lábios, limpando o rastro de uísque pelo caminho.

Ela parecia incomodada, mas não podia recusar ou ser malcriada. Temia que isso pudesse lhe custar a vida.

— Gostou? — A voz era rouca e sussurrante.

— Sim.

— Eu também. — Sorriu de canto de boca, galanteador.

Ele conduziu a mão dela até o meio de suas pernas. Ela suspirou a cada movimento circular que ele fazia com a mão dela sobre o seu membro.

Seus olhos fixos nos olhos dela. Tentando transmitir uma sugestão mental. A mente da criada estava entre decidir se isso era certo ou não. Confusa e perdida.

— Sente-se na minha perna — pediu com gentileza.

Quero? Não sei, acho que quero, ela pensou, confusa.

Markus se acomodou na poltrona, receptivo, esperando a moça sentar-se no seu colo. Assim que ela o fez, ele alisou os cabelos dela, afastando-os do rosto para vê-la melhor.

Ela tremia levemente e a beijou para acalmá-la. Enquanto o fazia, abaixou o vestido da criada, deixando os seios expostos.

Precisava excitá-la, fazer com que o organismo dela se preparasse para o sexo, distribuindo nutrientes químicos pelo sangue. Descobrira que não precisava necessariamente chegar à conclusão do ato, não precisava penetrá-la para que o sangue se tornasse mais nutritivo, as preliminares também tinham aquele efeito. Ajeitou-a em seu colo, ela levantou o vestido para se acomodar melhor nas coxas dele, de modo que podia remexer o quadril para massagear o membro de Markus enquanto se beijavam.

Ela abriu a camisa dele, revelando seu tórax. Passava os dedos delicados em seus pelos curtos. Markus a agarrou com os fortes braços pela cintura, forçando-a para baixo e para cima, para provocá-la ainda mais. Ela se inclinou para trás, jogando os seios para frente, no rosto dele, para que mamasse neles.

Enfiou a boca no colo dos seios dela e forçou a cintura dela para baixo.

Ela sentiu a dor no seio nesse momento, mas continuou, queria agradá-lo e a recusa podia levá-la às chibatadas. Era difícil saber se tudo acontecia por causa da indução mental dele ou pela situação escravizada que a moça se encontrava. E logo ele teve certeza, o sangue tinha gosto de ferrugem, ela não estava excitada, nem com vontade de estar ali, estava com medo de desobedecer e ser castigada.

Ele tirou a cabeça dos seios da escrava após mordê-la e beber. O sangue que escorreu havia manchado o corpo dela e o dele. Sua boca e sua barba loira estavam vermelhas.

Armando continuava observando, escondido, estava em um estado de excitação e horror tão grande que as sensações se confundiam em uma coisa só.

Markus sentiu pena dela, mas era tarde demais para voltar atrás.

Tentou excitá-la mais uma vez, beijando-a, retirou seu pau de dentro da calça e roçou no meio das pernas dela. Mancharam a boca de ambos com o sangue. A criada sugava a língua grossa e vermelha dele enquanto esfregava o corpo no dele, molhados de sangue. Ele arqueou as presas e mordeu o pescoço.

Ela não gritou, em sua mente desejava que o patrão se satisfizesse logo, gozasse e a liberasse.

Mas, para a infelicidade do vampiro, o sangue ainda estava ferroso. Seria um bom alimento, mas não o suficiente para que ele só precisasse se alimentar duas vezes por mês. Por isso, precisava sugar mais.

Tudo já estava perdido. A criada não poderia ser liberada de volta aos casebres e contar tudo o que aconteceu.

Markus parou de sugar no limiar entre a vida e a morte. Colocou-a gentilmente no chão. Cansada, exausta e fraca. Olhou para a porta, diretamente nos olhos de Armando. Levantou-se, exibindo a ereção. Sabia que não daria ao rapaz o que ele queria, mas para agradá-lo de alguma maneira, deixou-o assistir e exibiu a luxúria de seu corpo para Armando admirá-lo.

— Gostou, Armando?

— Meus Deus... O que fez?

Acho que ele não gostou.

61

— Precisamos levá-la para baixo, Armando — disse Markus.

— Você a leva! — A raiva de Armando era latente. Saiu dali irritado, correu até o quarto, trancando-se lá. Odiando-se por ter gostado, por ter ficado excitado, por ter desejado estar no lugar dela.

Markus, ainda com a camisa aberta e sujo de sangue, arrumou a calça, cobrindo de volta seu membro rígido, segurou a mulher no colo e a levou para o porão.

Jhonas observou a cena pela fresta da cortina, escondido atrás da janela, do lado de fora.

Assim que Markus entrou com ela na despensa, a outra escrava se assustou. Teve vontade de gritar em desespero, mas ao ver que o patrão trazia no colo sua amiga, ficou mais preocupada em saber se ela estava bem e em ajudá-la do que qualquer outra coisa.

— Meu Deus, o que fez com ela? — desesperou a outra, estendendo a mão para ajudar a amiga desacordada.

— Ela vai ficar bem — retrucou, colocou a moça na cama. Não se preocupou em amarrá-la, naquele estado ela não iria para lugar algum por um bom tempo, isso se não morresse.

Subiu de volta para a mansão, marchando. O corpo pesado fazia seu grande pé estourar no chão.

Apesar de satisfeito e saciado, estava nervoso. Girou a maçaneta do quarto de Armando, quebrando o trinco com facilidade. Fechou a porta assim que entrou e, como um touro bravo, foi para cima dele. Armando se encostou na parede, assustado com a visão daquele corpo enorme que poderia esmagá-lo. Músculos tensionados e saltados, veias inchadas. Expressão furiosa no rosto branco manchado de sangue, olhos azul-claros brilhantes.

Usou seu antebraço para prender Armando pelo pescoço, não lhe deixando escapatória. Suas presas pareciam projetar para fora enquanto estava sob o domínio da raiva.

– Eu sei que você gostou. Você sabe que gostou. – Farejava o ar ao redor de Armando, tão próximos que parecia que iam se beijar. – Seu cheiro o denuncia. Eu aqui, capaz de matá-lo com um movimento, sujo de sangue, um monstro, e, mesmo assim, você ainda se entregaria para mim.

Com um braço ainda pressionando o pescoço de Armando, usou a outra mão para pegar a do rapaz, levou-a até seu membro ainda ereto e fez Armando apalpá-lo, enchendo a mão do rapaz com sua ereção.

– É isso que você quer? Sabia que eu poderia matá-lo de tanto beber seu sangue por não conseguir me controlar? Você sabe, não é? E, mesmo assim, quer tudo isso.

Armando tentou puxar a mão de volta, mas Markus a segurou.

– Então, burguesinho mimado, pare com essa crise de horror, porque eu sei o que você sente, e é o contrário do que tenta demonstrar.

– Algo dentro de mim tinha que morrer para caber você – lamentou Armando. – E foi a minha sanidade que morreu no dia em que o conheci.

Markus soltou o rapaz, quase triste com aquela declaração. Armando ofegava, enquanto Markus se afastava devagar.

– Quem tem a maldição sou eu, Armando. Estou fadado a matar para viver, não você. Você ainda pode ter uma vida normal depois que eu me for. Dane-se esse tal de Bertrand.

– Dane-se? Você não sabe do que ele é capaz. Jamais terei uma vida normal.

– Ele não pode lhe fazer mal aqui dentro. Use um escravo, se quiser. Mas faça alguma coisa. Mate esse desejo antes que ele o mate. Não vou ficar aqui para sempre.

As palavras *não vou ficar aqui para sempre* foram como uma faca cravando no peito de Armando. Uma dor tão forte que ficou sem palavras.

Diante do silêncio, e porque já havia terminado de falar o que queria, Markus saiu do quarto. Armando desabou, nunca teria Markus fisicamente. Mas se não tomasse cuidado, não o teria nem emocionalmente.

Markus voltou para seu quarto, com as pernas bambas.

Chocado consigo mesmo e no quanto estava mudando.

Entrou na banheira e o sangue de seu corpo manchou a água rapidamente. Refletiu sobre tudo que acontecera, era evidente que a sua reação não fazia parte dele nem de sua índole. Ele não era assim, sabia muito bem de onde surgia esse ser, essa besta dentro dele.

Não tinha controle, ao menos, ainda não havia aprendido. Sua nova natureza o fazia cometer tais atos obscenos, apagando o que ele tinha de humano em si. O que mais o chocava era que estava, pouco a pouco, se acostumando com isso, sem se dar conta de que parecia um cachorro raivoso no momento em que se descontrolava. Punindo-se depois, quando se acalmava, por ter cometido esses atos.

Não poderia deixar de se alimentar por muito tempo novamente. Não queria se descontrolar de novo. Mas ali estava a armadilha, alimentar-se sempre significava mais corpos, mais mortes.

De uma maneira ou de outra, aquele demônio dentro dele, aquilo que ele havia se tornado iria acabar vencendo. Iria quebrá-lo, era só questão de tempo enquanto o fazia se acostumar com aqueles atos. E mesmo contra sua vontade, mesmo sem intenção, acabaria se acostumando com os cadáveres pelos quais era responsável. Como seria daqui a alguns anos? Após muitos corpos? Veria as pessoas apenas como gado? Sem emoção, sentimento ou respeito ao próximo?

Ou talvez devesse ter ao seu lado alguém que lhe amasse de forma incondicional. Poderia beber sangue nutritivo derivado do sexo, alimentando-se menos por conta dos nutrientes, e sem corpos ao seu redor.

62

O dia seguinte passou lento demais. A noite demorou a chegar. Markus estava se sentindo sufocado dentro da mansão.

Por mais que tentasse lutar, a nova condição ia tomando conta do seu ser. O instinto brotava, florescia e criava raízes por todo seu corpo.

A noite o chamava, assim como o desejo de descobrir mais sobre si mesmo. Embora a companhia de Armando o acalentasse em alguns dias, em outros, o irritava.

A escuridão o chamava, e os seres humanos desprotegidos e cobertos por ela se tornavam cada dia mais convidativos. Era nesses momentos que ele saía, caminhando a esmo pela cidade e arredores. Não antes, claro, dos alertas de Armando.

– Vai sair de novo, Markus?

– Claro. Não sou igual a você, não consigo viver recluso por toda uma vida. – Levantou-se da cadeira, arrumando a camisa por baixo do sobretudo negro de veludo.

Antes de chegar à porta, Armando o chamou de novo:

– Markus...

Ele parou no batente, olhando para trás por cima do ombro.

– O quê?...

– Não, nada – suspirou.

A noite estava agradável e a lua lutava para ser vista entre nuvens, que só deixava tudo ainda mais escuro, sem brilho, e perfeito para se ocultar nas sombras.

Para um vampiro, tudo se torna intenso demais, em especial à noite, quando seus sentidos estão no auge. O barulho do vento na grama, o perfume de uma mulher a distância, o som do coração bombeando sangue pelo corpo. Um simples olhar era capaz de captar a veia saltando na pele enquanto leva sangue a todas as extremidades com tanta perfeição que seria impossível errar uma mordida.

63

ANO DE 1561

O idoso Bertrand apoiou melhor sua bengala assim que parou de andar. Arrumando a postura e firmando o apoio. Estar velho era um de seus maiores nervosismos na vida, aquilo que o fazia suspirar na hora de se deitar, rezando mentalmente, pedindo que o levassem enquanto dormia, e suspirava na hora em que acordava ao confirmar que suas preces não foram atendidas.

Essa incapacidade que lhe tolhia boa parte das coisas de que gostava quando jovem e a lentidão que o corpo velho e cansado lhe impunha eram um martírio que parecia interminável na sua mente. Uma tortura que chegava a acreditar com firmeza tratar-se de algum castigo que Deus lhe instituía. O motivo? Ele não fazia a menor ideia, por isso passava os dias remoendo o assunto sem chegar a uma conclusão mínima e satisfatória que fosse.

Aos seus olhos, ele havia feito tudo que a Igreja o mandou, ou melhor, tudo que Deus mandou. Limpado o mundo da escória homossexual, abdicado do sexo e de suas artimanhas e era isso que ganhava no final? Uma velhice que o castigava? Um purgatório interior em que se encontrava? Por que isso estava acontecendo com ele?

Bertrand suspirou mais uma vez na frente do enorme barracão, agora abandonado, que já fora uma cadeia a seu comando. O famoso e impiedoso Bertrand. A única faísca de alegria que tinha era a de que todos de sua época provavelmente já estavam mortos e não podiam vê-lo assim, com o corpo debilitado pela idade.

O vento estava agitado na noite negra como piche. A lua mal conseguia transpor seu brilho através das nuvens carregadas que cobriam o céu. E o barracão velho, gasto e desintegrando com o tempo, agora afastado da cidade, que foi se desenvolvendo ao longo dos anos para longe, parecia lutar contra os desmoronamentos. Uma briga que iria, inevitavelmente, perder em algum momento. O vento cruzou o ar novamente, derrubando algumas telhas do telhado exposto ao tempo.

Agora, sentia-se exatamente como aquele barracão. Caindo aos pedaços, esperando tudo desmoronar de vez e o fim chegar.

Durante todos esses anos, ele ficou ali perto, morando na mesma casa de sempre, vivendo das lembranças de sua juventude de caçador. Sua força e imponência. E, pouco a pouco, conforme o tempo ia passando, seu corpo ia se deteriorando, assim como a construção amada que lhe remetia aos dias de glória. Com o tempo, visitava cada vez menos o local, conforme sua disposição de caminhada permitia.

Recusando-se a seguir a população e mudar-se para o centro, foi ficando para trás, sozinho naquela vila abandonada pelo tempo e por todos. Esquecido.

Firmou a bengala na mão e, dando um passo de cada vez, chegou até a porta, empurrando-a com a mão, fazendo o ranger da velha dobradiça ecoar pelo lugar.

À sua frente, um enorme corredor. As pombas saíram voando, assustadas, levantando poeira e deixando penas para trás. No final do corredor, ficava a escada para o calabouço, poucos pés abaixo do assoalho em que se encontrava. À sua esquerda, o antigo escritório, e à direita, a pequena capela.

Entrou nela assim que atingiu o batente da porta de entrada. Com dificuldade, ajoelhou-se na frente da estátua de Cristo e seu mosquete caiu da cintura. Se iria se matar, não tinha certeza. Mas gostava de saber que existia essa opção e que ao menos isso era do seu próprio controle.

Elevou os olhos para a imagem e deu início à lamentação de uma mente conturbada. E ali, em sua loucura, pregou sozinho.

— Sexo. Ah, o sexo — começou em voz alta. — Maldito és tu em Terra, que de maneira sorrateira e ardilosa corrompeste o princípio da criação divina, aceitando o abraço e a proteção das asas de satanás. Tu, maldito, fonte corruptível da mente humana. Que desde os primórdios transformaste o ato da geração da vida em um simples prazer carnal.

"És arma secreta e potente do demônio a afastar todos do Pai que o criou somente como porta de entrada de novas almas na terra. Tu, sexo ardiloso, sentiste o gosto do prazer químico da carne. Viciaste a ti mesmo, condenando-te. Não contente com tua posição de procriador, que julgaste inferior na criação, sem escolha da própria vontade, onde deveste, por toda a eternidade, ser bom servidor de Deus como porta do universo em terra."

– Tu que governavas sozinho nos primórdios do planeta, para que Adão e Eva povoassem a terra com Deus acima e o diabo abaixo, não satisfeito pela vaidade e orgulho, juntaste ao demônio na sua busca pela dominação. Como castigo, foi penalizado a séculos de maus dizeres sobre ti pelos homens varões e bondosos em terra de Deus. Por isso, a ti foram atribuídas as palavras "promíscuo", "pecaminoso", "prostituta" – exaltou-se. – Assim tu, ordinário, foste julgado e culpado de corromper as mulheres por simpatizarem contigo e por serem naturalmente, assim como Eva, fracas de mente, ardilosas, sedutoras e luxuriosas. Encontraste o aliado perfeito na criação divina para corromper o tão bondoso homem varão do Senhor. Duas cobras usando do veneno mais potente da imaginação humana. Antes foste um veneno mortal.

"Mas tua artimanha, juntada com a mulher, o transformaste em veneno horrendo que não corrompe o corpo, e sim a alma, degradando-a."

– Culpado! – gritou. – Culpado mil vezes por trazer ao varão o pecado, tornando-o sofredor em terra. Pederasta, incesto, poligamia, pornografia, safadeza e tantos outros adjetivos que tu, através de tua aliança com Satanás nos primórdios, trouxeste à Terra a maldição. Saibam disso. Não se enganem. Pobres homens varões, sofredores angelicais, que nada tinham de mal antes de ti, mulher corruptora, viciá-los com o sexo. Não a mim, que me mantive casto e puro na carne.

"O demônio através de ti, sexo, e todos que de ti compartilham só pelo prazer e não pela procriação, são os culpados por fazer as pessoas terem a mente ofuscada e enganada, entregando-se aos prazeres que são absorvidos pela carne. Maldita mulher sangrenta da lua mensal, corrompendo varões por todo o sempre com o pecado da carne. Mas eu não, Deus. Sou espírito bom. Por que me odiou, jogando-me na terra pela porta das pernas das mulheres imundas? Devia ser anjo e não humano."

"Por que existe tu, pederasta? Por que Deus permitiu que o diabo o criasse?"

O estalo atrás dele fez seu corpo tremer. Ele não estava sozinho. Sua nuca arrepiou e sua pálpebra tremeu antes de se virar. Havia alguém ali. Em algum lugar.

— Mostre-se — sussurrou, melindroso. Respirando fundo, criando coragem, disse de novo em tom mais firme: — Quem está aí?

Apoiando-se junto à bengala, levantou-se vagaroso. Com o olhar falhado na retina comprometida pela catarata, forçava a vista tentando enxergar melhor.

Escutou mais um estalo no assoalho gasto. Alguém estava indo em direção ao calabouço. Ou seria sua parca audição pregando-lhe peças? Quem estaria ali àquela hora da noite? Não havia mais uma só alma morando nas proximidades.

Uma risada baixa e ardilosa ecoou pelo lugar. Agora, não havia mais dúvidas. A curiosidade era muito maior do que o medo do imprevisível. Receio de não conseguir se defender com a idade.

Caminhou pelo longo corredor, como quem caminha para a morte. Uma gota de suor escorreu pela face, uma mistura de calor no corpo ofegante. Parou na ponta dos degraus, olhando para baixo o corredor que se estendia com celas de ambos os lados.

Mais um estalo.

Com uma mão segurando a bengala e outra apoiada no mosquete, desceu com cuidado os degraus. Assim que chegou ao fim da escada, fitando o corredor a sua frente, começou a olhar as celas à procura de alguém.

E a voz se fez ouvir por todo lado, tornando impossível para Bertrand saber sua localização. Disfarçando o mosquete, escutou.

— Eu tive pensamentos como você antes — desabafou o ser oculto, deixando sua voz grossa reverberar nas paredes. — Na época, eu idolatrava essas ideias, idolatrava Deus. Hoje, ouvindo o mesmo discurso em sua boca imunda, me enojam tais pensamentos.

— Isso só é prova de que, seja lá quem for, se afastou dos ideais divinos.

Essa sempre foi sua mentalidade. Quem não concordasse com seus discursos seria prontamente julgado como diferente e adorador de qualquer outra coisa que não fosse o mesmo Deus que o dele. O tempo não o havia mudado.

— Despois de tudo que me aconteceu, posso lhe dizer à que conclusão eu cheguei sobre os homens efeminados.

— Qual? — Bertrand rangeu os dentes.

— Por que não seriam de Deus se tudo é criação d'Ele? — questionou.

Bertrand olhou para os lados, procurando, antes de responder:

— Porque sexo só deve ser usado para a procriação. Se o mundo se encher de sodomitas, nada mais nascerá. — Torceu o rosto de maneira firme e convicta.

— O mundo continua funcionando na mais perfeita ordem e sempre continuará. Cada vez mais seguindo o amor. Por que acha que o amor só deveria existir entre homem e mulher? Tomam-se por especiais demais. O amor verdadeiro das almas pode brotar em qualquer um. Por que analisar se dois corpos são iguais ou não se não é nele, na carne, que está e se encontra o sentimento do amor ao próximo, e sim na alma?

— Você simpatiza com eles — Bertrand esbravejou, cuspindo no chão.

— Simpatizo com boas pessoas. O que não é seu caso. Não há diferença entre você e um demônio. Ambos fazem as piores coisas em nome de algo. Nunca assumem a culpa, preferem colocar suas fraquezas em nome de Deus ou nos próprios vícios. Estão sempre obedecendo as ordens, essas ordens mentais que vocês mesmos criaram.

— Você sabe quem eu sou? — esbravejou Bertrand, cansado da discussão.

— Conheço o seu discurso. Sei quem você costumava caçar. São conhecidos por ajudarem a livrar o mundo da peste negra, mas se esqueceram de se livrarem de si próprios.

— Acredite, criatura, ou seja lá o que for, eu peço todos os dias para que me levem embora deste mundo.

— Não tem coragem? Falta-lhe masculinidade para dar cabo à própria vida?

Bertrand, tomado em fúria, puxou o mosquete, levando-a à têmpora.

— Sou homem de Deus. O que não me falta é coragem. Sou o grande Bertrand.

Um sonoro *hum*... ecoou pelo lugar.

— Vá adiante, então. Puxe o gatilho. — A risada alta soou ainda pior no silêncio da noite.

Bertrand pressionou levemente, mas despencou no choro logo em seguida.

— Eu sei — suspirou o ser oculto. — É pecado, você não pode fazer isso. Mas, não se preocupe. Deus, em Sua misericórdia, me colocou aqui para ajudá-lo.

— Como? — Bertrand prestou atenção com gosto.

Markus apareceu na porta. Ainda envolto por sombras, lentamente deu um passo à frente, e a fraca luz da lua revelou aos poucos sua fisionomia.

— O que é você? — Bertrand assustou-se com a beleza impecável do homem.

— Um demônio? Pode me chamar assim.

Markus caminhava tranquilamente na direção dele, seus olhos brancos o fitavam, iluminando sua alma. Bertrand apontou o mosquete na direção dele.

O tiro surpresa o pegou desprevenido, mal tendo tempo para desviar. O ombro foi atingido em cheio, transpassando, levando pedaço de pele e casaco juntos. A ardência na carne foi sentida, mas passou rápido quando a bolinha de chumbo saiu do outro lado, fazendo um pouco de sangue espirrar.

Markus levou a mão ao ombro, surpreso com a descoberta de que a dor não durava, sentindo a cicatrização acontecer no mesmo instante.

Ao conferir que o tiro não causou nada no estranho, Bertrand começou a preparar a arma para usá-la novamente.

— Sim, demônio... é isso que é.— Tremeu o idoso. — E no fim da vida vou ajudar a libertar a Terra de mais um de vocês.

— Está enganado, Bertrand.

Atirou novamente, mas desta vez ele desviou, rápido como um piscar de olhos.

— Quem vai eliminar do mundo mais um demônio sou eu. E não se preocupe. Se foi uma boa pessoa, vai direto para o céu. — Markus riu, sarcástico, agachando na frente dele.

— Meu Deus! — sussurrou ao tê-lo bem diante da vista. — Tenha compaixão.

— Tudo que havia de bom em mim está morrendo. Será difícil demonstrar afeição ao seu pedido. Você merece morrer pelo que fez a tantos homens e ao meu amigo.

As presas se alongaram, visíveis para fora da boca, brilhando como as de uma serpente.

Ele segurou a mão de Bertrand, que se manteve estático de medo, e suas pupilas dilatadas revelavam que seu corpo velho e cansado não conseguia lutar contra a força dele. Elevou a mão acima da cabeça e com a unha, fina e afiada como a lasca de um diamante, passou gentilmente no pulso dele, abrindo, com facilidade e sem resistência da pele, um corte com precisão cirúrgica. O sangue começou a vazar do corte.

— Uma morte bem lenta, para lhe dar tempo de sofrer com o fim da vida.

Bertrand observou-o, fascinado. Hipnotizado com o sangue vazando de seu pulso, aceitando a morte, por fim. Mas o sangue não saía o suficiente a ponto de matá-lo de imediato.

Markus então passou a mão no ar, na frente do pescoço dele, de maneira tão delicada que Bertrand não percebeu que seu pescoço recebeu um corte profundo.

Ele não estava com fome e, mesmo que estivesse, jamais beberia daquele homem.

Bertrand tremeu, morrendo, murchando, esbranquiçado na pele enrugada. Por fim, o sangue esvaiu-se de seu corpo e sua mão caiu no chão, sem vida.

Markus se levantou olhando o corpo daquele homem maldito no chão. Um homem que aprisionava e torturava seus prisioneiros com requintes de crueldade.

Adoraria contar a novidade para Armando. De que tirou do mundo o homem que era responsável por transformar a vida do amigo em um inferno. De que gostou da sensação de fazer justiça. Quem sabe, em algum momento, compartilharia esses pensamentos com Armando. Fazendo a amizade e cumplicidade deles crescerem. Mas, naquele instante, ele tinha outra preocupação em mente.

64

Markus abriu a porta da despensa no dia seguinte, a escrava na cama chorava compulsivamente, ignorando a ameaça que ele poderia representar.

— Ela está morta — desesperou-se.

— O quê? — Markus ficou surpreso. Embora houvesse a chance de isso acontecer, ele preferiu acreditar que ela melhoraria.

— Ela não respira nem se mexe. Você a matou.

Ele conferiu a moça. Fria e gelada. Dura como uma pedra.

— Meu Deus. O que eu fiz?

E então descobriu que deixar a pessoa no limiar da morte era deixar a pessoa para a morte, a medula óssea não produziria sangue suficientemente rápido para manter os órgãos funcionando.

— Fique calma.

— Ficar calma? Você matou a minha amiga, seu demônio. Me tirou de minha família. Vai me matar também?

— Não vou, prometo. Foi um acidente.

Markus estava triste. Não conseguia pensar com clareza, estava arrasado com o que acontecera. Desolado de fato.

— Solte-me. Eu não conto para ninguém. Por favor, me deixe viva — implorou a criada.

— Não posso soltá-la agora, desculpe.

— O que aconteceu? — Armando entrou na despensa. Markus o encarou com olhos marejados, sem dizer nada.

Armando levou a mão à boca, horrorizado.

— Eu não fiz por mal — justificou Markus. — Foi sem querer, eu queria deixá-la viva.

Ele puxava o cadáver para fora do quarto, enquanto a escrava gritava desesperada para que alguém escutasse. Mas naquela hora da noite já não havia escravo algum na mansão. Armando fechou a porta, abafando os gritos lá dentro. Não por medo de alguém escutar, pois sabia que isso não aconteceria, mas porque eram gritos tão altos que o impediam de pensar com clareza.

— Isso tudo está fugindo do controle. Meu Deus. O que estou fazendo? — assustou-se Armando.

Markus colocou o corpo no chão, preocupado com o pensamento de Armando. Se ele desistisse, Markus não saberia o que fazer sozinho no mundo. Segurou o rosto do amigo com as mãos.

— Calma. Fique calmo. Prometo que nunca mais faço tal coisa. Estou tão horrorizado quanto você. Fique calmo, vamos dar um jeito nisso.

— Mas e depois?

— Vou parar com isso. Não vou mais matar, ao menos não quem não mereça.

— O que quer dizer com isso, Markus?

— Depois lhe conto o que fiz. Acho que vai gostar. Mas agora precisamos dar um jeito nisso, depois, vamos viver bem. Ela não pode ficar aqui. Logo vai feder demais e chamar atenção dos outros criados.

— Tem um barranco, uma erosão no limite da propriedade. — Pensou Armando. — Descobri no dia em que o encontrei. Podemos jogá-la lá e cobrir com terra.

Markus lembrou-se do local onde ele e Clara haviam estado antes de matá-la. Será que o corpo ainda estaria lá?

Eles embrulharam o cadáver em lençol. Armando não precisou ajudar a carregar, apenas levava uma pá consigo. Markus já era forte antes do vampirismo e, agora, estava ainda mais, muito mais do que imaginava, e carregou o corpo com facilidade.

Desceram o barranco e avistaram a gruta. Armando comentou que nem sabia da existência daquele buraco.

Markus entrou, cauteloso, segurando o corpo da moça em seu ombro, se preparando para ver o corpo de Clara ali no fundo.

Para sua surpresa, não havia nada. Nem um resquício.

Colocou o corpo da escrava no chão, pensando que algum animal, um lobo, provavelmente, teria recolhido e se alimentado com o corpo de Clara. Era a única explicação que conseguia pensar no momento.

Ali dentro, cavou uma cova e enterrou o corpo.

Ambos saíram, subindo de volta em silêncio.

Markus viajou em sua memória. Parecia irônico ele tirar uma vida quando lhe doeu tanto quando lhe tiraram uma. E depois de Bertrand, precisaria controlar o "olho por olho e dente por dente", lutar para manter sua humanidade.

65

Ano de 1558

Markus, sentado à mesa de sua antiga casa, virou um copo de bebida barata, que lhe ardeu a garganta como ferro em brasa enfiado na goela. Olhou ao redor, sua casa de madeira era simples, mas bem-arrumada e organizada.

Sobre o fogão a lenha havia uma armação de madeira feita por ele, onde ficavam penduradas panelas, pedaços de carnes salgadas e ervas secando para tempero. A mesa artesanal era feita de madeiras diferentes juntadas, arranhadas pelo tempo. As cadeiras velhas e gastas e alguns panos serviam de cortina nas janelas.

A casa parecia vazia, sem vida.

Sua esposa estava deitada na cama, respirando com dificuldade quando ele se sentou ao seu lado. Seu coração parou por um segundo ao olhá-la, era sempre assim quando a via ali, magra, rosto chupado, cabelos secos e os olhos fundos na pele branca como papel. Ela estava morrendo.

Já não falava mais. Não havia força nela para respirar e falar ao mesmo tempo. Uma lágrima escorreu na face dela quando ela o olhou. Ele a limpou com a mão, forçando um sorriso, como se quisesse dizer que tudo iria ficar bem.

Mas não ia. Ele e ela sabiam disso, era evidente. A tuberculose já havia se instalado demais dentro dela.

Não havia cura e, mesmo que houvesse, não teriam dinheiro para remédios. Ele já estava endividado, falido com as medicações que comprara para aliviar a dor da esposa. Os curandeiros não vendiam mais para ele, a menos que saldasse toda a dívida. Por mais que fosse um homem de bem e respeitado, sua conta já estava alta demais. Era arriscado vender algo a ele, sabiam que ele não teria como pagar.

Sua esposa sofria com a dor. Torcia o rosto a cada agulhada que sentia em seu interior. Para sua sorte, não demorou muito, logo ela descansou por definitivo.

Markus juntou algumas roupas na velha sacola de tecido depois da morte dela. Sumiu no mundo, deixando tudo para trás, não havia mais nada para ele ali, nem sua dignidade.

Vagou por um bom tempo entre vilarejos, fazendo pequenos serviços rurais. Bebia em demasia até cair. Dormia debaixo de árvores, em meio ao mato. Comia o que encontrava pelo caminho e, às vezes, não encontrava nada. Queria a morte, a desejava.

Depois de alguns anos andando, encontrou uma vila. Um senhor idoso, ao ver seus músculos e porte, o convidou para trabalhar. Tinha uma casa nessa vila, que era de outro morador que morrera havia pouco. Alugou o casebre e ali ficou por anos, trabalhando de dia e bebendo de noite até cair na cama.

Ninguém conversava com ele, nem as moças. Era um forasteiro. E ele gostava assim.

Foi quando viu Liliana. Pura e inocente, como sua esposa. Acreditou que seria uma boa maneira de recomeçar. Voltar a ser um homem trabalhador e de respeito. Ter um lar novamente, uma família.

E mais outra pessoa fora tirada dele. E agora ele tirava as pessoas do mundo.

66

Armando entrou na mansão na frente de Markus, logo depois de enterrarem a escrava, deixando a pá que usaram ao lado da porta. Ele se sentia derrotado. Tudo se tornou intenso demais com essa morte. E chegou a pensar em quantas outras aconteceriam para manter Markus alimentado e perto de si. Esse pensamento o depreciava.

Markus, logo atrás, estava inerte e com o pensamento focado em Armando, sentindo o pesar dele através da expressão corporal do rapaz.

Tão inerte que não sentiu a aproximação. Somente a dor da facada em suas costas, perto da cintura.

A dor lacerante do metal cortando seu intestino o fez gritar.

Armando olhou para trás, assustado, a tempo de avistar Markus cambalear perto de um arbusto e Jhonas parado, com a vitória estampada na face.

– Pronto, senhor. Está livre desse demônio – suspirou o criado.

– Meu Deus, o que você fez?

Armando correu para fora, mas foi segurado por Jhonas.

– O senhor não entende. Deve ser porque ele mexeu com a sua cabeça, senhor. Mas ele está lhe fazendo mal.

– Solte-me – irritou-se Armando, libertando-se dos braços do homem.

Ele correu até o arbusto, abrindo as folhagens com as mãos.

– Markus? – Se espantou ao não ver ninguém ali, somente a enorme faca caída ao chão.

Armando a levantou, melada de sangue.

— Onde ele está? — questionou para si mesmo.

Jhonas se surpreendeu. Arregalando os olhos de preocupação. Girando sobre o próprio corpo, conferindo tudo ao redor. Retirou o facão da cintura, do lado esquerdo, preparando-se para um possível revide.

O que não demorou a acontecer.

Ele mal teve tempo de reagir ao vulto que passou na sua frente. As unhas afiadas e longas de Markus rasgaram roupa e pele de Jhonas, na altura do peito, fazendo o sangue respingar.

Desesperado pela dor, sem saber de onde viria o próximo ataque, o criado girou sobre o próprio pé, fazendo o facão cortar o ar num ângulo de 360 graus. Sem perceber que, fazendo esse movimento, poderia acertar o próprio senhor.

Antes de a lâmina acertar Armando, Markus entrou na frente, parando a arma branca com o antebraço.

O ferro afiado penetrou a carne do vampiro, parando no osso. Markus expressou dor, revelando as presas e os olhos claros. Jhonas se apavorou ao ver a face do vampiro rente a ele. Já imaginava que havia algo de errado com o hóspede, deixando a completa surpresa de lado, puxou o facão de volta, pronto para investir mais uma vez contra o demônio. Mas Markus chutou o peito do capataz, empurrando-o para longe.

Aproveitando a distância, Jhonas tirou do lado direito da cintura o chicote de couro curtido em sal.

A primeira estalada foi no ar, perto de Markus, que empurrou Armando de lado. A segunda estalada cortou a bochecha do vampiro, abrindo um corte do canto da boca até a sobrancelha. O sangue espirrou no ar e escorreu pela face irritada.

Ele desejaria conhecer melhor seus novos dons e limites, para saber como enfrentar Jhonas com rapidez e neutralizá-lo de uma vez, mas não teve, até o momento, brigas que o colocassem à prova. Restando apenas usar o que já tinha conhecimento, rixas de tabernas.

Partiu para cima do capataz, com o punho no alto para acertar um soco. Jhonas ricocheteou o chicote no ar, acertando o peito de Markus e rasgando sua camisa. Antes de atingir o capataz, o vampiro sentiu sua mão esquentar, como se o sangue fervesse na extremidade.

O homem sentiu sua mandíbula trincar, cuspindo o que pareceu ser um dente, enquanto foi arremessado com força no chão, ficando zonzo com a pancada. Só então teve real noção da força do soco, e de que não aguentaria outra investida.

Pegou um punhado de terra e arremessou nos olhos de Markus, usando a distração para alcançar o facão.

— O que vocês estão fazendo? Alguém pode ver — sussurrou Armando, abafando a vontade de gritar.

Assim que Jhonas virou, com o facão em punho, não viu Markus na sua frente.

A sombra ao lado da mansão pareceu se mover, mas isso não era possível, sombras não se movimentam. Sentiu um bafo de ar soprar na sua nuca, virando-se rápido e assustado.

Mas Markus foi ágil demais, segurando Jhonas pelo pescoço com uma única mão e o suspendendo no ar, a metros do chão, sem aparentar esforço.

O capataz preparou outra investida, a fim de cravar o facão no estômago do vampiro, mas Markus, com a mão livre, segurou o pulso de Jhonas e a torceu para o lado contrário, quebrando o osso do carpo, fazendo o facão cair no chão e o grito ecoar pelo pátio da mansão.

Markus andou com o homem suspenso para o hall de entrada, jogando-o no chão da sala. Ele tentou se afastar com dificuldade, arrastando-se e usando de apoio a mão que ainda funcionava, encolhido.

— O que faremos com ele? — questionou Markus.

— Meu Deus! Ele sempre foi fiel e cuidava dos criados. Sem ele estamos condenados. Não dá para contratar outro e...

— Ele não pode continuar vivo... — interrompeu Markus.

Tanto Jhonas quanto Armando aterrorizaram-se, desesperados, cada um pelo seu motivo.

O criado se escondeu atrás de uma enorme poltrona estofada, apavorado.

— E o que faremos com o corpo? — indagou Armando.

Markus pensou um pouco antes de responder:

— Ainda tem espaço para mais um na gruta — afirmou, sentindo seus ferimentos cicatrizarem a cada segundo.

— Faça o que precisar. Eu não quero ver.

— Você tem razão, Armando. Eu sou o vilão da minha própria história. Sempre serei — lamentou, olhando na direção de Jhonas, acuado no canto.

Armando saiu da sala, enquanto Markus andou em direção a Jhonas.

Com apenas uma mão, afastou a enorme poltrona como se não pesasse nada. Segurou o homem pelo colarinho, erguendo-o do chão e o aproximando de seu rosto. Jhonas teve a privilegiada visão de conferir o corte no rosto do vampiro terminar de cicatrizar bem diante dos seus olhos.

Mordeu com força, fazendo a cabeça de Jhonas dar solavancos para trás. Sugou todo o sangue ferroso, até o limite possível. Soltou o corpo em seguida, que caiu desengonçado no chão.

Fraco, com a morte fungando em seu pescoço, Jhonas agonizava com o pouco sangue em seu corpo.

Markus se abaixou e quebrou o pescoço dele, evitando mais sofrimento. Em seguida, o apoiou nos ombros, pegou a pá ao lado da porta e partiu para a gruta.

67

A dona do bordel, Dominica, analisava a coceira no meio de suas pernas. Abaixou o enorme vestido rodado com a certeza de que o cliente loiro havia se empolgado demais. Aquela mordida não era normal. Havia transpassado a camada grossa da pele, indo fundo demais. Marcas de dentes, diferentes das quais ela estava acostumada. Como se alguns dentes fossem mais compridos. Estranhou o fato de não ter sangrado na hora, já que o rosto do homem não tinha marcas de sangue, era impossível aquilo não ter sangrado. Parecia que ele tinha sugado, mas devia estar louca, não seria possível ele beber sangue dela, ninguém em sã consciência faria tal coisa. E ela já vira muitas coisas loucas nos anos de profissão.

Não teve muito tempo para pensar. Havia clientes chegando. Tinha muito trabalho a fazer.

Um murmúrio teve início nos casebres. Sussurros e comentários, questionamentos. Onde estaria a criada vista pela última vez por Paul entrando na mansão? O amigo do patrão estava à porta naquele dia e ela nunca mais foi vista.

O jovem escravo que cruzou caminho com ela naquele dia não estava conformado com o desaparecimento dela. Além disso, Jhonas nunca mais foi visto. Armando o nomeou para manter a ordem entre os criados. O que, por si só, era estranho. Nenhum patrão, em sã consciência, colocaria um escravo para cuidar dos criados. Eles sempre usavam capatazes para isso.

Desde então, mantinha os olhos cerrados para a mansão e para os senhores.

Muito se comentava, mas nada se sabia.

Os criados que trabalhavam dentro da casa acabavam conversando sobre isso, até as preocupações dos criados brancos chegarem aos ouvidos de Armando, que criou uma fofoca proposital de dentro da mansão para fora. De que ele havia vendido a criada a outro senhor longe dali.

Em ânimos exaltados, deixava claro que não toleraria desconfianças e que essas seriam castigadas com severidade.

Embora calados de medo, estavam todos atentos. Receosos e espertos, descrentes da explicação de que ela havia sido vendida, pois dinheiro era do que o patrão menos precisava. Estavam de olho em cada movimento, sabiam que algo estava acontecendo ali, a curiosidade estava no ar.

68

Colins andava pela feira a céu aberto na rua com olhar atento, como sempre fazia. Já nem percebia tal coisa, era involuntário. A nova dona do bordel, Dominica, caminhava em sua direção, olhando as barracas de frutas. Todos a olhavam com desdém, mas isso não a incomodava mais.

— Como vai, oficial? — cumprimentou ao passar por Colins.

— Bem. Novidades ou algo estranho nas ruelas? — Ele não conseguia evitar.

— Nada por enquanto.

As pessoas ao redor olhavam, curiosas.

— Graças aos céus ninguém mais morreu por lá — concluiu ela.

Encararam-se por um minuto. Dominica parecia curiosa e ele captou o olhar dela.

— Quer perguntar algo?

— Na verdade, sim. Como a moça das flores morreu? Escutei algumas histórias, mas gostaria de ter certeza.

— Bem... Como posso dizer isso... — Ele passou a mão na barba, como de costume. Ela ficou mais curiosa ainda. — Ela foi mordida. Estava completamente sem sangue — disse por fim, não era de seu perfil fazer rodeios.

Os olhos dela quase saltaram para fora. Ele estranhou.

— Está sabendo de algo?

— Não. — Hesitou. — Quer dizer...

– O que houve? – perguntou, firme, posicionando o corpo contra o dela, intimidador, como se dissesse “daqui você não sai até me contar”.

– Bem, teve um caso estranho...

– Diga logo, mulher.

– Aquele homem novo... o alto, forte e loiro. Acho que ele mora na mansão do burguês... – Ela forçou a memória. – Armando. Pelo menos é o que dizem.

– O que tem ele? – Colins fechou o semblante, olhos estreitos.

– Tive um encontro com ele... – Pensou em como falaria tal coisa. – Ele gosta de morder.

69

Nos dias que se seguiram, Markus se isolou dentro da mansão. Quando o vampiro não estava trancado em seu quarto lendo, estava na biblioteca da mansão, escolhendo novas leituras.

Decidiu aproveitar a paixão de Armando pela literatura. O rapaz comprava todo tipo de livros e manuscritos que encontrava, essa era a diversão de Armando, que passava a vida trancafiado, conhecendo o mundo através da escrita.

A vontade de se conhecer melhor e descobrir as origens do que se tornara o assolou nos últimos dias. Ele desejava encontrar alguém como ele, deveria existir outros pelo mundo, seria muito bom aprender e conversar com quem estava passando pelo mesmo que ele. Mas as duas sombras nunca mais foram vistas, sombras que ele acreditava serem de outros vampiros, vigiando-o. Restando apenas estudar por conta própria.

Acreditava que entender sua natureza iria lhe trazer um pouco de alívio para as penalidades que ele mesmo se impunha ao precisar matar para viver.

Os livros selecionados falavam sobre o mundo antigo, contos bestiais, de preferência os proibidos, vendidos no mercado negro, ocultos das mãos da Igreja.

E foi no meio de tantos outros livros empilhados nas enormes estantes que encontrou algo curioso. Como se o chamasse. Atraído pelo arrepiar de sua coluna, enfiou a mão na caverna literária até que foi puxado.

Um livro de capa de couro escuro, sem nome ou qualquer inscrição, as folhas grossas e amareladas eram costuradas na capa com fios negros.

Markus analisou melhor e poderia jurar que eram feitos de cabelos. O visual o impressionou, mas também lhe trouxe a curiosidade de ler o que aquele livro tão peculiar e exótico tinha a dizer.

Andou até a enorme sala, sentando-se na poltrona mais confortável, pensando em sua inexperiência. O fato de estar andando em cima do muro entre se entregar, aceitando o que era, ou sofrer com autopiedade só pioravam as coisas.

Em alguns momentos, a segurança em si também era um problema. Podia se sentir muito confiante de que ninguém se importava com os criados.

Sua mente andava a mil, era um turbilhão de pensamentos. Só havia três caminhos a seguir, e precisava se decidir entre eles, ou seria esse assassino que havia se transformado ou viveria de sangue de galinhas e ratos, se é que isso era possível, ou então tentaria se matar novamente.

Tentou esquecer suas necessidades por um tempo, concentrando-se no livro em forma de diário.

Ao ler este livro, criaremos um laço que eu chamaria de mórbido.

Não de sua parte. Afinal, até este momento, você não sabia de minha existência. A curiosidade mórbida parte tão somente de mim em relação a você.

Onde você está? Tem alguém por perto? É alguém de quem você gosta ou desgosta? Já brigou com essa pessoa? Há em sua alma, por mínimo que seja, algum sentimento ruim para com a pessoa próxima de você? Sente prazer por essa pessoa?

Pois, de todas as portas de sua mente, as dos desprazeres e as sexuais são as mais atrativas e acessíveis.

Neste momento, você deve estar se perguntando quem sou eu. Não o culpo. Você pode me chamar de chifrudo, Lúcifer, capeta, demônio, mau... ou o que preferir. Entendo que a limitada mente humana precisa sempre classificar algo. Rotular.

Ou é oito ou oitenta, ou é preto ou é branco, ou é bem ou é mal, como você provavelmente foi ensinado.

Mas não é assim que funciona. A existência e o universo não são só preto no branco. Muito menos só há cinza entre eles. Se olhar para o espaço, verá uma infinidade de cores que se misturam entre si, formando os degradês.

Assim é, da mesma maneira, o que você considera como céu, o bem, e o inferno, o mal.

Estou em uma das inúmeras camadas do que é considerado maldoso. E nesta em que vivo, sou o chefe.

Mas nem sempre foi assim. Outrora, era apenas uma alma humana comum e, como muitas outras, bebia, usava ópio e fazia sexo com estranhos em excesso. Um homem perdido nos vícios, como se referiam a mim.

Você tem algum vício? Não precisa ser alguns dos citados acima. Qualquer um serve. Você é viciado em se exibir? É viciado em receber carinho e atenção e, quando não os ganha, sua droga se rebela com birra e irritação? Se sim, você entende melhor como eu era na época de minha morte. Não somos tão diferentes.

Quando cheguei onde me encontro, sofri por muitos séculos de abstinência. Como se não bastasse esse infortúnio da saudade do fumo, do álcool no sangue e do gosto de uma mulher na língua, logo tomei conhecimento de que não estava sozinho. Havia outros como eu, que, sem ter recursos para saciarem o vício, o substituíam por outro. Pela adrenalina da maldade.

Eu fui surrado, cortado, abusado sexualmente por homens e mulheres, sodomizado. Meus punhos foram quebrados para que eu não revidasse, meus pés foram cortados para que eu não chutasse.

Meu corpo era abusado por vinte homens e mulheres que se emaranhavam sobre mim, penetrando meus orifícios, um após o outro em uma interminável sequência, como larvas se contorcendo sobre um pedaço de carne crua.

Quando não havia mais nada de luz dentro do meu coração, quando a esperança se exauriu e as vinhas do ódio brotaram ali, espalhando-se por meu corpo, substituindo as veias, decidi revidar.

Usando meus dentes, mordi com toda força o pescoço do homem mais perto de minha boca. Senti meus dentes penetrarem sua carne e seu sangue banhar minha língua. Puxei com toda força a cabeça para trás, trazendo comigo um bife de seu pescoço.

O sangue de sua aorta espirrou como um chafariz, os outros que de mim abusavam pararam por um momento, erguendo o rosto para cima e colocando a língua para fora, captando gotículas de chuva de sangue, saciando sua sede compulsória. Assim como eu, todos ali tinham vícios humanos, e o gosto dessas dependências podia ser sentido no sangue de cada um.

Eu mesmo senti no sangue do pescoço do homem. Senti o gosto do vício dele. Senti o gosto de sexo, e bebê-lo foi o mesmo que estivesse praticando. O que me fez questionar: qual deles tinha o sangue com gosto de fumo? Pois preciso de uma tragada.

Mas minha ação de revidar revelou outra informação importante. Assim que o homem que ataquei morreu, esvaído em sangue, o meu pulso direito voltou ao normal, se curando, juntando o osso e tendões no seu devido lugar.

Esse ambiente é o mal puro e condensado. A única maneira de sobreviver aqui seria me tornando o próprio mal.

Com a força recém-adquirida na minha mão direita, agarrei a primeira mulher que vi, mordendo acima do seu seio esquerdo, arrancando outro naco enorme de carne, tão grande que tive que cuspir fora para conseguir beber o sangue dela.

Gosto de álcool.

Acredito que a maioria ali deveria ser alcoólatra, pois os outros homens e mulheres partiram para cima do sangue jorrando, com mais afinco do que foram para o sangue com gosto de sexo.

Mais uma vez, via a maldosa magia do lugar funcionar em minha mão esquerda.

Quando não havia mais parte curativa em meu corpo nu, mas ainda sentindo a necessidade de fumo, fui matando um por um, buscando um sangue com esse gosto.

E quanto mais eu matava mais forte ficava. Mais meu corpo se esculpia em beleza e atração. Ao matar dez homens, minha força física e mental aumentou em dez vezes.

Pouco a pouco, fui me tornando líder do grupo em que estava. E foi nesse momento que me viciei em outra coisa. Poder.

Morte após morte, fui construindo meu império. Engarrafando sangues com sabores distintos para a apreciação dos vícios.

O que acontece quando alguém morre aqui, depois de todos esses séculos? Ainda não sei. E não pretendo morrer para descobrir para onde nossa alma vai. Estou bem e feliz em meu reinado no círculo em que me encontro. Mais almas chegam todos os dias, é um ciclo que não exaure.

Depois de muitas conquistas, atingi o topo da montanha mais alta do lugar, deste mundo amplo e arenoso, lembrando um deserto com colinas amarronzadas.

Onde fico, há um trono rochoso, acolchoado, com pele e músculos daqueles que matei e continuo matando para perpetuar meus domínios. É uma conta matemática simples e eficaz. Para me destronar, alguém precisa matar mais do que eu. Se já matei mil, antes que alguém mate a mesma quantidade, eu mato esse empreendedor e depois assassino mais mil, só para garantir a extensão do meu reinado.

Minha força aumenta a ponto de dominar cada grão de areia que se forma no lugar, do meu trono, onde passo maior parte do tempo sentado, com meu poder colossal transbordando, tubos vivos de carne, ossos, sangue e pele começaram a brotar da montanha em que me encontro.

Eles cresceram e se estenderam, latejando, serpenteando no ar, se alimentando do meu poder através do cordão umbilical invisível.

Levou tempo até que eu descobrisse em sua totalidade o que poderia fazer com essas ramificações. Elas esticam como elástico por todo o meu domínio. Posso usá-las para pegar qualquer corpo que quiser e consumi-lo através dessa tromba. Podem também tocar o céu. Pois aqui, apesar da altura entre o chão e as nuvens vermelhas, há um limite. Como se estivéssemos em uma bolha gigante de vidro.

Quando toquei com um tentáculo o céu pela primeira vez, senti uma alma carregada de energia, não era ódio nem amor, era indiferença. Um humano psicopata, assassino em série. Ele já havia assassinado algumas moças e continuava em sua empreitada. Hargos era seu nome.

Percebi que meus tentáculos podiam ter acesso às almas terrenas e uma visão de sua vida, acompanhá-las, senti-las.

Mas o mais interessante é que não somente as observo como também posso usar das minhas artimanhas para influenciá-las, senão diretamente, através de outras pessoas ao seu redor.

Um garoto que matou um cachorro, por pura maldade, ou para testar seus limites, ou por não ter orientação de um adulto, é facilmente influenciado, lapidando seus desejos.

Por que faço isso? Preciso de mais almas para me alimentar e perpetuar meu poder.

Vez ou outra, dependendo da fraqueza de índole da pessoa, consigo até me conectar com ela através de sonhos, ou pesadelos, se preferir. Infelizmente, minha interferência se restringe a isso, apenas sugestões mentais, incentivo e orientação.

O fato é que algumas pessoas realmente se destacam mais do que as outras e captam minha atenção e curiosidade mórbida de acompanhar suas vidas e pensamentos. E, acredite, isso não se refere somente àquelas que têm a coragem de matar. Uma moça que finge ser amiga de outra enquanto atrapalha a vida da colega pelas costas, ou lhe deseja mal, me soa tão atraente quanto a alma de um assassino. Gosto de acompanhar as reviravoltas do quanto a vida das pessoas ao redor do meu vigiado é afetada por suas condutas.

Dito isso, agora que você sabe da minha existência e de como meu mundo funciona e está ligado ao seu, chegamos à inevitável questão deste depoimento.

Eu notei você.

O que, em sua essência, permitiu meus tentáculos farejarem sua alma? O que você faz quando ninguém está olhando? O que você pensa e não fala?

Sim, você deve ter algo. Todo mundo tem um lado sombrio em maior ou menor grau. Não importa a intensidade, foi o suficiente para eu enxergá-lo. Você não é tão invisível quanto pensa. Seus pensamentos não são tão secretos quanto imagina. Basta uma pequena fagulha para que eu consiga acessá-lo. E, com a sugestão certa, consigo aumentar sua má conduta, tornando-o, por fim, apetitoso o suficiente para mim quando você chegar aqui e me ajudar a aumentar meu poder através de sua carne fraca.

Que gosto tem seu sangue?

Você vai escutar meu chamado? O chamado de Mhayttu?

Ainda há tempo de mudar. Infelizmente, a vida humana é abençoada com essa dádiva que acredito ser divina. O dom da redenção.

Espero realmente que não o faça. Poderemos ser grandes amigos, se quiser. Beber, fumar, fazer sexo apaixonante sobre os corpos pútridos dos fracos. Você irá gostar de me sentir penetrando você, enquanto várias mãos pecadoras estimulam sua carne com carícias ásperas como um lamento.

A oferta está feita. Vou continuar acompanhando-o para saber qual será sua decisão. Mal posso esperar para conhecê-lo profundamente.

Eu sou Mhayttu, e meus tentáculos estão sempre procurando uma conexão com a Terra. Às vezes, toco alguém, às vezes, alguém me toca. Continuarei aqui por muitos séculos, sentado em meu trono, rodeado por sangue vicioso e engarrafado e com meus tentáculos reverberando o ar, esperando que com o aumento do meu poder possa, enfim, não só observar a Terra como também voltar a caminhar sobre ela. Você vai me ajudar nisso?

Eu espalhei a minha nova descoberta para os terrenos, apenas poucos deles, os contaminei com minha habilidade de beber sangue e se fortalecerem com isso. E eles a espalharam aos demais.

Mas eles se esqueceram de que eu sou o mestre, o criador, e em suas novas condições, buscando por alimento e poder, acabaram se esquecendo de mim. De me ajudar a retornar.

Mas eu preciso voltar.

70

Naquela noite chuvosa, sentado em uma poltrona confortável, Markus fechou o livro. Pensativo. Aquilo poderia ser somente uma história fantasiosa. Não era verdade. Era?

Perdido em pensamentos, caminhou até Armando.

– Esse depoimento é bizarro e conversou direto com a minha nova condição – desabafou Markus.

Armando analisou o livro na mão do vampiro.

– Onde conseguiu isso?

– Na sua biblioteca, Armando.

– Não me lembro dele. – Franziu a testa, pensativo.

– Se isso for verdade, é impressionante. Talvez tenha descoberto a origem de nós, bebedores de sangue. E nada tem a ver com doença. É mais antigo do que parece.

– Acho que está impressionado. São apenas histórias que compro de escritores, livres da Igreja. Que pensam fora dos padrões. Eles têm muita imaginação.

– Pode ser... – disse Markus, desanimado com a possibilidade de só estar impressionado.

Ele gostaria muito de saber sua origem demoníaca, seria reconfortante para ele ter a certeza de que aqueles escritos eram verdade.

Colocou o livro em cima da mesa e se sentou na poltrona. Remoendo o que tinha lido, dando vida mentalmente a Mhayttu.

Só notou sua pele mais clara do que o normal quando entrelaçou os dedos na frente do rosto. Neste momento, Armando também percebeu.

— Há quanto tempo está sem se alimentar? — disparou Armando, preocupado.

— Não sei. Há dias. — Tentou raciocinar, chegando à conclusão. — O último foi de Jhonas.

E nem foi sangue de qualidade, pensou.

— Já faz mais de uma semana — esclareceu Armando, levantando e indo até Markus. — Beba. — Colocou o pulso na frente do vampiro.

— Tem certeza?

— Claro.

— Por que faz isso? — Sentia profunda compaixão pelo esforço e dedicação.

— Não é evidente?

Markus sentiu uma pena sincera. Os dois jamais ficariam juntos. Armando sabia disso. Pobre vida desse rapaz. Eles podiam ser diferentes em um aspecto, mas eram idênticos em outro. Havia certa conexão entre eles por esse fato. Estavam ligados, fadados a conviverem em suas agonias, cada um à sua maneira.

— Vai, beba logo — autorizou. — Só não se esqueça de lamber depois, para curar as marcas.

Ele precisava de sangue repleto de nutrientes. Sabia que conseguiria de Armando se fizesse do jeito certo.

Markus levantou, ficando de frente para o rapaz. Maior em tamanho, imponente, o que fez Armando titubear assim que sentiu a mão do vampiro em seu rosto. Gentilmente virou o pescoço do amigo.

O sangue escorreu para dentro da boca e garganta logo após a gentil mordida. O gosto ferroso passou rápido, assim como a dor da penetração. Deixando o sangue com gosto adocicado logo em seguida. Markus não se importou com o excitamento de Armando, precisava daquilo. Chegou a pensar que poderia viver ali com o rapaz, recebendo sangue de qualidade sempre que quisesse, sem precisar fazer sexo.

Enquanto ele se satisfazia, inerte naquele êxtase, e Armando aproveitava mais um momento de toque, nem se davam conta do que acontecia à volta.

O escravo Paul, que perdera a amada, circulava do lado de fora, olhando pelas janelas da mansão, sorrateiro e silencioso. Ele precisava descobrir o que tinha acontecido. Por que duas escravas sumiram? Se elas foram vendidas, por que nunca ninguém viu alguém vir buscá-las?

Entrou pela porta dos fundos da cozinha. Caminhou devagar. Olhando para todos os lados. Se fosse pego ali dentro, o capataz o castigaria terrivelmente. Abriu algumas portas no caminho do corredor. Abriu a do porão. Não sabia explicar o porquê, mas sabia que se estivessem escondendo algo, estaria ali embaixo.

Desceu as escadas em silêncio, mas a última tábua rangeu. A moça amarrada à cama se mexeu, preocupada de poder ser o demônio. Ele a ouviu. Caminhou até a porta e, num ímpeto, a abriu, curioso. A amiga de sua amada estava ali, presa à cama.

— Meu Deus! Me tire daqui — desesperou a moça.

— O que aconteceu? — Tentou abrir as correntes.

— O patrão é um demônio. Ele bebe sangue.

— Onde está a chave?

— Não sei — sussurrou. — No batente ao lado da porta.

Ele voltou para a parte de fora da despensa. A chave estava presa em um prego na parede.

Soltou a moça.

— E a Marie? Você a viu?

— Meu Deus... — Começou a chorar. — Eles a mataram.

— O quê?

— Vamos. Me tire daqui.

— Mataram ela?

— E se não sairmos, ele matará nós dois.

Os dois começaram o caminho de volta, sorrateiros. Paul queria matar o patrão no mesmo instante, mas se ele fosse mesmo um demônio, precisariam de ajuda. Vingaria sua amada, voltaria com todos os criados, mas a vingaria.

Markus levantou a cabeça, com sangue em sua boca, satisfeito, no momento em que os dois criados saíram pela porta dos fundos, sem serem notados.

Com a barba suja de sangue, sorriu para Armando, que sorriu de volta, levando a mão até o pescoço.

– Isso foi diferente, Markus. – Se acanhou.

– Espera – pediu Markus, tirando a mão dele do pescoço e lambendo a ferida.

Armando sentiu o arrepio por todo o corpo. Seus olhos se encheram de lágrimas de alegria com o que Markus lhe proporcionou. Mas ele as manteve nos olhos, impedindo que elas escorressem pela face.

– Obrigado.

Ambos, encabulados, se viraram. Armando pegou uma dose de uísque em silêncio. Markus se sentou de volta na poltrona, satisfeito.

71

Colins andou com dificuldade pela vegetação. O sol poente no final da tarde criava sombras dançantes na grama alta e no chão lamacento.

Ao longe, avistou o conhecido que o chamara, acenando, parado em frente a um largo galpão deteriorado pelo tempo.

— Espero que valha a pena — resmungou Colins, limpando a lama dos sapados, esfregando-os no chão de madeira.

— Algumas crianças o encontraram. — Estendeu a mão em cumprimento. Chegaram na vila, horrorizadas, e causando alvoroço.

— E o que isso tem a ver comigo? — resmungou Colins.

— Quando o vi, percebi que tinha tudo a ver com você! Venha. — O homem acendeu a lamparina e se adiantou, indicando o caminho.

Colins o seguiu, analisando cada madeira e as marcas contidas nelas. Vasculhando cada detalhe que pudesse lhe chamar a atenção.

O odor de carne podre foi logo sentido, fazendo-o tirar um lenço do bolso e tapar as narinas.

— Pelo cheiro, faz tempo que ele está aí — esclareceu Colins.

— Sim — concordou o homem que agora também segurava um lenço na face.

— Mas ainda não entendo o que um idoso morto tem a ver comigo. Não tem seguranças aqui na sua região?

– Veja. – Apontou o homem, aproximando a luz.

Colins arregalou os olhos e, por um segundo, esqueceu-se de tapar a boca.

Bertrand estava sentado, seco como uma ameixa velha e desidratada. Ao seu redor, todo seu sangue manchava o chão.

O agente se agachou, analisando o pescoço da vítima, em busca de mordida. Olhou melhor ao redor da enorme poça de sangue seca, até que algo lhe chamou a atenção a alguns passos dele.

Seus dedos pegaram o pedacinho de tecido no chão e, usando a luz de lamparina, chegou à conclusão de que era um pedaço de veludo lustroso.

72

Markus, ainda sentado na poltrona, apreciando o gosto do sangue que dançava em sua língua, olhou para Armando, que estava bebericando o uísque e admirando, através da janela, o céu escuro se iluminar com trovões ao longe.

Olhou para Markus, que ainda tinha sangue ao redor da boca e da barba. Nem havia se limpado e, diabos, ele estava cada vez mais aceitando sua condição.

Deu mais um gole na bebida e olhou para fora novamente.

Seu coração parou. Virou-se bruscamente para Markus.

— Temos um problema.

— Como assim? — Markus se levantou da cadeira, tenso.

Foi até a janela.

Colins estava entrando na mansão, sendo guiado por um dos criados que fora chamá-lo na cidade. Havia outros oficiais em volta dele. Logo, um enorme grupo de criados se juntou a ele, segurando foices e machados, aos gritos.

Colins parecia querer controlar as pessoas. Em vão, gritava palavras de ordem, mas tudo fugia do controle depressa.

Armando olhou para Markus com pesar. Havia chegado ao fim, não dava para se livrar dessa.

Ele precisava agir depressa, já havia imaginado que, em algum momento, tudo iria acabar mal de alguma maneira, não existia uma realidade possível que os dois pudessem viver bem enquanto assassinavam pessoas para que Markus se alimentasse. Só não imaginava que terminaria tão rápido. Correu pela sala, abriu a gaveta de uma escrivaninha, tirou um papel com um nome escrito nele, entregando a Markus.

— Guarde isso. É do meu advogado. Quando tudo acabar, procure por ele.

— Do que está falando? Vamos fugir.

— Não vão deixar. Estão com sede de sangue. Parece irônico, não? — Forçou uma risada, o maxilar trêmulo.

Olharam-se por um minuto, enquanto a gritaria lá fora aumentava à medida que se aproximavam da entrada.

— Corra, Markus. Fuja o mais rápido que puder. Descendo o morro, passe pela floresta, logo encontrará um rio que dá para o mar. Há uma enorme caverna lá, escondida. — Tentava se manter forte e controlar o choro ocasionado pelo medo do fim da vida. Um trágico fim para uma trágica vida.

Ele olhava para fora, as pessoas se aproximando. Uma janela foi quebrada com uma pedra e depois outra.

Markus estava assustado. Sem reação. Mesmo sendo um vampiro, não conseguiria enfrentar todos eles.

— Fuja enquanto ainda não cercaram a mansão.

Diante da falta de reação de Markus, Armando deu um beijo na boca dele, que, estupefato, deixou que acontecesse. Só depois que terminou, nada mais que três segundos, notou que a boca de Armando se manchou com sangue de sua barba.

— O que vai fazer? — assustou-se Markus.

— Se você não fugir, teremos duas mortes hoje.

Correu para fora às pressas, antes que o atônito Markus o impedisse.

Armando saiu raivoso, rasgando a roupa do peito com a boca suja de sangue.

— Querem o demônio? Aqui está ele! — esbravejou a plenos pulmões.

— Não... não é ele! — gritou Colins no meio da multidão cega de ódio que não o ouvia.

O desespero em Colins era evidente. Ele sabia que o culpado era o loiro e não o descendente de italiano, dono da mansão. Andava entre os criados, tentando avisar que o verdadeiro assassino estava fugindo. Mas ninguém o escutava, empurravam-no, furiosos, para que saísse do caminho. Não havia nada que ele pudesse fazer contra aquela rebelião.

Armando caminhou para a multidão, exibindo a boca suja de sangue.

73

Um dos criados deu o primeiro golpe com o facão, acertando o ombro dele até o osso. Armando urrou de dor.

O segundo golpe, de uma foice, acertou-o no pescoço, cortando até a metade, deixando a cabeça pendurada.

Markus deixou a lágrima rolar em desespero, olhando pela janela.

O terceiro golpe com a mesma foice terminou de cortar a cabeça dele. O corpo caiu de um lado e a cabeça de outro.

Markus se afastou, pronto para fugir. Não havia mais o que fazer. Os criados olharam para a mansão e começaram a jogar tochas acesas. A casa começou a ser incendiada. Markus fugiu pelos fundos, enquanto Colins dava a volta pela mansão, prevendo que tal coisa aconteceria. Mas, no momento em que chegou lá, não havia mais ninguém.

Os criados festejavam com alegria, dançando e gritando, iluminados pelo fogo que consumia a mansão.

Markus caminhou com dificuldade entre as rochas. Choroso, carregado de lamento e desprezo por si mesmo.

Adentrou a caverna que Armando o havia indicado.

A lamúria possuía todo seu ser. O que havia se tornado? Vampiro talvez fosse a menor de suas preocupações. Havia se tornado algo pior. Havia usado as pessoas, perdido o controle e a batalha para o mal, entregando-se à luxúria e ao desejo sexual gratuitos.

Havia usado da situação homossexual de Armando em proveito próprio. Era um monstro de fato.

Chegou um momento em que a dor interna era tamanha que a externa perdeu seu valor protetoral. Segurou o pedaço de uma rocha e, batendo em outra com toda força, quebrou-a, lascando em uma ponta afiada.

Passou a navalha rochosa no pescoço de uma orelha a outra com todo gosto, vontade e desejo de morte.

O sangue começou a vazar no mesmo segundo, escorrendo pelo seu peito e esparramando pelo chão, enquanto ele afogava com a falta de ar. Sua pele foi secando, encovada, com os dentes e olhos saltados para fora, perdendo toda a beleza, enquanto ele caía no chão. Acreditando ter chegado ao seu tão desejado fim. Toda aquela loucura havia finalmente acabado e isso o alegrava.

Em seus últimos segundos, quando os sentidos já não mais funcionavam direito, jurou ter ouvido passos perto de si. Poderiam ser os escravos que o perseguiram, mas isso não importava mais. Agora, acreditava que se encontraria com Mhayttu e saberia a verdade de fato. A única certeza que tinha era de que, Markus, nesta Terra, deixaria de existir.

74

2022

Depois de um tempo, Thiago começou a variar entre acordado e sonolento. Cada vez que abria os olhos pesados, conseguia ver algumas coisas sinistras.

Em um momento, viu os pelos de seu corpo serem aparados por uma máquina de barbear, deixando-os bem curtos. Também foi lavado e limpo com sabão e álcool. Pôde sentir o cheiro do pano que passavam por todo seu corpo.

Finalmente, voltou à realidade assim que o capataz passou em seu nariz algo com cheiro tão forte que deixou um gosto amargo no fundo de sua língua.

Thiago despertou por completo.

O lugar era uma sala oval. Grande. Com colunas de concreto rusticamente ornamentadas. No alto, havia uma bancada circulando a sala. Três pessoas com a roupa de capuz estavam sentadas em cadeiras Luiz Quinze vermelhas. Ele não conseguia ver seus rostos, mas via suas formas por completo. Olhavam pare ele, curiosas, sem desviar o olhar. A pupila cinza brilhante era a única coisa que conseguia enxergar.

Logo, o encapuzado que o visitou na cela se aproximou deles.

Cortinas vermelhas decoravam o lugar. Como se quisessem encobrir a humilde e precária instalação, tentando deixá-la mais agradável e refinada.

Muitas velas iluminavam o salão. Estavam presas em candelabros, hastes e nas colunas. Deixando tudo ainda mais sombrio, tochas queimavam.

Ao seu lado estava o capataz. Com os braços para trás, olhando para cima e esperando um comando.

Thiago estava no meio da sala. Completamente amarrado em uma maca inclinada. Preso por tiras de couro nos pés, mãos, pescoço e cintura. Em sua boca havia uma tira de couro, que passava por de trás da nuca, prendendo-a na maca com uma bola vermelha enfiada em sua boca. Com dificuldade, conseguia engolir a própria saliva. Falar parecia impossível.

— Como podem ver, só escolhemos os mais bonitos entre os mais bonitos — disse o encapuzado, que acenou com a cabeça para o capataz.

Ordem dada, virou-se para uma pequena mesa ao lado de Thiago, com uma bandeja de prata e alguns utensílios cirúrgicos.

Pegou uma seringa com um tambor maior do que o normal. Virou-se de frente para Thiago e enfiou, sem delonga ou preocupação, a agulha na veia de seu braço.

Thiago queria gritar. Arrebentar as amarras e sair correndo dali. Seus olhos lacrimejavam em agonia.

A seringa ia se enchendo de sangue. Uma quantidade que assustava Thiago cada vez mais. O terror podia ser visto em seus olhos. Os três encapuzados não tiravam o olhar dele.

Assim que terminou, despejou o sangue todo em uma taça de cristal. Entrou em uma escada lateral, que dava acesso aos três na parte de cima, e entregou a taça a eles.

Cada um deles cheirou profundamente o líquido e deu um gole, sorvendo o sangue com tamanho prazer que chegava a lembrar um orgasmo sexual.

O capataz voltou à posição inicial, ao lado de Thiago, esperando que eles terminassem.

Thiago tentava se debater e argumentar, mas estava tão bem amarrado que parecia impossível se mexer. Falar, como ele comprovava a cada investida, era impossível devido à esfera vermelha enfiada em sua boca.

Assim que os três terminaram de beber o sangue dele, depositaram a taça no balcão à frente e fizeram um novo sinal para o homem tatuado.

Ele pegou uma nova seringa. Desta vez, uma sem agulha e com um líquido azulado, que parecia mesclar-se com roxo-claro, dependendo de como a luz das velas se refletia nele.

Colocou a seringa no canto da boca de Thiago entre a bola e o dente. Tentou em vão mexer a cabeça presa. Queria fechar a boca, impedindo que aquela substância entrasse em seu organismo. Não sabia o que era e o que faria, estava apavorado com a incerteza.

O líquido invadiu sua boca, molhando toda sua língua. Ele pensou em tossir para que aquilo espirrasse para fora. Mas o capataz tapou seu nariz com os dedos, fazendo Thiago perder o pouco fôlego que conseguia puxar, engolindo todo o conteúdo da seringa, sem nada derramar.

Nos primeiros segundos, nada aconteceu, dando-lhe tempo para criar mentalmente inúmeras teorias do que poderia ser aquele líquido.

Foi então que sentiu algo. Começou em sua barriga e desceu até o meio de suas pernas.

Involuntariamente, uma ereção começou a se formar. Algo tão forte e potente que chegava a doer ao latejar.

Dois dos encapuzados se inclinaram para olhar melhor, enquanto o capataz manuseava a ereção de Thiago para os lados, para cima e para baixo, para que pudessem avaliar melhor o material.

Thiago estava agoniado e desesperado por perder o controle de seu próprio corpo. Tinha medo do que viria a seguir. Tinha medo de morrer.

Um dos encapuzados falou por fim, a voz feminina revelava parte de sua identidade:

— É maravilhoso de fato, André. — Ela se dirigiu ao homem em pé ao lado deles, provavelmente dono do local, e de Thiago. — Você sempre traz os mais apetitosos, do tamanho que eu gosto.

— Meu único objetivo é agradá-los — reverenciou André.

— Seu objetivo é ficar rico — retrucou ela. — Mas não importa. Meu único receio é de que ele parece o tipo difícil de domar.

— Seres humanos se acostumam com tudo com o tempo. Até com o que é ruim. Tenho certeza de que achará maneiras de domá-lo e fazê-lo se apaixonar. — Tentou tranquilizá-la.

Ela não respondeu, apenas pegou o celular e fez a transferência de pagamento por Thiago.

— Vou prepará-lo para enviar.

A mulher partiu, satisfeita.

O capataz sorriu, pegando o revólver de vacina em seguida e apagando Thiago novamente.

Na bancada acima, os dois vampiros encapuzados continuavam sentados, até que o da direita fez menção de se levantar.

— Já vai? — perguntou o da esquerda? — Ele trará mais, talvez alguma jovem desperte a sua atenção.

— Fiquei entediado — respondeu, firme.

— Ficar sozinho não tem graça.

— Sinto muito. Não estou com humor hoje.

— Deve ser porque você anda muito sozinho, Markus Haylock. Precisa de companhia. Nem de longe está fazendo jus ao nome que te deram, *o famoso Soulthielf*, o ladrão de almas. Aqui é o melhor lugar para se comprar escravos de sangue e você tem recusado todos toda vez que comparece aqui. A solidão não te aborrece?

— Já estou sozinho há tantos séculos que a solidão já faz parte de quem sou.

— Coisa engraçada de se ouvir de você. Enfim, em algum momento terá que encontrar uma companhia. Solidão e eternidade não convivem juntas por muito tempo.

— Talvez você esteja certo — forçou um sorriso, quase oculto pelo capuz. — Quem sabe um dia, quem sabe um dia... — finalizou.

Ele sorriu forçado, mais triste do que feliz, e saiu dali sozinho, entregando-se às lembranças de sua vida.

FIM?

O QUE SE SABE ATÉ AGORA.

416 — ?

1499 — Bertrand é um oficial da noite.

1529 — Nasce Markus (28/04/1529).

1557 - Markus e Viúva.

1558 - Morre esposa de Markus.

1559 - Markus vive uma vida libertina, regrada à bebida, sexo e luto.

1560 - Markus tem 31 anos e conhece Liliana. É transformado em vampiro. Conhece Armando no mesmo ano.

1561 - Markus mata Bertrand. Com a morte de Armando, fica sozinho no mundo.

1562 a 1680 - O que aconteceu neste período ainda não foi revelado.

2022 — Markus continua vivo, comprando criados de sangue na época atual, mas está sozinho.

A mitologia de Markus

Sol: Vampiros são seres noturnos, podem vagar na terra assim que a noite surge. O sol danifica gravemente e pode queimá-los até a morte. Pois o dano é maior do que a rapidez da cicatrização. Quanto mais velho um vampiro mais rápido ele queima.

Cicatrização: Os dons de cura são acelerados. Um corte se fecha completamente em poucos minutos, assim como buracos de tiros. Isso não quer dizer que não sintam dor. Qualquer parte do corpo se regenera, até mesmo se perder um membro, embora, nesse caso, leve meses desde que sangue não falte na recuperação.

Morte: Um vampiro pode morrer de várias formas. Quando o dano é constante e a recuperação não acompanha, é uma delas. Apesar da rapidez na cicatrização, ela não é instantânea. Fogo pode matar um vampiro. Assim como a destruição do cérebro, onde fica o sistema nervoso central vampírico.

Estaca, crucifixo, alho, prata: Não faz efeito algum, além de irritá-lo.

Sangue: Adquirido através do medo, repleto de adrenalina, tem gosto ferroso e não sustenta por muito tempo. Um máximo de dez dias para o vampiro ficar com fome novamente. Quando se alimenta através do ato sexual, com as duas partes excitadas, o sangue repleto de endorfina, estrogênio, oxitocina, prolactina e os glóbulos brancos deixavam o sangue muito mais nutritivo e saboroso. Nesses casos, o vampiro pode se alimentar praticamente uma vez por mês, mesmo que ingerindo em menor quantidade. Por estarem mortos, vampiros não mais produzem o sangue através da medula óssea, e precisam repô-lo para se manterem vivos e ativos.

Beber de outro vampiro: Funciona, embora pouco eficiente, teria o mesmo efeito de se alimentar de um rato. Pode salvar em alguns momentos. O sangue no corpo do vampiro já utilizou ou está utilizando todos os nutrientes. Ao ser consumido por outro, quase nada de vitamina se adquire. Vampiros que fazem sexo entre si usam o próprio sangue apenas com intenção de potencializar o prazer, e não como alimento. Vampiros gostam de humanos, e são apaixonados por eles. A grande maioria, pelo menos.

Paixões: Fazem parte da vida de um vampiro, tão necessária como respirar. Vampiros estão sempre à procura de paixões, amores e envolvimento emocional. Embora muitos deles não se dão conta disso inicialmente. O envolvimento amoroso causa desejo sexual entre as partes, um apaixonado oferece sangue sexual de qualidade com prazer.

Transformação: É necessário drenar o sangue da vítima e repor com sangue vampírico. Por não ser um ressarcimento na mesma quantidade, o novo vampiro acorda faminto. O corpo humano precisa falecer para que um novo organismo, mais eficiente e potente, assuma o controle por completo.

Efeito curativo: O organismo vampírico trabalha com perfeição para manter suas funcionalidades, o efeito curativo é uma dessas funções. E elas podem ser usadas em humanos, seja ingerindo o sangue ou passando a saliva por cima do ferimento. Essa cura se estende além do físico, prevenindo depressão, por exemplo. Mas ela não dura para sempre, à medida que o corpo humano vai diluindo o sangue vampírico no corpo, o efeito também se esvai.

Higiene: Ao ser transformado, o organismo vampírico trabalha com mais eficiência. Não existe suor, urina e fezes, o organismo não aceita mais nada que não seja sangue, e deste, utiliza cem por cento de cada nutriente. Nada é desperdiçado ou descartado através de secreções.

Mudanças: Ao ser transformado, todo o corpo é adaptado para a nova condição. Sexo é a intenção primordial do vampiro. É o que lhe alimenta melhor, lhe fortalece, e com o sangue mais nutritivo, suas chances de sobrevivência dobram. Tirando o fato de as unhas e as presas serem retráteis, um vampiro pode mudar de aparência. Cortar o cabelo, fazer a barba, igual qualquer ser humano, e voltam a crescer com o tempo.

Sexo: Vampiros se tornam ainda mais sexuais por conta do sangue mais nutritivo. Tudo funciona melhor do que quando humano. Todo o corpo é melhorado para excitar a vítima, incluindo as genitálias. E para que isso aconteça com perfeição, as secreções, nesse caso, funcionam normalmente. O organismo vampírico usa todas as armas ao seu dispor para excitar suas vítimas e obter o melhor nutriente.

Sexualidade: Com o tempo, o organismo vampiríco altera os desejos de um vampiro. Ele passa a sentir atração até mesmo pelo sexo oposto. Sua nova condição exige sangue de boa qualidade, questões sexuais não atrapalharão essa busca por alimento e sobrevivência. Isso acontece de forma natural, à medida que os conceitos humanos vão sendo deixados de lado, através das décadas. Há relatos de vampiros que ainda mantêm certa preferência, outros mudaram completamente de desejo sexual. A busca pela eficiência é tamanha a ponto de a moralidade humana não conseguir mais interferir em grande parte dos casos. Ainda assim, existem os resistentes, e estes, têm desvantagens sobre os que melhor se adaptam.

Dons vampíricos: Além do organismo vampírico, que melhora toda a física do corpo, tornando-o mais eficiente, rápido e forte, existe o paranormal que acompanha os vampiros. Os dons são diferentes e só aumentam e melhoram com o tempo. Alteração e manipulação de todas as leis que governam o universo, física, química, gravidade etc., estão disponíveis e irão surgindo com o tempo. Além de outros dons que podem variar entre os vampiros, chegando a ser mágico.

Indução mental: Todo ser humano é repleto de falhas, fraquezas e vícios, e esses podem ser usados para ludibriar a vítima. Uma sugestão mental. Não funciona com todos, mesmo entre os viciosos. Dura apenas alguns segundos, antes que a vítima repense melhor. Não é uma artimanha eficiente, mas funciona em alguns momentos.

A criação: Ao que tudo indica, vampiros surgiram no início da existência humana. Mhayttu, um ser de pura maldade que se alimenta de sangue, contaminou os primeiros humanos com o organismo vampiríco e os dons com a intenção de andar na Terra novamente. Mas essa mitologia ainda é repleta de dúvidas, mesmo entre os mais antigos.

Deus, Diabo e religião: Ainda não se sabe se existem. Se uma guerra entre céu e inferno está recrutando seu exército para uma batalha pelo planeta. O que se tem certeza é de que bem e mal fazem parte do mundo e de todas as criaturas nele. Até o momento, acredita-se que tem mais a ver com a energia de cada um e a potencialização dela. O próprio Mhayttu não confirmou isso em sua carta. Diz apenas que vive em um lugar ruim, entre todas as camadas da maldade. Mas algo místico, definitivamente, se tornou tão intenso que afetou os humanos a ponto de trazer uma nova evolução da espécie.

Eternidade: Vampiros podem ser eternos. Principalmente se comparado à vida humana. O organismo vampírico ainda está em evolução, e isso não o livra de falhas. Em determinado momento, ele pode perder a eficiência em manter o corpo jovem e imutável. Mas para isso acontecer, poderia levar séculos. Os vampiros mais novos, que já receberam uma versão melhorada do vampirismo, correm menos risco de que isso lhe acometa.

Para saber mais sobre os títulos e autores do GRUPO EDITORIAL COERÊNCIA, visite o site **WWW.EDITORACOERENCIA.COM.BR** e curta as nossas redes sociais.

Além de informações sobre os próximos lançamentos, você terá acesso a conteúdos exclusivos e poderá participar de sorteios, promoções e eventos.

@GRUPOEDITORIALCOERENCIA

FB.COM/GRUPOEDITORIALCOERENCIA/

AV. PAULISTA, 326, CJ 84
BELA VISTA - SÃO PAULO - SP - 01.310-902

LILIAN@EDITORACOERENCIA.COM.BR

(11) 3287-1614

NÃO PERCA A OPORTUNIDADE DE REALIZAR O SONHO DE SE TORNAR UM ESCRITOR.
ENVIE SEU ORIGINAL PARA O NOSSO E-MAIL E
PUBLIQUE CONOSCO.

Grupo Editorial
coerência

Esta obra foi composta na fonte ITC Legacy Serif,
tamanho 11 pt, e impressa em papel pólen bold 80g/m².
São Paulo, abril de 2021